U0921366

中篇小说选

辖区悬案

湖广 著

群众出版社
· 北京 ·

图书在版编目（CIP）数据

辖区悬案 / 湖广著 .—北京：群众出版社，2021.8

ISBN 978-7-5014-6163-9

Ⅰ.①辖…　Ⅱ.①湖…　Ⅲ.①中篇小说—小说集—中国—当代

Ⅳ.①I247.5

中国版本图书馆 CIP 数据核字（2021）第 148140 号

辖区悬案

湖广　著

出版发行：群众出版社

地　　址：北京市丰台区方庄芳星园三区 15 号楼

邮政编码：100078

经　　销：新华书店

印　　刷：涿州市新华印刷有限公司

版　　次：2021 年 8 月第 1 版

印　　次：2021 年 8 月第 1 次

印　　张：9.25

开　　本：880 毫米×1230 毫米　1/32

字　　数：224 千字

书　　号：ISBN 978-7-5014-6163-9

定　　价：45.00 元

网　　址：www.qzcbs.com

电子邮箱：qzcbs@sohu.com

营销中心电话：010-83903991

读者服务部电话（门市）：010-83903257

警官读者俱乐部电话（网购、邮购）：010-83901775

公安业务分社电话：010-83906108

写作是一种责任（代前言）

我虽然喜欢写作，但是如果把读书与写作来相比，我更看重读书，写作只是有感而发。我是从马列文选和毛泽东同志的著作开始阅读的，如《反杜林论》《唯物主义还是经验批判主义》《国家与革命》《哥达纲领批判》《共产党宣言》《毛泽东选集》等；也读《三国演义》《红楼梦》《水浒传》《西游记》《说唐》《明史》以及唐宋诗词之类的古典文学；当代革命历史题材的长篇小说如《红岩》《苦菜花》《敌后武工队》《林海雪原》等，以及鲁迅等现代名家的著作也有涉猎。这些书大都是我三十岁以前读的，当时主要是想长点儿见识，可以说我一直是怀着这种求知欲在读书。后来之所以继续读古今中外的名家名作，主要是想看他们作品中有什么亮点，是否值得我效仿并运用于写作中。

我喜欢托尔斯泰说的“理想是指路明灯”；喜欢小仲马把《茶花女》中的爱恋写得幽默诙谐；喜欢高尔基的纯洁高尚，他把知识视为人类进步的阶梯；喜欢鲁迅的眼光、气势、笔力、语言以及深刻的思想。所以，我要写的是秋水文章。有句诗叫“秋水文章不染尘”。文章也应该讲究“不染尘”。而且，我的作品是有明确定位的。比如，《桂花河命案》是希望有关领导关心广大企业家，特别是那些卓有成就的企业家的思想品德建设，以增强他们的法治观念；《商业时代》是想忠告某些商贾不要“以黑护商”，错误地认为特殊势力是发展自身业务的好帮手；《警察笔记》是想揭示矛盾对立双方其实是可以转换的，有时敌对的一方也可能变为朋友，等等。

其实，我写作并非仅仅出于个人爱好与消遣。我写作的真正目的是在表达自己的人生观与世界观，或者说，是想通过写作来对工作和生活加以记录，其中是有爱憎情感的。我一直在基层乡镇派出所任所长，面对的是山水田林和乡村乡事，乡情、民情、警情融合其中。我的这部中篇小说集，仿佛是一曲警民合唱的山歌，在大山的树林里流动，在乡村和田野上飘扬。如今想来，仍是“白头未了少年事，常有青山入梦来”的感觉！因此，我的文学创作具有浓郁的生活气息和强烈的社会使命感。

歌颂真善美，鞭挞假丑恶，为人民服务，为公安工作服务，一直是我写作的目标与动力。

文学的阳光永远都明媚！

文学的责任永远都沉重！

湖　广

2021 年春

目　录

桂花河命案

一　清晨惊梦

凤姐一早接到的电话是我们咸州市警方打给她的。凤姐不知道她的丈夫已经遇害，只知道她丈夫一夜没有回家，非常气恼和埋怨。

头一天晚上，凤姐把晚饭做好之后，就坐在沙发上看电视剧《湄公河大案》。平时，凤姐是不看这类片子的，因为她很避讳血腥恐怖的情节。但是，这部电视剧演的是中国十三个公民被无辜枪杀的真实事件，她不由得就想看一下，看那些没有公德的杀人狂为什么会如此背离人性和世道良心。她一边看，一边等刘家福回家吃饭。这个家就他们夫妻俩过日子，一双儿女都在京城的高校读书。孩子们功课抓得紧，一般到假期才能回家。

凤姐的心情跟着紧张的剧情波动起伏。时间过得很快，不知不觉就看完了一集，但刘家福还是没有回来，凤姐只好把饭菜重新热了一遍，再次坐到电视机旁继续等。眼看这一集又看完了，刘家福仍然没有回来，也没给凤姐打个电话说一声，这是从未有过的事情。平时刘家福因公或因私在外面进餐什么的，总会跟她“请个假”，显得家中还有个人念着。今天刘家福竟然把她给忽略了，把她当成可有可无的人了，她有些生气，决定不再等他了，自己一个人吃。

吃完晚饭的凤姐仍然心绪不好，闷闷不乐地坐在电视机旁消磨时间。她琢磨着刘家福是不是陪哪个女人玩去了，说不准那个女人把他的手机捏在手心不让刘家福给家中打电话呢。而凤姐自己也不想拨打刘家福的手机，她怨艾而又愤愤地想，爱回不回。

在凤姐眼里，丈夫的为人按百分比计算能打个八十分，也就是说，刘家福百分之八十是好样的。刘家福的长相虽有欠缺，甚至有点儿丑。他脑瓜大，头发少得可怜，东一根西一根的，有的地方像小朋友作业本上的括号一样几乎就是空白。而且，他面孔黑不溜秋的，满脸疙瘩；唯有一双眼睛分外地锐利和明亮，好像鹰隼的眼睛一样，在高高的天空中一眼就能看清地下很小的猎物。按相面先生的说法，刘家福是靠这双眼睛吃饭的。说他双眉带彩，两目飞霞，印堂生辉，福禄绵长。相面先生也许说准了，刘家福的确会办事。他不但有专业技术特长，还能说会道，既吃苦耐劳又很顾家，月月工资一分不少地递到凤姐手上，对待儿女更是疼爱有加。凤姐认为刘家福算得上是个外丑内秀、满腹经纶的丑宝贝。刘家福唯一不好的，也是叫凤姐最难以容忍的就是他爱去歌舞厅。别看刘家福五十开外的人了，还挺能折腾的。他说这是工作需要，还说经商之人若不会来这一套，就什么生意都做不成。为这事前些年凤姐与刘家福闹过离婚。凤姐是个大眉大眼的女汉子，性格泼辣、直爽、胆大心细。她不相信刘家福只是唱唱歌、跳跳舞而已，为了拨开她心中的迷雾，她花钱请人跟踪刘家福。

事实上，刘家福确实不只是唱唱歌、跳跳舞，唱歌跳舞只不过是个体面的盾牌而已，里面的内容还能有谁不知道呢？终于有一天，凤姐按照知情人提供的线索，轻而易举地就在百花楼大酒店的梦园包间将光着屁股的刘家福当场抓住了。从此，家里硝烟滚滚、战火纷飞。后来是凤姐的爹娘好言相劝，刘家福也表示下不为例，这离婚之事才就此搁浅不再重提。至于刘家福后来改没改，改了多少，凤姐也就不那么放在心上了。

凤姐看电视看到夜晚 11 点半钟的样子，见丈夫仍然没有回来，情绪极其低落，心中很不舒服，骂了一声“老东西，人老心不老”之后，就一个人睡觉去了。睡前，她又把刘家福的被子和枕头抱起来气呼呼地扔到外厅沙发上。意思是：即使刘家福回来了，她也不再打开内室的房门了，就让这老家伙在外厅沙发上睡吧！

世事往往出人意料。次日清晨，凤姐还没有起床，正在梦里骂刘家福老不正经的时候，电话铃突然“丁零零”地响起来了，她也跟着醒了。她想，肯定是刘家福这老家伙打来的电话。她没有立即去接，故意让它去响，好让他知道她在生气。响了一阵之后，凤姐还是忍不住把手伸到床头的座机上，她要好好臭骂他一顿。于是，她没好气地拿起了话筒……

凤姐这才震惊地获悉：刘家福已经死了，尸体被抛在几十里外的桂花河。

凤姐一时痛心疾首，感觉天塌下来了，不禁失声痛哭。

二 寻觅真凶

刘家福的尸体是金家湾村一位放牛的大叔张长久发现的。

阳春三月，正是春耕农忙季节，到处生机勃勃、鸟语花香。

张长久大叔和平日一样，天没亮就去桂花河边一带放牛，让牛吃饱了草，好做农活。桂花河实际上是条季节性河流，也叫溪河，是从很远很远的群山中流过来的，前面一段并不很深。但溪水流经桂花庄之后，再往下游走去，河的形态就发生了变化，河床突然变宽，河水突然变深变缓。有的地方由于山洪的常年冲击，形成了深水窝，三四米长的竹竿都探不到底。河的两岸，一边是很高很陡的悬崖石壁；一边是沿着桂花河一直往山外延伸至几十里路远的旱地和稻田，有沙洲和不能种庄稼的泥沙地段，则是些大小不一的洼地和荒草地。这里很僻静，距离垄上的村庄和垄下的村庄都比较远。平时，除了放牛人来这地方放牛之外，也没其他人来这里做什么。先前还时常看到一两个不认识的人背着渔具来这儿钓鱼，之后就没看见他们再来了，可能是钓不到鱼的原因吧。

张长久大叔牵着牛，刚一来到桂花河边有青草的浅滩地带，就发现了河右边的石壁下有个东西横躺在那里，还能嗅到一股异味。张长久大叔感到有些怪异。他心想，平日来这里放牛，无论是早晨还是傍晚，空气都新鲜无比，还能闻到各种各样野花的香味，根本没有现在这种从未闻过的怪味道，更没见过石壁下躺过什么东西。张长久大叔想探个究竟。他将牛绳挽到牛角上，拍了拍牛背，让牛自己去吃草。他则小心翼翼地沿着河边石壁往下溜，一直溜到壁底，把衣服都划破了。经过一番周折，张长久大叔终于在石壁底下的最低处，发现了一个很大的蛇皮袋。蛇皮袋里面装的是一具被焚烧过的人的尸体，焦煳焦煳的，难怪周围有一股浓烈的异味呢。

一开始，由于天色还处在蒙蒙亮状态，光线不是很好，加之老眼昏花，张长久大叔还拿不准是什么东西，黑乎乎的，像头小牛犊。好在尸体焚烧的程度不是很厉害，手脚还能看得分明。这个石壁有十来米高的样子。受害人很像是在其他什么地方被焚烧之后弄到这里，再从石壁上往河里抛的，结果没抛好，落在一块无水的地方。虽然无水，但还是属于桂花河的河床部分，若是汛期，必然有水。尸体不像是在石壁下焚烧的。仔细观看，石壁既没有焚烧的烟灰，荆棘中也没有人爬上爬下的痕迹，周围的野草和荆棘全都好好的也没有被踩踏过的痕迹。

张长久大叔立即明白这里出人命案了，他不敢马虎。张长久大叔年轻时当过兵，还上过战场。回家后，他又当过很长一段时间的民兵连长和治保主任，警惕性还是很高的，责任心也很强。他赶忙跑回村里，向村干部反映了此事。村干部跟着大叔来到桂花河边的石壁下，亲眼看见之后，也不敢马虎，立即向咸州市警方报了警。

后来警方勘查现场时，发现死者口袋里还有一张焚烧后残留的名片。名片上的名字残缺不全，不能确认死者是谁。但幸运的是，住宅电话号码却一目了然。凤姐守候了一夜没有接到的电话，却在次日早晨“丁零零”地响起来了，这电话就是警方试着打给她的。死者就是刘家福，他是咸州市香城工业园竹木工艺公司的副总经理。

显然是一起凶杀案！那么凶手是谁？为什么要置刘家福于死地呢？

是因为男女私情中的角逐？还是因财生祸？抑或他遇到了其他什么过不去的砍而遭此暗算？刘家福平日个人生活不是很检点，一时猜测是情杀的人多，连凤姐自己持的也是这种态度。当然，持其他想法的人也有。

有人说，可能是何成斌作的案。何成斌三十多岁，曾在刘家福厂里打过工，是个有前科的人，因几次偷拿厂里东西被刘家福辞退了。何成斌不想丢掉这份工作，一再请求刘家福不要辞退他，甚至还下过跪，而且多次托人说过情，结果还是没能奏效。何成斌见事情已经无法挽回了，就又磕头求刘家福在辞退他之前把他做几年工的养老金补交齐了再辞。照理说他的这个要求是合乎政策的，但刘家福还是没完全答应，给少交了两年。刘家福说，我不向警方报案抓你去坐牢就对得住你何成斌了，你还想让我百分之百给你交养老金？没门！何成斌气得要死，指着刘家福的鼻子骂他不得好死，叫他等着瞧。

丁大头作案的可能性也大。因为玩“炸鸡”，丁大头前后输了几万元钱。丁大头这个人很喜欢赌，越输越赌，死活不服输。输得连锅都揭不开的时候，丁大头就找刘家福，想向厂里借些钱，但刘家福坚决不答应。后来，丁大头因为还不起赌资被庄家打过。丁大头就把这口恶气归咎到刘家福的身上，认为是刘家福不借钱才导致他被打的。因此，丁大头一直怀恨在心，同样说过“刘家福等着瞧吧”这样的狠话。

还有人说：福缘善庆，祸因恶积。刘家福好得罪人，仇家多，男女都有，说不准凶手就在这些被得罪的人之中呢。

上面这些线索，经过警方的缜密摸查、梳理，全都排除了。

不过，接下来警方很快又在扩大摸查面的过程中，获取了一个极为重要的匿名举报电话。这个电话对王光标提出了质疑，认为王光标极有可能是这起凶案的始作俑者，也就是人们常说的幕后人。这与警方收集到的和推断的情况颇为切合，理由有很多……

三　土霸王的作风

王光标是香城工业园桂花林开发区党委书记、管委会主任，党政一把手。他有个绰号叫“大力神”。这是因为他平日里呼风唤雨、神通广大之极，才被人们冠以这个绰号的。不过，没几个人敢在他面前这样叫他。人们对他有些敬而远之。只有他老婆柳一梅有情绪的时候才敢呼他一句“大力神”，再者就是官比他大、地位比他高的人或是他的哥们儿在不经意间叫他一声“大力神”。除此之外，别无他人。万一有人兴趣来了，想逗王光标乐一乐，讨个笑脸的话，那也只能赔着笑脸道一声“神爷”或“神哥”。

王光标是个勤奋好学、出类拔萃的实干家，不到三十岁就坐上了开发区党委书记、管委会主任的宝座，挑着两个重担，握着两个大权，算是青云有路、少年得志。王光标当兵回来之后，原在办事处下面一个小厂当负责人，职务就和现在的刘家福差不多。但他脑子活、智商高、勇于拼搏，办事颇有创意。他把自己管理的小厂打理得红红火火、井井有条，很快就扭亏为盈，深得领导和职工们的赞赏，被破格推选为管委会主任，不久，又被推选为市人大代表，此后一路飙升。聪明过人的王光标为了不辜负领导的重用和众人的希望，更是把他的智能发挥到了极致。

起初，桂花林开发区的企业并不是很多，但其中有好几个处于半死不活的亏损状态。王光标坐上主任、书记的位置之后，情况很快就发生了翻天覆地的改变。他处事雷厉风行，把企业全部进行改制，叫什么关、停、并、转。这一做法在当时是前所未有的，成绩也是前所未有的，上面领导认为这是新鲜事物值得推广，对他格外器重。而且，经过几级领导批准，他又巨额贷款几个亿的资金。第一个回合他创办企业十个，第二个回合他又增办企业十个。他“敢”字当头，与时俱进，一年一变样，三年大变样。这时，桂花林开发区的企业收入破天荒地首次突破亿元大关。几年之后，王光标三十五岁生日那一年，也就是他当主任的第六年，是他人生和事业的鼎盛时期。这年的企业收入为两亿两千万元，名列咸州市香城工业园整个企业三强之首，省乡镇企业百强之一。

这时的王光标如三月的桃花般灿烂无比，心里就像吃了蜜桃一样甜美。连续几年，他年年被各级领导评为“全国优秀青年企业家”“退伍军人企业家”“民营企业家”“星火企业家”和“省十佳杰出青年”等。他荣誉满身，成了媒体争相追逐的公众人物。

在鲜花、掌声与荣耀面前，王光标不知不觉飘飘然起来，驾驭不住自己了，逐渐养成了“土皇帝”的作风，一切由他说了算。他开始排挤刘家福，把自己只有十六岁的妻弟柳小兵安插到刘家福的竹木工艺厂当厂长，叫刘家福任书记。可是，刘家福不买账。刘家福是竹木工艺厂的老厂长、老书记和奠基人。

“你妻弟柳小兵还不到法律规定的责任能力年龄，又不懂竹木工艺，顶多让他当个副手吧，让他当厂长我坚决不同意!”在王光标的办公室，刘家福发表起意见来。

“秦始皇十六岁就坐天下了！你担心什么呢?”

“你侄女王丽花只读到小学五年级，连初中都没上，根本不懂账目，让她担任竹木工艺厂的会计也不合适。我也不赞成!”

“丽丽不懂账目自然有人懂，她可以学嘛，你担心什么呢?”

“你的姑父八十多岁了，连路都走不稳，铜锣大的字也认不得几个，你叫他当仓库保管员，他怎么发货、怎么记账?我更加不赞成!”

“自然会有人帮他，你担心什么呢?”

“你的……”

刘家福还提了几个问题，但王光标不再理睬他，而且还没好气地把他吼了一顿：“你这不赞成那不赞成，就赞成你自己是不是?不可能!”

刘家福气得要死。刘家福知道王光标这样安排是有意削去他原有的权力，好培植王光标的个人势力，是圈子主义在作怪。在企业这一块是厂长负责制，厂长说了才算数，书记只是做思想工作而已。刘家福不愿意在王光标的屋檐下低头过日子。

一个月之后，刘家福离开了桂花林开发区竹木工艺厂，不久就被咸州市香城工业园竹木工艺公司聘请为公司副总经理。刘家福在竹木工艺这一领域是行家里手，已经干了大半辈子。一些经商的外国佬只要听说是刘家福的厂子生产的竹木工艺品，就愿意多出一成价格将货抢到手。如今刘家福走了，不但带走了信誉，还带走了工艺技术和许多客户，这也是一种必然，没有办法制止。因为这些东西就装在刘家福的脑子里，可以说他的脑子就是活档案。这对于王光标来说，不啻是一场灾祸。

对此，王光标发了怒，骂刘家福猪狗不如，故意拆他的台。但是王光标知道办企业光靠发脾气骂人无济于事。他一时又没处请这样的高手。无奈之下，王光标想走回头路，重新将刘家福请回来官复原职，还许愿让刘家福在管委会挂个副主任的闲职，将原来的年薪从十万元提升到十五万元。这个条件与刘家福在竹木工艺公司任副总相比强了许多，因为这是实职，那是虚职。主意拿定之后，王光标安排副书记胡玉林出面做刘家福的工作。

“老革命。”王光标以现代人的口气喊胡玉林，“你们是年轻时的老战友，今晚找个地方好好喝几杯，说说知心话，或许能见成效。只要刘家福愿意回来，条件还可以放宽。你自个儿做主吧。”

胡玉林并不情愿去做这个工作，但还是说：“好吧，我试试看，尽量说服他。”

胡玉林与刘家福二人同龄又同乡，都是咸州市竹海乡人，年轻时一同去天津当过兵，这段经历对他们来说非比寻常，彼此非常珍惜。因此，二人关系十分密切，情同手足。一直到后来刘家福退伍时，才与胡玉林分开。因为那时，胡玉林已经被提为排长，仍然留在部队。

竹海乡是个远离城镇的山区，山高林密，到处是高大的古松、古柏和成片的楠竹，像海洋。而且山上有山，林中有林，给人一种远古洪荒的感觉，寂寞又荒凉。野猪一群一群地在林中往来奔跑，谁见了都要打几个冷战。各种各样的蛇，溜进溜出，有时像绳子一样绕在树上，更是让人触目惊心。

突然从部队回到竹海乡的刘家福，面对家乡的这一切已经很不习惯了，吵着要父亲给他找工作，不想在山里待了。父亲说，工作又不是等在那里，说找就能找得到的。父亲要刘家福留在家中，一边学习做些竹木手艺，一边再托人慢慢找工作。父亲说，有了手艺走到哪里都有饭吃，荒年不饿手艺人。刘家福毕竟是在部队受过教育的人，明白父亲说的话是个理，遂安下心来。那时，他人年轻，学什么像什么。他还潜心植树种竹。他把楠竹种得像南瓜一样粗大，连联合国的人来咸州参观时都赞不绝口。

一晃几年过去了，他企盼的工作机遇终于等来了。一天，他听到一个好消息，说胡玉林复员了，从部队回到了咸州，分在桂花林办事处任副主任。他兴奋得几天都睡不着觉，并很快通过这层关系在胡玉林分管的镇办企业找到了一份工作，名副其实地成了胡玉林的部下。父亲要他学的竹木手艺也派上了用场，真是一好百好。然后，他又在几十年的创业生涯中，艰难地一步一步地走到一个小企业领导人的岗位。说起来，他也不容易。而且，这中间也少不了胡玉林的帮扶，假如没有胡玉林这位老战友在他背后支撑着、鼓励着，他的人生或许就是另一种状况。王光标也是因为知道他们之间的这层关系，所以才要胡玉林出面做刘家福的工作。

但是，胡玉林没有想到刘家福肚子里的怨气一点儿都没消，仍像过冬的青蛙一样气鼓鼓的。在桂园山庄小酒楼吃饭的时候，他点了几个好菜，要了一瓶好酒，一边与刘家福对酌，一边将王光标的想法传递给刘家福，还从中说了许多个人的挽留意见。然而，刘家福却说："好马不吃回头草。你别做说客啦！"

"不要那么冲，有话好好说。"胡玉林说，"都老家伙了，火气还那么壮，你现在也别急着表态，今晚回去多考虑一下再回答我。"

"这有什么值得考虑的呢。古人说，劈破的楠竹合不拢！"刘家福一开口，就没有商量的余地。而且他还赌气地说："永远不会与王光标合作。即便是王光标亲自拿轿子来抬我，我也不再回去！"

"我让他给你把年薪再提升一些怎么样？你回还是不回啊？"

"老兄，你别以为钱就是万能的！我说句老实话吧，钱是买不到人心，也买不到道德的。就算你有钱，也要有正义感。你说我说得对不对呢？"

"记得当兵时，你不是这种脾性，很好商量的；如今怎么就变得这么倔呢？"

"还不是让王光标逼的。实话实说，不是我不服从领导，也不是我脾气倔不好商量，是我早就看不惯王光标的那种老子天下第一的霸王作风。他这人，一面阴，一面阳，红道有人，黑道也有人，红黑两道都吃得开。罢了罢了，让他另请高明吧。三十六计，走为上计，我正好就此让路！"

"桂花林的竹木工艺厂，是在你手上成长和火起来的，你能看着它垮了吗？"

刘家福哈哈一笑："不会，有王光标呢！王光标是大牌明星，是我们咸城企业界一颗无比耀眼的星星呢！"

"你走了之后，订单越来越少了！"

"这不奇怪！本来嘛，企业就是在竞争中求生存求发展的，没有竞争就没有活力，对吧？"

两个小时之后，胡玉林同刘家福握手告别，怅然离去。

四　这才像我的兄弟

王光标得知刘家福不买账后，十分震怒，而且气不打一处来。

在刘家福负气离开之后，王光标下面的许多企业都出现了不同程度的滑坡和亏损。面对这一难堪局面，王光标又无计可施，他干着急，气得骂娘。火上加油的是，偏偏在这个节骨眼儿上，许多职工及办事处街道居民，原存入该处银行部门的股金，见形势不妙，怕打了水漂，纷纷挤兑或将款划到其他地方去了。更加窝火的是，许多职工动不动就闹到他的办公室或宿舍，要求退还股金，增加工资待遇，等等。有些小企业经不住几下折腾就瘫痪了，搞得王光标焦头烂额。另外，还有他的好多决策也不灵了，总有人站出来反对。

接二连三发生的事情，王光标统统归咎在刘家福身上，认定是刘家福在背后作梗，故意挑起事端，让他难堪，让他垮台。他恨之入骨，遂起歹念：除掉刘家福，让这个成心想拆他台柱子的魔鬼，永远从这一行业中消失。而且，王光标实在是一分钟都忍受不下去了，恨不得立马就让刘家福去死。

王光标是个黑白两道通吃的人物，堂而皇之的称呼是桂花林开发区党委书记、管委会主任；黑道上他是老大，手下有一帮兄弟，黄春来和陆小明就是其中两个马仔。他们的关系很铁，表面上却不露声色，一般人看不出来。黄春来二十六岁，与陆小明同年，都是戳破天不补的性格，两人均因盗窃、打架斗殴被判过有期徒刑。

黄春来出狱后，在王光标下面钉丝厂当过保安，是黄的母亲求王光标给她儿子一点儿事做的。但黄春来的性格从小野惯了待不住，他又嫌工资低，只干一年多时间就走了。辞工时，王光标没有挽留他，也没有批评他，相反，还给黄春来发了五千元红包。这在旁人看来，厂里没有明文规定，无论如何是办不到的。黄春来是勉强收下的，他有些不好意思。王光标说这算不得什么，只要走后心中还记着他这个大哥就行了。

其实，王光标给黄春来五千元红包，是有私心的。黄春来长得粗眉大眼、身板结实像个金刚，且性格豪爽、为人仗义，深得王光标的喜爱，认为此人将来一定有用得着的地方。他想先留个人情给黄春来，就像昔日曹操把人情留给关羽一样，日后为他所用。这也是人们常说的，放长线钓大鱼。而且，黄春来后来成家的时候，王光标更是拉了他一把。当时，黄春来身上没有钱，家里也穷，他心急火燎地恨不得又要去偷去抢。王光标知道以后，派人给他送去三万元。在黄春来的新婚之日，王光标又亲自带着一帮兄弟前去喝彩、庆贺，实际上是给黄春来撑门面的。黄春来感动得热泪盈眶，跪在王光标脚下连磕三个响头说："大哥，你的大恩大德，我今生不忘！"从此，黄春来更加跟定了王光标，帮他讨债、帮他了难，王光标指到哪里他就打到哪里！

陆小明是黄春来在狱中结识的难兄难弟。他是黑龙江佳木斯人。陆小明少年时父母双亡，又无兄弟姐妹，孤单一人，到处流浪。来武汉后，他曾持刀抢劫一夜行人五百元钱。陆小明出狱后，没有回佳木斯，而是去南方打工。两年之后，因为打工辛苦，又没挣到多少钱，就不干了。因为没有去处，最后他就找到黄春来家，同黄春来住在同一个城市。陆小明至今未成家。他能投靠在王光标门下纯粹是黄春来的引见。不过王光标经过长时间的观察考验，同样认为陆小明是块好料，因为陆小明敢为他人玩命，而且只认钱不认人，于是就将陆小明和黄春来一起留在自己身边。

王光标要除掉刘家福，首先想到的人选，就是黄春来与陆小明。

为了慎重起见，王光标选在一处档次较高的酒楼包间，秘密召见黄春来和陆小明。王光标把除掉刘家福的事，交给他们二人去完成。“不除此人，生不为人，死不瞑目。”王光标说。

王光标一再嘱咐黄春来和陆小明，不能走漏风声，不能留下丝毫蛛丝马迹，行动时要快刀切豆腐——干净利索。

“大哥，你就放心吧，此事包在我们身上啦。”黄春来和陆小明二人说。

“事情不能这么简单，要慎之又慎，不能冲动，一定要想好了才能动手。”王光标说，“千万不能暴露了目标。”

“知道，知道！一定，一定！”

“万一暴露了，坐牢打板，一切得由你们两个人自个儿扛着，家中老小的生养死葬，全由大哥包揽！”

王光标把这话一说，气氛陡然间变得悲壮起来。黄春来、陆小明站起身，扑通一声跪在王光标脚下说道：“大哥放心，绝不让人知道，万一露了马脚被警方抓住，兄弟就是死也绝不出卖大哥，愿为大哥赴汤蹈火、甘洒热血！”

王光标激动地拍了拍黄春来、陆小明二人的肩膀说：“这才像我的兄弟！”

王光标从身上拿出两个纸包：“这两个纸包各包六万元。六六大顺。你们先拿着，事成之后，大哥再给你们每人二十万元。”

三个人是在午夜1点钟分开的。几天之后，金家湾的张长久大叔就在桂花河发现了刘家福的尸体。

事情发生得这么蹊跷又这么突然，所以，人们对王光标产生了强烈的质疑！但质疑归质疑，证据呢？没有。王光标也不会亲自动手干这种下三烂的事情，他只会利用手中的金钱和权力买凶去对付刘家福。

经过一段时间的苦战、排查、分析、确认，警方终于弄清楚：凶案的第一现场是面包车；第二现场是偏僻的龟山脚下，那是用一捆茅草焚尸毁容的地方；第三现场才是桂花河。在面包车上，警方发现了黄春来、陆小明的指纹及暗藏的铁丝。铁丝上还附有刘家福颈上的皮屑和少许干了的血迹。在龟山脚下，第二次勘查现场时，出人意料地发现了陆小明在南方某厂打工时的出入证。凭借这张出入证，警方的收获很大，轻易就控制住了陆小明，不过并未立即抓捕他，只是对他采取放线和二十四小时秘密跟踪。后来在掌握了陆小明、黄春来活动的许多情况之后，才对两名犯罪嫌疑人实施抓捕！

事情有些节外生枝。就在警方处理完桂花河刘家福凶案现场之后的第二天，又在相隔三十里远的桂花河下游发现了一具被肢解了的女尸，是一位打鱼人发现的。这位打鱼人经常在桂花河里撒网，主要是爱好这个，不一定能捕到鱼。有时运气好能打个三五斤小鱼虾，有时忙活几个小时一斤也没得。这一次，他拉网时突然感到有些沉，初时一喜，以为捞了个什么大家伙，立即又明白过来：这桂花河不是大江大湖，哪会有这么沉的大鱼呢。露出水面才发现是一只装得鼓鼓的蛇皮袋，袋口用铁丝捆着。他已经有了一丝不祥的预感，拉上岸解开袋口一看，果然不是好事，是一袋被切割成块块的人体碎片。打鱼人骂了一句脏话之后，随即就拨打了 110 报警电话。

两天时间内发现两具尸体，一男一女，一具在上游，一具在下游，实属罕见。不过，后来侦查结果表明，这两起凶杀案并无必然联系，后者属另一案情：系情杀。

五　私房夜话

弯弯的上弦月升起来了，淡淡的月光如水银般洒在窗棂上，四周一片宁静。街道上白天喧嚣不息的汽车声几乎销声匿迹，此时夜已过半。但是，王光标翻来覆去睡不着。白天上班时，他在办公室分别看到《咸州日报》和《香城晚报》的新闻栏目版块上，有一则相同的赫然入目的大标题文字：桂花河命案告破，两名犯罪嫌疑人落入法网。

他是一口气读完全文的。读报纸的那一刻，他的情绪猛然波动了一下，浑身的热血也加剧了流动的速度。他没有想到咸州市警方这么快就把刘家福的案子给拿下了，黄春来和陆小明二人也被抓捕归案。警方是从哪里得到真实情报的呢？他想得头痛，没有结果。

他望了一眼窗外的月光，空朦朦的，一片苍白。月光似乎给他的印象很不真实，像隐瞒着什么不可告人的秘密。不知什么原因，王光标突然想起了自己的老母亲，想起了自己的孩子。孩子和母亲生活在一起，住在家乡的小镇上。这是他最放心不下的两个亲人。

王光标的老婆柳一梅紧挨着王光标睡，被他翻来覆去的动作给惊醒了。一觉醒来的柳一梅发现王光标还没入睡，不无讥讽地说："老王，夜这么深了，你还翻来覆去地睡不着，是不是在想什么相好啊？要是真想的话，你就去呗，何必这么折磨自己。我不会阻拦你的，我还巴不得你多找几个相好的，好看看你到底有多大的本事。"

王光标晓得柳一梅嘴巴厉害，像把刀片子，又没个正经说道，不想搭理她。而她却不依不饶地要继续说下去："不过我要告诉你，这种男女间的事情搞多了不会有好下场的。"

柳一梅此言一出，王光标一下子兴奋起来，他对她的话很感兴趣。

王光标说：“那会是什么下场呢？柳一梅，你就说说看嘛。”

“跟刘家福经理一样，死得惨！”

王光标吓了一跳：“柳一梅你真不简单，刘家福的私生活你也知道啊？你太厉害了吧。”

柳一梅说：“传说呗。”

王光标说：“刘家福做了什么见不得人的坏事以致死得那么惨，说具体一点儿好不好？”

“听说刘经理死之前还和一个女的滚在一起呢。”

王光标表示不相信，说柳一梅是在放屁，瞎胡扯。“刘家福在什么地方和别的女人滚在一起的，你晓不晓得？”王光标又问了一句。

“晓得和不晓得是一样的，如今这类地方多得很，”柳一梅说，“比如酒店、舞楼、歌厅，还有最赖的车码头和街头巷尾。不过这回刘家福不是在城里是在乡下，听说是被人用花言巧语引诱到一个什么地方去玩的，人家就趁机把他给做了。”

“说得怪恐怖的。”

“刘经理肯定得罪了人，要不就是有人见财起心！”

“我怎么会像他呢，他算老几？”

“王光标，你在说假话。你以为我不知道吗？我是大傻姐一个吗？你和桂香园的百合花是什么关系？还有竹海山庄的鸽子、嫣子，我没说错吧？告诉你吧老王，我不是不知道，我是不想坏你的人脉。人贵有自知之明，可你怎么一点儿自知之明都没得呢？不过，你要真像刘经理一样被人谋害了那才好呢，我的年龄不算大，还可以再结一次婚，再做一次新娘！”

柳一梅的嘴巴的确很厉害，把王光标说得哑口无言。事实上，柳一梅做梦也想不到：刘家福的被害，正是王光标梦寐以求和期待已久的结局。

沉默了一阵子的王光标突然哈哈地笑了，又揪了柳一梅一下说："狗嘴里吐不出象牙！"

此刻，王光标的身心完全放松了，几分钟之后，他们分别进入了梦乡。

六　红楼里的狼腥味

王光标一觉醒来已经是次日上午9点半钟。柳一梅早就走了。天亮后柳一梅轻轻地洗过脸之后，就上班去了。她没有叫醒王光标。她知道丈夫昨夜很晚才睡着就有意没有叫他，好让他多睡一会儿。柳一梅的嘴巴虽然狠了一点儿，但嘴巴归嘴巴，心还是疼着王光标的。她心里明白着呢，只要王光标在她就会有好多的幸福与荣耀，就会在人前高人一等，别人才会对她高看一眼。

王光标住在桂花林办事处的家属大院内，属单门独户，院墙高筑。一年四季，绿荫拂地，琼花异草，亭亭玉立，四时飘香，犹如野山中的别墅。宅子的前面就是办公楼，二者的间距不过二百米远。王光标来到大街上，随便吃了点儿东西。他吃早餐不是很讲究，吃得也不多。

王光标的外甥女余丹丹在办事处负责打印文件，此外，她还顺带着做些报刊书信收发、打扫卫生以及为客人沏茶倒水等日常杂事。余丹丹挺勤快的，每天起得很早。在王光标上班之前就给他把开水烧好了倒在开水壶里，再给他把茶杯洗好泡上茶放在办公桌上。她知道王光标不喜欢喝纯净水。王光标说纯净水太纯了，纯得没有了营养，而且一大桶纯净水要许多天才喝得完不卫生。

办公室墙壁上的挂钟敲了十下，余丹丹一抬头，见王光标到办公室来了。她赶忙放下手上的工作，跑过来说："舅，你今天怎么这么忙呢，10点钟了才到办公室来，我给你泡的茶肯定冷了，再给你重新泡一杯吧。"

王光标把手一摇说："不用了，我拿着漱口，你去忙吧。"

王光标有三个姐姐，余丹丹是他大姐的孩子，二姐、三姐的孩子分别在其下属的企业当会计和负责人。孩子们一个个都干得不错，挺给他长脸的。尤其是余丹丹，她打印文件两年多了从未出过差错，杂七杂八的事也做得很勤快。尽管外人有些看法，说王光标关心的都是自己的亲戚朋友，但王光标不以为然。他说，这样看问题不正确。他的理念是：经商也好，办公司也好，搞其他事业也好，不管你用的人是亲戚、朋友，还是社会上招聘的人，关键是要看能不能带来效益。再者，社会背景也很重要。如今有几个企业的领导不用自己的亲戚、朋友呢？只要能干、能完成任务就行。

王光标漱过口，喝过茶之后，把手伸进办公桌抽屉，将昨天看过的两张报纸从抽屉里拿出来重新翻看。他刚把报纸摊开，"桂花河命案告破　两名犯罪嫌疑人落入法网"的黑体字大标题立即再度映入眼帘。触目惊心的大标题让王光标的脸色变得很严峻，但他没有流露出一点儿激动和恐惧的神色。

王光标始终是自信的，他相信黄春来和陆小明不会出卖他。他们二人懂得，出卖他没有实际意义。他们二人心里更明白，将来能够帮助他们办理后事、养家糊口的人只有他王光标，他会在背后安排人把这些事情办理得体面、妥帖。王光标深信他们肯定会刀枪不入，直到被押赴刑场执行枪决，也绝不会向警方把他供出来的。王光标早就把自己的赌注下足了：即使警方怀疑他，将他纳入侦查视线，他也不必忧虑；没有黄春来、陆小明的口供，必然不能给他定罪。相反，他要把工作做得更加出色，稳住阵脚，千万不能乱了方寸。王光标还懂得，像他这样的企业家、名人，没有如山的铁证绝不会动他。这么一想，他神经质地笑了。

千头万绪之中，他不安的是：他没能把事情预谋得更慎重、更严密些，甚至有点儿马虎，以致黄春来和陆小明很快就落到了警方手中。他原以为失踪个把人算不得什么鸟事，不足为奇，谁也不知道失踪人到什么地方去了，警方也没有立案依据。可现实已经偏离了他的预想。王光标弄不明白警方是如何把目光锁定到黄春来、陆小明二人身上去的，更不明白他们在哪个环节上出了差错。

那天，黄春来、陆小明二人把刘家福的事情办完之后来到长江大酒店。王光标就在大酒店与他们二人碰了头。王光标还表扬了黄春来、陆小明，说他们把事情办得快、办得好。王光标对他们二人用俄罗斯美女做诱饵，轻易就钩住了刘家福这条老色狼尤为满意。按事前的承诺，王光标又重赏了二人各二十万元，叫他们沉住气，不要惊慌、害怕，每天该做什么就做什么，就像什么事都没发生一样。

接下来的几天时间，他们三人还背着人在红楼、花街两处歌舞厅玩过两次。黄春来和陆小明还分别带小姐进过包房。当然，他们相聚也不只是玩和疯这点表面内容，其真实意图是在传递信息。他们以为神不知鬼不觉。然而，警方正是从红楼、花街那里嗅到了他们的异常，从酒店门楼上的探头画面中都能看出他们的诡异之处。

第二天是星期天，王光标到办公室来得比较早。他叫余丹丹给他烧了两瓶开水又泡了茶之后，就叫她回家去休息。走之前余丹丹说：“舅，要是有事我就不休息了。”王光标把手一挥：“休息吧，今天是星期天，没有事。”

硕大的办公室显得空荡荡的，很安静。王光标站在窗前，眼睛发直，视而不见地看着外面的一切。昨天夜里，他躺在床上翻来覆去又想了一宿。万一事情被揭穿了咋办？他终于开始后悔了，害怕了。他突然产生一种怀旧之情，竭力想找回原来的自己，找回先前的鲜花、掌声、荣誉和辉煌。还不到 9 点钟，他就抽了小半包香烟，喝了好几杯浓茶。还不到 11 点钟，他就犹如忙了一整天，身体疲乏，双眼发涩，而且，其中一只眼皮还老是不停地乱蹦乱跳，让他心烦意乱。他张开双臂，连做几个深呼吸，想提提精气神。

这天上午，太阳始终没有露脸，满天灰蒙蒙的，远处仿佛有雷声滚过。他回到椅子上，眯了一阵儿，不断提醒自己要注意保持大脑的清醒和冷静，要慎之又慎，不能冲动，不能暴躁，防止失去洞察力和心态失衡。

11 点半，王光标准备离开办公室。可就在这时，突然闯进来四五个年轻人，其中一人额头上正流着红艳艳的鲜血。这人大声地呼喊着："我要找王书记！"

王光标吃了一惊，然后没好气地吼道："发生什么事情了，搞得这么吓人，成何体统？"

其实，事情也不是很大，他们斗地主斗疯了，动起手来，脸皮被对方指甲划破了。王光标习惯性地把手一挥，叫他们去找医生包扎一下。

他们走了，但王光标心里却留下一团抹不去的阴影：这些职工越来越没有组织纪律性了，满脸鲜血，到处乱跑，影响多不好哇！

七　两个女人的对话

柳一梅在市人民银行工作，是王光标找人给她安排的。没有王光标，柳一梅也许只是个歌舞厅门口的卖票人员。中午，柳一梅谎说家中有事，向她的领导打个招呼就提前一小时下班了。

柳一梅喜欢到菜市场买菜，一下班就照直往菜市场跑，买了一提兜白菜、萝卜。在回家的路上，柳一梅碰到了凤姐，因为是熟人，加之凤姐现在是孤单一人，柳一梅便立即与她亲热起来。

“凤姐，你还好吗?”柳一梅问。她们肩挨肩，走得很近。“没有了刘经理，孩子又不在身边，你一定要注意自己的身体啊!”

“唉!”凤姐悠长地叹口气说，“这刘家福也是报应，总爱把心思用在女人身上，他太不正经了，为这事我们往日曾闹过离婚的，你可能也听说过，我不知劝过他多少次，这一回为了女人他竟然把命都搭上了。”

“刘经理这么大年龄了还这样，真不应该。”柳一梅感叹道。

“听外面的人说，是那两个凶手把他骗到蒲州去玩的。说他们的亲戚在蒲州开了一家很有名头的歌舞厅，近日弄来了几个俄罗斯小姐，一个个年龄不大，生得水灵秀气，非常漂亮，给刘家福留着呢，要他去开个洋荤。他们还说刘家福几十年吃的都是土鸡子，从没吃过洋鸡。刘家福喜得合不拢嘴，立即就表示要去，结果中了人家的美人计。他人还未进入蒲州地界，就被凶手用铁丝勒死在车里，把面容都给毁了，是用火烧的……你说是不是报应?”

“他们之间是怎么认识的呢?”柳一梅听得特别认真，提兜里的白菜掉了几根在路上都没发觉。

“肯定早就认识呗，不然刘家福怎么会跟着去呢?估计他们和刘家福都不是正经人，经常在一起鬼混，时间长了也就混熟了!”

“那他们为什么要害死他呢?”

“说是刘家福得罪了他们，玩了他们的女朋友，具体情况我也不太清楚。听说刘家福死前，与那两个凶手还有过一段对话。”

“什么对话?”柳一梅很像记者在采访，一问再问。

原来，两名凶手突然把铁丝套在刘家福的脖颈上，被刘家福的两只手抓住了，他惊恐地问他们这是干什么？

凶手说："你真蠢，这还不知道吗？"

刘家福说："你们是不是想弄死我？"

凶手说："对嘛！算你还聪明，很快就明白了。"

刘家福说："要弄死我就弄死我呗，还搞美人计骗我，真是笑话……你们开个价吧！"

凶手说："开什么价？"

刘家福说："别装了，你们难道不是要钱吗？不要钱又何必置我于死地呢？说吧，到底要多少钱才愿意放过我？"刘家福以为凶手是绑架勒索他的钱财。

凶手说："我们不要钱。"

刘家福说："那你们要什么呢？"

凶手说："就要你的命！"

刘家福说："为什么？我与你们二人一无冤二无仇，为什么要我的命？"

凶手说："你得罪人啦。"

刘家福说："我得罪谁了，能不能告诉我？"

姓陆的凶手说："你得罪的人就是我！"

刘家福说："没有啊，我们不是经常在一起玩嘛，好好的，我怎么就得罪你了呢？"

姓陆的说："因为你玩了我的女朋友。"

刘家福说："你这是胡说八道，我根本就不认识你女朋友，也从没听说过你有女朋友。"

两名凶手一齐说："老伙计你就认了吧，别再多费口舌啦！"

刘家福一下子急了："年轻人，你们要我死，就让我死个明白好不好？"

但两名疑凶始终没让刘家福弄明白，就把他给结果了。

凤姐说完，长长地叹了口气。

“刘经理要是在竹木工艺厂不走就好了，也许就不会发生这种倒霉的事了。”柳一梅脸色凝重，流露出了惋惜及哀伤之情。

“古人早就说过：生死由命，一切都是命运安排好了的。”凤姐很有一点儿宿命思想。她说：“刘家福这种人太放荡了，不会有好下场，不是这样死，就会那样亡。老话还说过：一个人的福禄，只有那么长，想多是多不了的。”

两人一边说一边走，快分开的时候凤姐好像想起了什么，站住对柳一梅说了一些感谢的话：“王书记还是挺看重刘家福的。别看他们平时吵吵闹闹的，关键时刻还是挺够意思的。在刘家福的追悼会上，王书记亲自给我送来了五千元钱慰问金，还带着老刘身边原来的许多职工和部下来参加追悼会。一梅，他真是一个好人哪！”

柳一梅说：“他是领导，这是他应该做的。”

凤姐说：“一梅，话不能这样说，刘家福毕竟已经离开了竹木工艺厂到竹木公司去了，王书记是可来可不来的啊，你说是不是呢？你一定要替我多多感谢王书记啊！”

刘家福的追悼会是在刘家福被害后的第三天召开的，虽然刘家福去新单位的时间不长，但公司还是为他办得很热闹。王光标知道以后，带着一班中层干部前去吊唁，人人都送了花圈，送了钱，烧了香，放了炮，弯了腰，鞠了躬。王光标在焚香的时候，望着刘家福的遗像，悲声袅袅，泪流满面。凤姐很受感动，她一直念念不忘这份人情！

吃中午饭的时候，柳一梅把凤姐的话转告给王光标。王光标听了心里好不痛快，但他表面上不露声色地说：“那也是应该的。桂花林办事处能走到今日这一步，刘家福功不可没，他死了我们还能不去看一下、送个人情和参加追悼会？如果连这一点都做不到，那还叫人吗！你说我说得对不对？”

柳一梅说：“你是领导，我没有资格评头论足。不过，听你的口气你好像很谦虚，你什么时候学会了这一套？”

王光标说：“谦虚点儿不好啊？”

柳一梅说：“好不好我不管，我只希望你不要跟刘经理一样，为了玩女人走到死路上去。”

“你的嘴巴没一点儿把门的，总是胡说一气！”

一阵优美的音乐声从王光标的腰间传出，他的手机响了。王光标赶紧放下碗筷，站起来走到一边。

“我是王光标，什么事？啊……啊……”

“什么事搞得这么神秘兮兮的生怕我听见了，走得那么远？”柳一梅在王光标挂掉电话之后不高兴地问他。

“不是什么女人的电话，你放心好啦！”王光标笑了一下说，“是市委经委办马主任打来的电话，叫我明天去省里参加百强企业负责人会议，是市委一把手李明山书记点名叫我去的。”

“你们好多企业的效益越来越不景气了，还充什么‘叫鸡公’啊！”柳一梅不以为然。

这话让王光标大为光火，他黑着脸说：“你少来点儿反面宣传行不行啊？桂花林是我在主政，你想拆我的台啊？”

“老公，我是随便说着玩的，在外面我怎么会这样说呢。”柳一梅眨眼的工夫像变了个人似的，走了过去在他脸颊上亲了一口，留下一股怡人的幽香。

王光标仍然黑着脸说：“别来这一套！”他冷哼了一声说道：“你这人说话有时真是不中听！”

八 胡玉林的心病

近一个多月以来，胡玉林一直在人民医院住院。他心脏病突然犯了，而且很严重，据说他的心脏病是得知刘家福被人暗害的消息之后大为震惊而引发的。一开始，有个把礼拜时间，他夜不能寐，噩梦连连。他常常梦见被蟒蛇缠身、歹徒追赶、海啸袭击，不时地发出沉闷嘶哑的惊呼，被老伴一次次推醒。醒来时他冷汗涔涔、呻吟不止，仿佛大病了一场。他脑海里一天到晚不停留地绕着一个问题：刘家福怎么就被人暗害了呢？这想法像中了邪似的，成了挥之不去的阴影。

他想刘家福突然遭遇不测，尸体被抛在离咸州城几十里远的桂花河定有蹊跷，绝不是一般等闲之辈所为。刘家福在竹木工艺这一行当干了几十年一直稳稳当当、平平安安，为什么一走就遭遇了不测呢？这其中必有缘故。胡玉林曾受王光标指派去劝说刘家福重新回到竹木工艺厂，并许愿给他提高级别和工资待遇，而刘家福这头犟牛偏偏不买账，说话又像吃了子弹一样特别冲动，这使得王光标很没面子，极为光火。凭王光标的性格和为人，他眼里是容不下这粒沙子的。

在胡玉林的潜意识中，刘家福的不幸遭遇百分之九十九与王光标有关系。但胡玉林心中的事情是不会对任何人说的，只放在自己肚子里装着，即使病死了也要让它埋到土里。当王光标来医院探望胡玉林时，他又觉得王光标是个好人应该不会做这种事。因为王光标不但给他送来了燕窝饮料、人参等补品，还给他送来了几千元住院费，这使得胡玉林心里像阳光一样温暖。更使胡玉林喜不自胜的是，王光标同他握手告别时，叫他多住些日子，别慌着上班；另外，也别担心那百分之二十的医药费报不了，到时候王光标会给他签字，一切都能解决。按规定，胡玉林的医药费只能报百分之八十，有了王光标这句话就没有了后顾之忧。

在胡玉林的记忆里，几年前王光标曾玩过一支勃朗宁手枪。王光标称是从公安局一位好朋友那里拿过来玩一下的，是真是假也无从查问。胡玉林觉得在王光标这种“高人”面前自己多一事不如少一事，否则弄不好小命难保。别看王光标在企业界是个显赫的人物，其实他跟黑道人员称兄道弟，什么龌龊的事情都能做得出来。

有一年秋季的一天夜里，温州一位老板请王光标和胡玉林在君子来酒店吃饭，同桌的还有一位财大气粗、赫赫有名的孟老板。这孟老板可能也是个心高气傲之人，推杯换盏之间众人纷纷起立举杯向王光标敬酒，唯独孟老板充耳不闻、视而不见，完全不把王光标放在眼中，没有主动敬酒。孟老板不是不认识王光标，也知道他是咸州本地的大人物。可孟老板仿佛有点儿故意不买账的样子，眼神飘忽，看都不看王光标一眼。王光标觉得孟老板是明摆着不给他面子，气得脸早就成了“变形金刚”。

凶悍的王光标终于忍不住了，趁孟老板端杯自酌自饮之际，一言不发地从兜里拔出勃朗宁手枪，猛地一下杵在孟老板的太阳穴上。孟老板可能打娘肚皮出来也未见过这种场景，圆胖胖的大脸，立马吓成了菱形，浑身发抖，眼里充满了恐惧，身子开始歪斜坐不稳了。尤其是他那只端酒杯的手，摇晃不定，颤抖得十分厉害，终于酒杯“啪”的一声落到桌上。杯中荡出来的酒，沿着桌边流到他身上，将他下身洇湿一大片，很像一位小便失禁的病人，简直不堪入目。

“别……别……”失魂落魄的孟老板一句话堵在喉咙里，憋了半天憋不出来，他吓傻啦！

孟老板赴宴时带来了一位保镖，这保镖生得强健体壮，五短身材，目如山鹰。见主人有了麻烦，立功心切的他未加思索，猛地一下扑到王光标背后，将毫无防备的王光标扳倒在地，顺势下了他手中的勃朗宁。然后，这保镖把枪拿在手上，一边把玩着一边用一串酸溜溜的言语对王光标进行羞辱："这位大哥，做事别太过啦。再说，你那点儿手艺与我比，还欠点儿火候……"

保镖所出之言，字字刺耳。这真是应了中国人一句古话：打师怕蛮师，蛮师怕不怕死的。一时间，大家都傻了眼。那位孟老板同样傻了眼。虽说是自己的保镖，维护的是自己，但他也觉得太过了，不知如何是好。大家都为这个鲁莽的、不知深浅的保镖感到无比震惊。有人吓出一身冷汗；有人说话打战；也有人悄悄地告诉保镖，王光标属于黑白两道人物，心狠手辣，遇仇必报，万万惹不得的！

王光标是个极其看重面子的人，自出娘肚皮就轻易不言输。现在，他额头上的青筋都快要被急剧上蹿的热血绷破了，瞪得像铃铛一样的眼珠都快掉出来啦。在众人的劝说下，保镖很识相地认了错，双手将枪还给了王光标。

"大哥，小弟是个粗人，一时鲁莽，多有得罪，对不起，失礼了，请大哥海涵！"

王光标屁都没放一个，接过枪，一推杯，黑着脸走了。胡玉林预感大事不妙，叫温州老板立即撤席，大家快速离去。果然，众人前脚刚走，后脚王光标就带着一群打手杀回来了。好险啊，若稍慢一点儿，很难说不发生流血事件。找不到保镖，王光标十分失望。

"此事没完！"王光标怒不可遏，像野兽一样，发出一声悠长的怒吼。

君子来酒店的几名服务员看着这几个横冲直撞、虎视眈眈的人，一个个像看外星人一样感觉莫名其妙，他们不知道发生了什么事情。

为了替保镖消灾灭祸。一个礼拜之后，孟老板拉着一位副市长一起，在市月亮湾温泉谷一家大名鼎鼎的五星级酒店宴请王光标，由副市长出面做工作。当然，孟老板还不能让副市长提起枪的事情，否则就会火上浇油把事情弄得更糟，只能找一些敷衍的话题说一说。

王光标对市里的领导是个个熟，见副市长出面说话，这面子就大了，不能不识抬举，加之孟老板一个劲地向他敬酒、赔礼，给足了面子，终于高兴地举起酒杯，说了句："一切都在这酒里。"然后他一仰脖，喝个底朝天。"够意思！够意思！"副市长直打哈哈。

尽管如此，胡玉林并未替孟老板把心放下来，因为胡玉林对王光标的为人太了解啦，知道他绝不会就此罢休。果然，半年之后，胡玉林听孟老板说他的保镖失踪了。因为没有任何有价值的线索，就没有向警方报案。再说，如今全国上下在外面打工的人多，人口流动量大，谁知道失踪者是不是悄悄地外出打工去了呢？这件事就成了一起悬案！这其中的隐情，孟老板心中是明了的。但是没有证据，也就不好多说什么了。

胡玉林是桂花林办事处的老同志，王光标是土生土长的年轻一代领导，所以胡玉林深知王光标的秉性和德行。王光标霸气十足，报复心极强，无人敢惹他。中国有句俗话：惹不起，躲得起。胡玉林正是以这种态度来处理他与王光标之间关系的。

胡玉林对王光标的工作从来不提反对意见，即使对他的决策不认同也只是放在心里，工作照样做，百依百顺。因此，他深得王光标的信任。桂花林办事处原有的老同志一茬茬地被换掉了，唯有胡玉林是个不倒翁。胡玉林心知肚明，也愿意维持这种工作现状。

现在，一个多月的住院时间轻轻松松地就溜过去了，胡玉林的病也基本痊愈，医生说可以出院了，但胡玉林还不想出院。他怕刘家福的案子会给他带来麻烦，想躲避一下，图个安稳，静观其变。胡玉林已经知道刘家福的案子破了，两名犯罪嫌疑人也缉拿在押。这是警方到医院走访他时亲口对他讲的，警方还给他带去了刊有破案内容的《香城晚报》。其实，胡玉林在这之前就看到了这张报纸。

警队的人去的时候穿的是便装，是以朋友的名义拎着水果去的，很秘密，连在医院服侍胡玉林的老伴都不知道警察来过，她被安排支开了。警察询问胡玉林对案件有何个人想法或见解。因为刘家福死前在办事处下面的企业工作过多年，也可以说是在胡玉林手下工作过多年。所以警方希望胡玉林能谈一谈自己的看法，想从中捕捉点儿什么，并一再表示会为他保密，保护他的人身安全。

但是，胡玉林除了说王光标玩过一支勃朗宁手枪以外，没有说出其他任何有价值的线索，而且还一再强调他什么都不知道。既然如此，警方也没再多问。临走时特意叮嘱他，不要对任何人说及今天的事情，包括他老伴。

在警队的人离去之后，胡玉林有些紧张和不安，更有了在医院多待些日子的想法，以便远离是非。警队的人虽然没有提到王光标有嫌疑，但胡玉林明显地察觉到警方已经把视线锁定到王光标的身上了，王光标很可能还不知道警方在秘密调查他，一旦察觉了还不知道会生出什么意想不到的大事来呢。

九　探监人

市委书记李明山点名要王光标去省里参加召开的乡镇百强企业负责人会议，这其实是警方的意思。警方已经将侦查视线锁定到王光标身上了。为了不打草惊蛇，才请求市委领导作出这一决定的。这也是个策略问题，让王光标觉得一切都很正常，市委领导一如既往地关爱他、重用他。不过，这一安排只有李明山书记、市长和政法委书记三人知道。

黄春来和陆小明归案以后嘴巴一直咬得很紧，均未交代出任何有价值的口供。警方在监狱分别提审过两疑凶。黄春来交代说他帮陆小明“办事”，是因为刘家福多次性侵了陆小明的女朋友，陆小明咽不下这口气，早就想干掉刘家福。陆小明更是一口咬定，是可忍，孰不可忍。但陆小明说不出女朋友的姓名、住址、单位、职业，以及其他方面的相关信息。一时说他女朋友是南方人，过一会儿又说他女朋友是北方人；一时说他女朋友是在乡下做农活的，过不多时又说他女朋友在外面打工。黄春来更是支支吾吾，交代不清陆小明女朋友的具体情况，就连长什么模样、居住在什么地方都说不上来。

对此，警方不难推理出这样一个结论：陆小明的女朋友很可能是个虚假的存在，根本没有办法进行核实。两疑犯之所以这样做，目的就是掩盖案情真相和掩人耳目。经过分析推断，警方得出的另一个结论是：他二人的杀人动机根本不成立。也就是说，在押的两名犯罪嫌疑人与刘家福之间并没有根本利害冲突，根本不具有杀害刘家福的动因。同时还说明，两名犯罪嫌疑人在很大程度上是被人利用和收买的。

警方还进一步认为：王光标是政企两界红人、企业家，为什么会跟社会混混黄春来、陆小明暗中混在一起？这其中必有蹊跷。另外，刘家福与王光标之间的关系也十分微妙。还有很重要的一点，那就是警方通过技侦发现两名犯罪嫌疑人在归案前一段时间，一反常态地花天酒地，大把大把地花钱，显得很阔绰；还捕捉到他们二人在外地银行各有二十余万元的存款，日期都是发案前后。但是，这些还不是直接证据。要想对王光标采取措施，必须有黄春来和陆小明的真实口供、铁的物证，但两疑凶已是刀枪不入。

这日，看守所大门口来了两名年龄均在三十岁上下的男子，长得都很帅，说是来看守所探望黄春来、陆小明的，两人自称是犯罪嫌疑人的朋友。他们带来了几条档次挺高的香烟和两千元零花钱，是交给黄春来和陆小明的，要让两疑犯在监狱把伙食吃好一点儿，但被看守所所长和枪兵拦下了，未批准他们进去。他们只得将香烟和现金留下，请看守所工作人员转交。事后查证，此二人是受王光标秘密之托来看守所探风的，想给嫌疑人一点儿安抚。王光标的这一隐秘行为，并未逃出警方的视线。此前，警方已做过周密安排，特别是柯明支队长一再强调，在黄春来、陆小明案件侦查期间，不允许任何人借探监之机面见犯罪嫌疑人，包括直系亲属，所有要求转交的钱物或吃的东西也不允许直接转交，先留置再说。即便是必须转交的日常用品也要认真检查、做好监护，有意隔断犯罪嫌疑人与外界的感情交流，让其有一种人在人情在、人走两分开的失落与凄惶。可是，即使这样做了，两名犯罪嫌疑人仍然一口咬定：刘家福的案子就是他们两人作的，与任何人无涉。

十　平地一声惊雷

春深如海的五月，阳光温暖着大地，鲜花开遍了原野。

这日，柳一梅约凤姐去人民广场游玩。人民广场是近几年新建的园林式广场，视野开阔、四季如春、繁花似锦，诱得游人交错、流连忘返。

柳一梅刻意打扮了一番，正待出门时，门前不远处蹒跚地走过来一对形销骨立、弱不禁风的大爷、大妈。

“这是王光标书记家吗？”面对两位老人的问话声，柳一梅吓了一跳。在她看来，说是问话声，不如说是“乌鸦”的叫声，又嘶哑，又浑沉。

“干什么？”柳一梅本能地瞪大眼睛问了一句，还夹杂着许多莫名其妙的表情。

“我们要找王光标书记。”

“干什么？”柳一梅又问了一句，脸上的表情始终带着疑惑。

平时进出柳一梅家的人大都是权贵。现在，站在院门口的两个老朽又矮又瘦，苍颜满面，雪花盖顶。老头子更是衣衫褴褛，用针都挑不出一点儿好地方。他眼睛斜斜的，看人时目光不知飘忽在哪里，让人捉摸不定。他的右腿是跛的，走路时左边高右边低，前后一拱一拱的，十分滑稽，而且说话时口齿不清。相比之下，老太婆在柳一梅眼中倒算是个体面点儿的人了。

“你就是王书记家的人？”他们一齐望着柳一梅。

柳一梅忙着要出门没有心思多耽搁，就说：“是的，我是他爱人，他不在家。”

“那我们就在这门口等他回来。”

“等不回的，他到省城开会去了，明天才能回来。”柳一梅有点儿不耐烦了，“到底有什么事先跟我说吧，等他回来了我再告诉他！”

“我们想请王书记帮个忙！”

柳一梅吓一跳：“给你帮个忙，帮什么忙？”

“我儿子黄春来被公安局抓去了。公安局说他杀了刘经理，这是不可能的，请王书记帮忙说个人情。”

柳一梅又吓了一跳，原来就是他们的儿子杀了刘经理呀！原来站在她面前的人就是凶手的父母，不可思议。

“你们想要王书记帮忙说什么呢？”

“希望公安局把我儿子放出来。我儿子不会犯法的，他不是犯法的人啊！他一出生就是个乖孩子。”

“你们怎么知道他到底犯没犯法？”

“我的儿子我当然知道！”老太婆一直用衣角擦着眼泪。

柳一梅看看表实在耐不住了，她急着要走，就说：“你们回去吧，我还有事。”一抬脚就走了。

“那你一定要把话转告给王书记啊！”

柳一梅大步流星地往前走去，裙裾飘飘，身后两位老人说的话不知她听见没有。

黄春来的老爹和老娘之所以找王光标帮忙，是因为王光标曾安排他们的儿子当过保安，黄春来结婚王光标还去喝过喜酒，在他们心中，王光标是好人，是会给他们帮忙的人。

兴致勃勃的柳一梅刚一走出街口，迎面就遇到了凤姐。柳一梅原本一阵欣喜，双手都快搭到凤姐肩上去了。可是，柳一梅还没来得及开口说话，凤姐就“咚”一下跪下去了，扯住柳一梅的花裙，猛然爆发出一声歇斯底里的号哭，声音十分悲切、苍凉。

“柳一梅啊！天啊！原来是你家王光标请人杀害了我家刘家福

啊……”

平地一声惊雷，把满街的行人吓出一身冷汗。柳一梅更是惊得晃了几晃，咣当一声坐到地上。待柳一梅回过神来时，凤姐早已被接处警的警察弄走了。

凤姐近来一段时间常常突发奇想，一心想看看陆小明的女朋友到底是个什么样子，是不是人间仙子，是不是长得比天仙还闪亮？刘家福为什么那样喜欢她，会因为她而丧了命？

凤姐就不停地往公安局看守所跑，跑了一次又一次，不厌其烦。不过她跑得再多，还是没有看到陆小明的女朋友，连陆小明女朋友的名字都没打听到。看守所的人不可能告诉她：陆小明的女朋友是假的，子虚乌有的。再说了，即使陆小明的女朋友真有其人，也不可能关在看守所。只能安慰她不要胡思乱想，或哄她说，陆小明的女朋友一般般，没什么特别之处，没有工作单位，到深圳打工去了，看不看就那回事。凤姐信了，也就不再去公安局了。

过了一段时间之后，不死心的凤姐又一次突发奇想：见不到陆小明的女朋友，那就见一见陆小明本人。她要问陆小明到底为什么要杀害刘家福？另外，她还想问一下陆小明，刘家福死之前与他们说过什么。凤姐像中了邪一样，一次次往看守所跑。看守所的人又告诉她说，陆小明属重案犯罪嫌疑人，任何人都不准面见。着了魔的凤姐就说，我又不打他、不骂他，只问几句话咋就不行哩？看守所的人说，这是法律规定，你不能违反规定懂不懂？凤姐就说，法律就不能灵活一点儿吗？看守所的人说，这个不能灵活。最后，凤姐就叹口气说，算我白跑了！

现在，凤姐突然找柳一梅哭闹，说王光标买凶杀害了刘家福，谁也不知道她说的是真是假，更不知道她是从哪听来的消息。事后有人问她是怎么知道的，人命关天可不能胡乱瞎说。凤姐就说，我是不会捕风捉影的，我是在外面偷听到的消息。问她还听到了什么，又是怎样偷听到的？她就不耐烦了，问你是什么意思？

十一　长江边的枪声

三天的会议，一晃就过去了，吃过中午饭，会议就算正式结束了，全省各地来的与会人员就可以走了，而且，有的人没有吃饭就走了。

王光标这次到省城开会没带司机而是自驾小车，他有好多好多的事情需要独自梳理一下。吃过中午饭，他休息了两个小时，就启动小车返程了。他没有直接回家。

昨天晚上 10 点钟的时候，王光标接到柳一梅给他打去的电话。柳一梅在电话里把凤姐找她哭闹的事情，从头到尾很伤心地哭诉了一番。接着，她又转告了黄春来的爹娘找他帮忙的事。王光标虽然早有充分的思想准备，连最坏的结果也做了打算，但他还是判断不出凤姐是怎么知道的，是乱猜的还是有人在背后给她点水？更让人意想不到的是，凤姐这么不冷静，居然无凭无据就找柳一梅大嚷大闹，这让他有点儿猝不及防。可想而知，凤姐这么一吵一闹不啻惊雷一声弄得满城风雨，但是王光标依然深藏不露，显得十分平静。

“别听凤姐瞎说！她说我找人杀了刘家福，有什么证据？”王光标在电话里对柳一梅大声吼道，“她胡说八道，诬陷好人，我要到法院去起诉她，要她付出惨重代价，赔偿我的名誉损失！”

王光标把话说到这儿，突然想到警方是什么态度呢？李明山书记是什么态度呢？他们肯定听说了凤姐哭闹的事。于是他又说：“柳一梅，你去找一下市委李书记，把凤姐的事向李书记汇报一下，看看李书记是什么态度！”接着王光标又吩咐柳一梅：“黄春来的老爹、老娘如果再来找你，你就告诉他们：我已经到公安局帮他说过了。”半个小时之后他们才结束通话，柳一梅也结束了夜莺般的啼泣。

此时，王光标开着宝马离开了省委会议处下榻的宾馆驶离了城区，沿着江边一条不规则的土路一直往前走。他似乎对这条路很熟悉，一点儿也不会犹豫或是左顾右盼。午后3点半钟的样子，宝马车终于停在江边一处有芦苇的地方。苇草长得又高又密，一望无际。置身其境，完全是在另一番天地，没有喧嚣，没有繁华，也没有车山人海，非常静谧、隐蔽，同现代京剧《沙家浜》里的芦苇荡一样，野茫茫的一片绿色世界。

王光标没有急于下车。他在车上半眯着眼睛坐了许久。他像是在用耳朵捕捉什么动静似的，可是，在这杳无人烟的芦苇荡深处，除了不时地传来一两声鸟儿的啁啾，就是头上白晃晃的阳光。

王光标过了一会儿才走出小车，他将车门锁好，掉过头来，转向苇丛中一条很窄的小路，半弯着腰向江边走去。江面极阔，江水茫茫，望不到边。天上的太阳，灿烂地照着；白色的水鸟，斜刺地飞翔；涌动的江水，粼光泛起，一层过去了，又一层过来了，一层接一层地向远处天水相连的地方奔去。

王光标站在水边把两只手臂交叉抱在胸前，过了好一会儿他又将手臂交叉在背后，久久地伫立凝望着江水，但他并无逝者如斯夫的惆怅。光阴如流水，不知不觉，红日偏西，江风渐起，江鸥低鸣。王光标收回目光使劲伸了伸手臂，又使劲做了几个深呼吸。然后，他从兜里掏出勃朗宁手枪，慢慢地抬起右臂，朝着辽阔的江面，毫无目标地“叭叭叭”放了几枪。休息一下，他再次抬起右臂，“叭叭叭”又放了几枪！然后，他才转过身来，离开江边，走出苇丛。

王光标是晚上 11 点多钟回到家的。半路上，他一边开车一边和市委书记李明山通了电话。他说，现在天色晚了不打搅领导休息了，明天上午再向书记汇报会议精神。

接电话时，李明山就在市委办公室，身边还坐着市公安局刑警支队支队长柯明、分局局长周亚夫。他们刚刚研究过王光标在长江边的异常行为，认定王光标与刘家福凶案的关联性很大。李书记接着王光标的话头很放松地笑着说："好好好，明天汇报，明天汇报，辛苦啦！辛苦啦！"

李书记想快些结束通话，怕王光标问及凤姐吵闹的事，说完就关了机。柯明与周亚夫则大气不出一声，唯恐弄出响动被王光标察觉到什么。

柳一梅见王光标回来得这么晚，挺心疼的，赶忙冲了杯牛奶，给他端到面前的茶几上。但王光标说他要喝茶，就把牛奶杯递给了大姐。王光标的三个姐姐此时都在这里，还有几个外甥也在，唯独老母亲和孩子没来。他们是为王光标的事情来的，知道他今天晚上回家，一直等在这里。王光标一进屋就察觉到了一种压抑的气氛。他为了缓和一下众人的情绪，高兴地说："你们都是为我的事情来的吧，没事的，几个姐姐别担心。还有你们，"他用手指点了点几个外甥，"都回去休息吧，明天还要上班呢。"

王光标虽然这么说，但是几个姐姐还是不放心。大姐说："光标，你是桂花林开发区的一把手，是当家人，一定要把好舵，掌握好分寸啊，出不得事的！老娘还不知道，她和孙子住得远，她老人家年纪大了，耳朵也有点儿背，不知道也好，知道了也一定要来的。"

二姐也望着王光标说："开发区的摊子大、企业多，工作上有什么难处多和同志们商量一下，不要老是一个人担着，这样自己吃亏不说，唱的戏也不好看，你说是不是呢?”

三姐没有说什么，只是附和了一下：“千万不能出事的啊，一家老小都靠着你嘞!”

王光标哈哈一笑说：“谢谢几个姐姐的关心，没事的，放心吧。”

王光标又想起昨晚和柳一梅说过的话，就问：“找李书记了吗?”

柳一梅说：“没有，我一个女人家，不好意思到那种大场合去。”

王光标把手一挥说：“算了，我明天上午去市委汇报会议精神，一起把凤姐胡说八道的事情说说。”

送走三个姐姐和外甥，王光标开车来到医院看胡玉林，想和他聊聊关于凤姐胡言乱语的事情。走进病房，他才知道胡玉林已经出院了。

胡玉林是当天上午出院的，他害怕凤姐闹出人命来。他不想继续住在医院躲避问题了，他突然感到有暴风雨要来临，情况紧急他应该回去上班，他要制止凤姐瞎说胡闹，不要凭个人臆想制造混乱，那会惹出更大麻烦的。

十二　市委书记的意思

柯支队长和周局长叫外围调查的民警在办公室做案件梳理工作。两位领导要亲自上阵。经市委常委研究批准，决定以私藏枪支为切入口找王光标查证核实，揭开王光标隐藏在凶案背后的真实面孔，挖出桂花河命案幕后的元凶。

王光标的办公室在桂花林办事处办公大楼的三层。这座楼一共九层。王光标的办公室十分考究，设有卫生间、午间休息室和空中花园。柯明、周亚夫两位领导是在王光标去给市委李书记汇报之后走进他办公室的。柯支队长穿着一身警服，十分威严。为了做到万无一失，周局长安排胡玉林对办事处有关人员采取措施，禁止为王光标通风报信。另外，柯支队长又叫胡玉林选派一名单位的保安留在身边。

昨天下午，王光标在江边芦苇丛中的一举一动全部被警方采取的高科技手段侦查、跟踪和掌控。王光标的这一反常行为，可以说完全是一种压抑心情的释放。自从黄春来、陆小明归案之后，王光标表面上很平静，内心世界却是惊涛拍岸般从未平静过。凤姐的哭闹更是让王光标火上加油，使他有了某种不祥之兆。

王光标不愧是大企业家，此时此刻，他就坐在李明山书记的办公室汇报省里的会议精神。他谈笑风生、落落大方，优雅地吸着香烟、掸着烟灰，一如往日般派头十足，谁也看不出他内心有无惊涛骇浪。而且，他今天穿得特别帅气，仿佛经过一番刻意打扮似的。那优质的名牌衬衣洁白如雪，配着暗红色绣着真金丝线的领带，真是珠联璧合、相映生辉。他头发打理得光光的，皮鞋亮亮的，浑身上下几乎无处不在闪耀着光芒。只是让人捉摸不透又捏着一把汗的是，不知此时此刻他身上是否也掖着那支勃朗宁手枪。

王光标汇报完会议精神之后，没忘记请求李书记派人做做凤姐的工作。他说不要搞得影响不好，损坏了他在事业上、生意场上的形象，否则，他要请律师到法院起诉凤姐。

李书记说："凤姐的工作由市委出面做，不允许她胡说八道，你就一心一意落实省会议精神吧。"

王光标临走时，笑着同李书记握了握手。刚走出房门，他又转过身来说："李书记，中午我请你吃饭，现在我回办事处把几件事情处理一下，11 点 30 分我准时开车来接你，你也别开车了。"

李书记说："那我看一下中午有没有应酬。"王光标的眼睛转了两转说："行！"然后李书记望着王光标走出去的背影摇了摇头，心里掠过一阵浓浓的苦涩：他觉得年轻有为、意气风发、前途无量的王光标，不应该走到这一步。李书记猛然有了一种很强烈的意识：对所有企业家，特别是卓有成就的企业家，绝不能放松法治教育、思想教育和道德品质教育。

十三　王光标的遗言

王光标回到办事处，看见柯明、周亚夫两位领导坐在自己的办公室，大模大样地嘿嘿一笑说："两位领导真是稀客呢，什么风把你们吹到我这破庙里来啦！"

王光标立即拿出黑猫牌香烟招待客人，又吩咐保安上最好的龙井茶。寒暄中，柯支队长说："听说你大书记去市委汇报工作去了，我们就一直等候在这里。"

王光标说："真对不起，让二位领导久等了，不好意思。请问，二位找我有何贵干啊？是不是因为凤姐哭闹的事情惊动了你们的大驾，才特意来找我的？"

没想到王光标轻轻松松地就把一个很沉重的问题拿到桌面上来了。他真是城府深啊！

柯支队长见王光标抢话说，便顺水推舟："王书记别多心，听说你手上有一支短枪，不知是否真有其事。"

王光标仿佛早就有了思想准备似的，很放松地一笑说："哈哈，有其事，有其事！我是有一支勃朗宁短枪，是几年前去美国达拉斯参观时买的。"

接着，他详细地介绍起枪的来历："那天夜里，我闲着没事，一个人信步在街头溜达，想领略一下异国风光，没想到仅一会儿工夫便接二连三地遇见几件事。首先是一个在暗处拉客的男子，他走过来悄声问我要不要做那种事，见我听不明白他就连说带比画的，待我明白之后，我就摇了摇手示意不要。不一会儿又有一个人走过来，他挨着我把一沓外汇票子伸到我眼前晃了晃，问我要不要换外汇。当时我想，即使要换的话又怎么信得过他呢，万一被人骗了怎么办，岂不是自找麻烦，而且我身上并不缺这类票子。我同样摇了摇手，这人自然也走了。这样经历几次之后，最后来了一个卖枪的男子。他把手枪托在掌上让我看，我拿过来掂了掂，感觉像真货就买下了。心想来一次美国不容易，权当买个纪念品玩玩吧。”

王光标说得煞有介事，是真是假也无处查实。接着他把公文包的链条拉开，取出手枪，放在柯支队长面前的桌上，道一声“就是这玩意儿”。柯支队长和周局长一看，正是一支勃朗宁。

“我国法律有明文规定，私藏枪支是违法的，王书记应该知道。”柯支队长说。

“知道，知道。”王光标不好意思地笑了一下说，“买这东西纯是出于好奇，既然你们警方追究，我今天就上交给你们啦。”

“这么爽快？”周局长说。

“哈哈，不爽快不行啊！谁敢不听警察的！”

“是吗？”柯支队长勉强笑了一下。

“是，是，当然是！”

“不怕追究你王大书记的法律责任？”

“两位是大警官，又是老领导，可别吓唬我这小老百姓啊！”

王光标尴尬地笑了笑，将话头转到凤姐身上。“凤姐到处造谣，说是我王某人拿钱买凶杀害她丈夫，我想听听二位领导对此有何高见。”

柯支队长说：“王书记，凤姐是不是在造谣我们暂且不提。但凤姐提到的事情，也就是刘家福遇害的事情，不是你今天听我们说，而是我们今天要听你说一说呢！”

王光标没想到他的话被柯支队长反转回去了。他一边发烟一边耍赖似的说：“两位大警官，别再蒙我啦，其实我知道你们这段时间一直在调查我，怀疑我是刘家福一案的始作俑者，是幕后指挥。我没说错吧？”

柯支队的嘴角做戏似的笑了一下：“王书记说话挺爽快的啊。既然如此，那你还听到了些什么呢？干脆接着往下讲吧。”

“我当然要讲。”王光标说，“不瞒你们两位领导，刘家福被人干掉了我很高兴，这对我很有利。从商业竞争的角度讲，他是我们的死对头和冤家，但是这并不意味着我王光标就要对他使用暴力，对不对？”

“对！”周亚夫局长说，“王书记说得当然对。面对竞争对手，不一定非要使用暴力。但从现在的情况来看，王书记的处境并不是这样的啊。刘家福的辞职，不但带走了厂里原来的信誉，还带走了多年经营下来的工艺技术和许多客户，对吧？而你又没有办法制止这些事情的发生。因为这些东西就装在刘家福的脑子里和信誉里。刘家福的脑子就是活档案。

“另外，在刘家福负气离开之后，你下面的许多企业出现了不同程度的滑坡和亏损。面对这一致命伤，你也无计可施。火上浇油的是，偏偏在这个当口上，许多职工及办事处街道居民原本在该处银行部门存入不少股金，他们见形势不妙怕打了水漂，纷纷挤兑或将款项划到其他地方去了。更让人窝火的是，许多职工动不动就闹到你的办公室或宿舍，要求退还股金，要求增加工资待遇等。有些小企业经不住几番折腾就瘫痪了，这种情形搞得你焦头烂额。还有，你的许多决策也不灵了，总有人站出来反对，对吧？

“接二连三发生的这些事情，你统统归咎在刘家福的身上，认定是刘家福在背后作梗，故意挑起事端与你抗衡。你原本想委托胡玉林再把刘家福请回来，却被刘家福坚决拒绝了。这对你来说，不啻是一场天灾人祸。

“所以，你就怀恨在心遂起歹念：一定要除掉刘家福，让这个成心拆你台柱子的人永远从这一行业中消失。而且，这个想法已经成了你一块严重的心病，让你纠结得连一分钟都忍受不下去了，恨不得立马让刘家福消失。因此，你就把这个消除心病的秘方传授给了你的两个小兄弟，让他们去为你‘扫除障碍’，对吧？”

“这完全是你们警方在想当然。”王光标说。

“你们警察考虑问题，在我看来还是老一套，跟不上时代的脚步了，我同黄春来、陆小明吃个饭、跳个舞或者来往一下，就质疑我是你们手中凶案的主角。其实这年头与黑社会人员有往来的企业家、商人以及行政人员司空见惯，这又算得了什么呢？好多无法讨回的债务，长时间解决不了的难题，或者大家都觉得十分棘手、头痛的老大难纠纷，利用黑道上的人去办三下两下就解决了。从某种意义上讲，黑道势力就是我们商人和企业家发展经济的好帮手。我没说错吧？”

柯支队长和周局长二人哈哈一笑：“王书记，你真会开玩笑，你的这些高论我们可不敢恭维。一切都要让事实说话！希望你能理智一些。现在，还是请你看看我们带来的手提电脑上的这段视频吧。”

柯支队长将手提电脑打开放在王光标坚实宽大的老板桌上，将屏幕转向王光标，让他看得更清晰一点儿。屏幕上很快就显示出警察分别提审黄春来、陆小明时的两段音像画面。

大卫队长：“黄春来，你听好！我是警队队长大卫，这位是我的助手马德林警官。我们今天是第三次提审你，是给你最后一次机会。希望你把握好；希望你分清罪与非罪的界限；希望你走坦白从宽的道路，不要坚持与法律对抗。现在给你三分钟考虑时间，听明白了吗？”

黄春来：“听明白了，能给我一支烟抽吗？”

大卫队长：“马警官，递一支烟给他吧，给他点上。”

黄春来：“我只有对不住王书记了，我现在就交代，不需要考虑了，但是我记不清是哪一天夜里了。王书记在长江酒楼的包间对我和陆小明说，刘家福太扎眼、太可恶了，把我们好多企业都搞垮了，不除此人誓不为人。王书记叫我们不要害怕，他说现在这年头失踪个把人不足为奇，有谁知道失踪人去哪里了呢。他一再嘱咐我们不能走漏风声，不能留下蛛丝马迹。行动时，要快刀切豆腐——干净利索。

“我说，大哥，你就放心吧！我们在背后一般称呼他大哥。此事就包在我和小明身上。

“王书记又不放心地嘱咐我们：万一暴露了，坐牢打板，一切得由你们自个儿扛着，家中老小、生养死葬全由大哥包揽！

“王书记把这话一说，气氛陡然变得悲壮起来。我们的心跳得非常厉害，‘扑通’一声一齐跪在王书记面前发誓：大哥放心，万一被警方抓住，兄弟就是死也会死出个人样，绝不出卖大哥。这时王书记就从身上拿出两个纸包，里面都是六万元。他说两个六在一起，就是六六大顺。说完将纸包分别给了我和陆小明。事成之后，他又分别给了我们二十万元。我没想到警方这么快就把案子破了。

“王书记是有恩于我们的。我因打架斗殴，犯了法，被判过五年徒刑。出狱后，就在王书记下面钉丝厂当保安，因为性子野，待不住，只干一年就走了。辞工时，王书记不但没有责怪我，还给我发了五千元红包。这在旁人看来，厂里没有明文规定，无论如何是办不到的。后来我成家时，身上没有钱，家里也很穷，恨不得要去偷抢。王书记知道以后，专门派人给我送来了三万元，又亲自带着一帮兄弟前来喝酒道喜。我知道这是给我抬面子的。当时我感动得哭了，跪在地上给他连磕三个响头。我说，大哥，你的大恩大德我今生不忘。从此我发誓要跟定他，他指到哪里我就打到哪里，愿为他赴汤蹈火。可我现在对不起他，辜负了他。

“陆小明是我在狱中结识的兄弟。他是黑龙江佳木斯人。他少年父母双亡，又无兄弟姐妹，孤单一人，到处流浪来到武汉，曾持刀抢劫一夜行人。他出狱后，没有回到佳木斯，而是去南方打工。因为辛苦，又没挣到多少钱，就不干了，又没个去处，最后他就找到我家来了。他能投靠在王书记门下，纯粹是我引见的。陆小明至今也未成家。”

柯支队长按下了停止键。

这段视频来之不易，应该说是人性回归的结果。关在牢里的黄春来时常生病，人越来越瘦，面色越来越黄。看守所老所长胡长贵亲自带他去人民医院看病治疗。有时打点滴需要一两个小时，或整天半日，胡长贵也就整天半日地陪着。黄春来若要大小便，胡长贵还得帮他把吊瓶举到厕所去。起初，黄春来因为有抗拒心理，情绪中还夹带些刁难，故意要胡长贵听他使唤、为他服务，但胡长贵却如父亲对待儿子一般丝毫不计较也不觉得麻烦。他并不觉得为一个囚犯做这些低微之事而委屈了自己，相反，他对黄春来嘘寒问暖，只要是合理要求他都尽可能满足。

虽然坚持打针吃药，但是黄春来的病情时好时坏并无明显好转，许多生活上的事情他都不能自理。胡长贵就亲自动手帮他，有时还给他弄来热水帮他擦背，帮他换洗衣服，安排食堂给他改善伙食；同时，又教他做人的道理，教他认罪服法。

面对这位五十多岁头发花白的老所长，黄春来感动了，抗拒心理消除了，人的精神面貌也逐渐有了好转。他说："我长这么大，从来没有一个人像老所长这样告诉我做人的道理。老所长是教育我的第一人，是我心中最慈祥的长辈。他不但不虐待我，还在生活上给了我许多特殊关照，也关照了陆小明和牢里的每一个人，这些我都看到了、听到了。"

人性的回归使黄春来和陆小明最终流着忏悔的眼泪，交代了这起命案的幕后人王光标。他们指认了作案地址、作案车辆、作案工具以及焚尸、抛尸现场等，这些与警方侦查到的案情相吻合，形成了有力的证据链。

柯支队长说："王书记，这视频不是我们警方想当然的吧？接下来你还要不要再看一下陆小明是怎么交代的？"

王光标没有做出正面回答。他似乎早有打算，神情淡定地看了下表，然后说："两位领导，现在时间不早了，吃了午饭再接着看吧。"他立即把手一挥，叫保安通知胡玉林去安排一桌饭。胡玉林就坐在隔壁房间，他也主张两位领导吃了午饭再继续看。

柯支队长和周局长不知道他俩唱的是哪一出，想观察一下他葫芦里到底卖的什么药，就说别客气啦，他们还有好多事情要办呢。

王光标却一把拦住说："请二位领导给我个面子。"王光标执意要留他们吃午饭，还说："两位警官是不是不放心，我的枪已经交给你们了，还担心什么呢？再说，这饭菜是玉林书记经手安排的，不会有问题的。"王光标突然想起要请市委李明山书记吃饭的事情，就赶忙说："对对，把李书记接过来和你们一起吃，我马上开车去市委接他。"

"不用了！不用了！"两位领导还想说点儿什么。恰在这时，李明山书记的秘书把电话打过来了，问王光标吃午饭时还有些什么人。王光标就把柯支队长和周局长说出来了。接着他连说了两句“好、好”之后，就下楼开车接李书记去了。

这顿饭最终没有吃成。王光标走后不到二十分钟的样子，柯支队长和周局长吃惊地获悉，王光标的车出车祸了，撞在市委大楼前面一百米处的公路水泥杆上了。王光标的伤势非常严重，已经被送到医院去了。猛然一听，大家还以为王光标是自杀呢，后来才听说原来他是遇上了一个放学回家的中学生骑自行车突然穿越公路、避之不及而出的车祸。万幸的是，那名学生安然无恙。

柯支队长和周局长立即赶往医院。王光标真的是不行了：脸色苍白，眼睛恍惚，有气无力。在急救室，他两只手搭在柯支队长和周局长的手腕上，断断续续地说了几句话之后就永远地闭上了眼睛。死亡几乎在一瞬间。

事后，根据柯支队长的录音整理，王光标留在人间最后的几句话是：

> 柯支队长、周局长，我恐怕不行了，我是真心想挽留二位领导共同吃顿午饭的啊，现在只能说声遗憾！在我生命的最后时刻，我还是向你们坦诚交代吧：刘家福的案子，警方的侦查方向是正确的，推理是对的，是我指使黄春来、陆小明杀害了刘家福。我已经从功臣论为罪人，无可救药了。我对不起组织，对不起亲自培养我的李明山书记。唯一的希望就是黄春来和陆小明能悔过自新，争取从宽处理，是我害了他们，一切罪过均在我一人身上。

王光标闭上眼睛的那一刻，柯支队长和周局长同时下意识地看了下时间：已经是上午 11 点 44 分。据说在同一时间，坐在办公室的李明山书记也看了下表，李书记不明白王光标的汽车怎么还没到。

十四　市领导意见

后来，这起“桂花河命案”被地方党政领导及公安部门作为“从功臣到罪人”的反面教材和典型案例，发至全市所有厂矿企业和党政机关，要求各级党政领导不要放松和忽视对企业家，特别是卓有贡献的企业家的法治教育、思想教育和道德品行教育。告诫他们，不光经济要搞上去，思想、道德、法治同样要抓上去！

商业时代

一　午夜跟踪

那时，已是午夜 1 点钟。

这么晚了，林老板方才夹着黑色皮包，从咸州市北极星大酒楼走出来。当然，这个时间段在夜生活流行并逐渐成为时尚的现代都市也算不得很晚。还有人通宵达旦，整夜不归呢。不过话又说回来，这个时段毕竟不算早了，而且也是某些案件的多发时段。比如，盗窃案、抢劫案、绑架勒索案等重大恶性案件，犯罪分子常常选择在午夜之后蠢蠢欲动、趁机出手。

此时此刻，林老板的宝马车的屁股后面，就紧跟着绑匪陈胡子开的一辆路虎，陈胡子的手下早就盯上林老板了。但是，林老板一点儿也没察觉到。林老板似乎只顾着如何潇洒，根本不曾考虑安全问题，也许是因为他过惯了风平浪静的太平日子了吧。深更半夜，单身外出，自驾小车，连一个保镖都没带。据说，这是商界、政界某些头头脑脑们一种很流行的做法，娱乐圈的明星们更是如此。若是带着司机或保镖一起外出，反倒觉得碍事，特别是过夜生活的时候。林老板就属于这一类的角色儿。

林老板今夜或许就该出大事！他不知哪根神经出了故障，鬼使神差地将小车开上了一条僻静的街区。对于被当作捕猎目标的他来说，这是一种极端危险的行为。可是，他偏偏还要将车停到路边深处一棵遮着灯光的大树荫下，打开车门出来撒尿。这一行为，让紧跟在后面的陈胡子感到十分好笑。

“兄弟们，你们看啦，林老板今夜倒是挺配合的，嘿嘿，行动吧！”陈胡子打了个响指。响指就是命令。陈胡子对车上三个兄弟发出执行令之后，随即“嗤”的一声将路虎飙上前去，停在林老板汽车前面，挡住他的去路。

“林老板，这真是无巧不成书哇！”陈胡子一下车，就堆着满脸笑容喊了一声林老板。林老板也刚好撒完尿转过身来，与陈胡子几个人面对面相遇。他的手还在裤扣上摆弄呢。

“怎么，是你们兄弟几个啊！”林老板似乎有些意外，但不失亲热，一点儿也未察觉到危险就在身边！因为他们彼此早就是要好的朋友，相识又相知。

“我们正要找你哩，林哥！”陈胡子又是一笑，换了称呼。

“胡子，有什么事吗？你说，你说。”林老板虽说是个派头十足的大老板，却很讲哥们儿义气。他笑着说：“胡子，你什么时候学得说话吞吞吐吐的这么不痛快呢？”

陈胡子又是一笑说：“林哥，不是我吞吞吐吐不痛快，是有点儿不好意思开口，近些日子，我们兄弟几个手头有点儿紧，想找林哥借几个钱花花，不知林哥赏脸不赏脸？”

“是这事呀，好说，好说，没问题，没问题！”

林老板哈哈一笑，爽快地从包里取出一大沓人民币递到陈胡子面前。“包里只有这五万元现金，是准备借给一位朋友投资的。你们兄弟几个先拿去用，不够以后再说吧！”

好家伙，林老板这么大方，一出手就是五万元的新票子。可惜，蓄谋要对林老板实行绑架勒索的陈胡子，怎么看得上这点儿钱呢。

“林哥，你该不是把我们兄弟几个当要饭的了吧？”陈胡子有点儿不高兴了。

林老板立即傻眼，笑意顿失，眼珠立即变得灰蒙蒙的没了光泽，现出一脸狐疑。他认为自个儿还是蛮仗义的，没想到陈胡子却不赏脸。他有点儿莫名其妙地说：“胡子，你们是什么意思？”

陈胡子说：“林老板，你是见过大世面的人啊，深更半夜，我们兄弟几个开着小车专程找你，你能不知道老弟的意思？你是装糊涂，还是在做戏呢？今晚你得给我们几兄弟弄个整的！”陈胡子伸出三根指头，晃了晃：“三百万。怎么样，不算多吧？我们知道你的公司有几十个亿的资产！”

他要林老板当面就给老婆打电手机，把钱送到某某地方了事。这不分明是绑架勒索嘛！林老板这才意识到问题的严重性，看来自己一开始想得太天真了。同时，他也后悔自己不该引狼入室——跟黑道上的人交朋友，以致将自己及事业暴露给对方，从而埋下了祸根。

二　不打官司

林老板是在一年前开始同陈胡子这条大灰狼打交道的。林老板自从与陈胡子这条大灰狼打过一回交道之后，就一下子喜欢上了这条大灰狼。这是因为林老板认为：在经济繁荣的商业时代，黑道势力是商人发展业务的好帮手！说白了，就是林老板自己发展业务的好帮手。不过，具有讽刺意味的是：正是林老板的这个见解，最终招致了他自己的麻烦与不幸！

林老板名叫林海涛，是咸州市建材公司董事长兼总经理，是个了不起的商界骄子。他年富力强，还未入天命之年，前景一派灿烂辉煌。这么多年来，他的生意从无到有、从小到大，不断扩张、不断向前，对市场的冲击力和占有力很强。在行业圈内，他有“老大”之称。他下面建有四五个很气派的分公司，分布在杭州、福州、深圳、珠海等沿海重要城市，一个个经营得如火如荼，年收入总值高达几个亿。这个令人十分振奋的商业数字，使得同行们羡慕不已。他下面的装潢业务更是首屈一指。前几年，他的公司研制出一种新型建材质地优良，一面世就赢得了消费者的青睐，不久就在我国东南亚一些周边国家的市场上占据了一席之地。

当然，人生的事并非处处都像金子一样闪光。美中不足也有，令林老板烦恼的地方也有，就像晴朗的天空也难免会有乌云飘过一样。比如，有些应收债务，几乎成了橡皮筋和马拉松，好长时间都收不回来。木材公司的金老板欠林老板六千万元，已经十二年了，一直讨不到手，让林老板大伤脑筋。

金老板名叫金豹子，年届四十，野心挺大，一心想成就大事业。前几年，金豹子买了个硕士文凭，整天揣在衣兜里，逢人就拿出来炫一炫，以示他的学历高，学识渊博。他气质不俗，且能说会道，给人一种风度翩翩、气宇不凡的感觉。同时，他也非常讲究自身的仪表形象，打扮得如欧美国家来华的富商一般阔绰抢眼，与他的假硕士文凭十分相配。他为了赶时髦，刻意蓄着连鬓胡，像外国人一样黑乎乎地堆满两颊，为他的外貌增添了几分神气。其实，他居心叵测，诡计多端，是个毫无诚信之人。

金豹子同林海涛是要好的朋友。当时为了发展木材生意，他向林海涛寻求支持，一口一个大哥地喊呢。林海涛看在朋友的分儿上，分两次为他的木材公司注入了六千万元资金，说好五年内还清。然而，期满后，金豹子不但不还钱，连还钱的打算都没有，甚至不提此事，这使得林老板对他很失望。

林老板头一次派人去找金豹子追讨欠款，金豹子要求再缓半年时间，他说刚好进了一大批木材把钱都押进去了，待货出手之后保证先还林老板三千万元。日月如梭，半年期限眨眼工夫就到了。林海涛亲自给金豹子打电话催款，金豹子又要求再延半年时间。他说又刚刚进了一批木材，把钱都押进去了，待货出手后，一定还清林老板的欠款。

等半年期限又到了，林海涛再次派员前去收款时，金豹子觉得不好意思再启齿了，干脆就躲起来不见面，或者厚着脸皮说："大哥呀，现在是一点儿法子都没有，以后再说吧。"

一晃十二年了，金豹子总是以各种各样的借口一推再推。

林海涛觉得金豹子不够仁义，心想彼此本是多年的生意伙伴，相互间应该诚信，共谋发展，不应该玩弄阴谋伎俩。

林老板通过各种渠道了解到，金豹子木材公司的生意做得并不孬，势头也不错，一直把木材生意做到我国东北的佳木斯和昔日有"东方明珠"之称的海参崴去了。能够把"生意经"念到"海参崴"的人，应该不是一般人能够做得到的。

在林老板看来，金豹子不是没有钱，而是不想还钱，拖一天算一天，借人家的"鸡"下蛋，把钱押到生意上去。金豹子凭着他的一股狠劲，就这么一直拖着、赖着。他心想，反正你林海涛是个"大哥大"，是江南财霸，不会在乎自己欠的这笔小款的。

"这款还算小吗？"林海涛面对这样一位泼皮无赖的债务人，实在是火了，他思虑再三也无“锦囊妙计”。

“打官司吧，林老板！”公司财会人员提醒他。

“打官司？不打！那些法官是‘老虎’，吃了原告吃被告！”林老板说，“打官司就是喂老虎！再说，折腾三年五载还不一定打得完。即使打赢了官司，也不一定收得回来债务。许多债权人就曾因为打官司，虽然赢了却输了钱！”

三　结识陈胡子

在挚友吴山桂的引见下，林海涛认识了黑道头目陈胡子。

林老板要陈胡子一伙人帮他把金豹子欠的六千万元借款追回来。林老板晓得黑道上的人做这种事儿办法多、门路广，比一般人强好几倍。他们一个个如狼似虎，煞气满身，下得手，敢叫板，天不怕，地不怕。刀山火海敢闯，龙潭虎穴敢入。所以，他下定决心要请他们帮忙，替自己行道！林老板还放出话：闹出事来，他负责摆平。而且，这笔款若是要到手了，他还答应给陈胡子一伙人五百万，相当于十二分之一。

陈胡子是个无业人员、街头恶霸，请他办这种事，林老板算是找对人了。

陈胡子的原名叫陈雪白。据说他母亲生他时，外面正下着飘飘大雪，茫茫野外一片雪白，家里人就给他取了这个雅名。这名字的字义原本不错，富有诗情画意，还蕴藏着一个哲理：做人要像雪一样清清白白。可是，陈胡子成人后，偏偏有人要把“陈雪白”叫成“陈日白”。这让他非常反感。因为反感，陈胡子曾多次同别人红过脸，骂过娘，动过拳脚。

记得有一天夜里，陈胡子和几个朋友在桂花香广场灯光下喝酒，一边喝一边闲聊，声音可能大了点儿，被市计委吴局长的儿子吴大海听见了。吴大海也在这此喝酒，并且就坐在离陈胡子不远的地方。吴大海认识陈胡子，陈胡子也认识吴大海，但吴大海不喜欢陈胡子。其实，他们二人的性格差不多，都是咸州市排得上号的“混世魔王”。吴大海听见陈胡子在与人夸夸其谈，厌恶地大吼一声：“陈日白，声音小一点儿不行吗？”

突如其来的一声呵斥让陈胡子吃了一惊，唰地红了脸，认为吴大海太过分了。陈胡子早就知道吴大海在他不远的地方喝酒，但陈胡子装作没看见吴大海，更不愿意同他搭话。吴大海家中条件好，心气高，一天到晚把头昂得像个“长颈鹿”，总是表现出一种了不起的王子派头。

陈胡子看不惯吴大海了不起的样子。看不惯，不看就是了，也算说得过去。因此，陈胡子对吴大海采取了井水不犯河水的态度，互不相惹。但没想到吴大海此时在大庭广众之下，恣意对他寻衅，使他很没面子。因此，陈胡子一怒之下，激动加冲动，抓起啤酒瓶就朝着吴大海甩了过去。

“狗日的，你才是个日白哩！”

陈胡子甩过去的啤酒瓶，并未打着吴大海，而是砸在吴大海面前的餐桌上，将餐桌上的菜盘打翻了，撒了一地，吴大海和朋友的身上、脸上溅得像泥浆一样花纹点点。幸亏不是很烫，没伤着人。于是，二人立即就对打起来。你一啤酒瓶甩过去，他一啤酒瓶甩过来，速度一下比一下快，你来我往双方都被酒瓶子扎得头破血流，双方的朋友各自相劝都劝不住。一时间，整个桂花香广场乱作一团。许多顾客生怕城门失火殃及池鱼，像受惊的小鸟般一哄而散……

陈胡子确实因为“陈雪白”这个名字受尽奚落，这使他非常气恼。陈胡子就埋怨其父母，不该给他取这个鬼名字，惹得他不好做人，成了别人的笑料。当然，在嘲笑和奚落的人群中，也有一部分人是同他开玩笑的。但出于反感，陈胡子对开玩笑也接受不了。

事实上，陈胡子也分不清人家是不是在同他开玩笑，他没有这个鉴别能力。只要别人叫他“陈日白”，他就认为一定是心存歹意。退一步说，即使开玩笑，他也不愿接受，同样也会生气。陈胡子为了彻底摆脱这一烦恼，后来他就按照白字的反义，来了个颠倒黑白，改名叫陈黑。但人们并不喊他陈黑，而是喊他陈胡子，所谓胡子，就是土匪的意思。叫他陈胡子他倒乐意听，觉得这个名字改得好。

陈胡子一直在从事黑社会活动，主要靠经营赌场和地下钱庄。他也晓得这是违法的，但他又不得不挺直腰杆去干。一是这两种生意十分赚钱；二是他只读过小学二三年级，肚子里没有多少墨水，加之起步又晚，做其他正经事半点儿本领都没得。

林老板请他出手，他当然求之不得，满口应承下来。

他手下马仔多得很，一个个找他要事干，同时他也正想扩充、发展这类业务：帮人讨债，帮人了难，帮人打架斗殴。一句话，凡是有人请又有利可图的事情，他都愿意出手。经过一番讨价还价，双方就把事情定下来了。

冬日的早晨天亮得晚，一般要到 7 点钟之后方才渐渐亮起来。凌晨 4 时，天还很黑，星星仍然还是那么多、那么明朗、那么一闪一闪的，满街的玉兰灯也一片辉煌。

就在这个时间段，金豹子刚刚同一位名叫阿瓦的小姐在“今宵有梦”娱乐城疯了一夜，爽够了后他摆摆手独自一人出来了。不知道他是因为有紧要事，还是担心有什么麻烦事，或是怕被人看见掉了身价，反正他走得非常快，步履匆匆地像赶夜路的人一样，几乎在小跑。

事实上，此时此刻，金豹子确实已经处在被人盯梢中。盯着他的人不是别人，就是陈胡子！陈胡子带上他的兄弟们，叫了一辆出租车，从昨夜10点半钟直到现在，一直坐在“今宵有梦”娱乐城正对面一家名叫“桂花香”的酒店打牌。当然打牌不是目的，主要是盯住金豹子。“桂花香”酒店与“今宵有梦”娱乐城面对面，仅一街之隔，可以说是近在咫尺、一目了然。

头两个晚上，由于手下兄弟玩心重，光顾着打牌、吃喝了，以致金豹子什么时候溜走的竟全然不知，白白耽搁了两个夜晚的时间。今天夜里，陈胡子亲自出马，要一步把事情办到位。

陈胡子没有料到金豹子是个玩不死的人，一玩就是一个通宵。可不是嘛，若是旧历六七月天气，早晨四五点钟就天亮了，而此时快四点钟了他才溜出来。原来，陈胡子预计在凌晨一两点钟就可以把事情办完，没想到这浑蛋把时间拉得这么长。

“跟上去，动作要快，要利索！”陈胡子压着声音吼叫。

陈胡子算计着离天亮只有一两个小时了。他的心情开始如潮水般地剧烈涌动，几乎不能自控。待金老板刚一走入无人的僻静处，他们就迫不及待地动手了。一个个冲上前去对着金豹子就是一顿乱打，像功夫片中的黑面人对待仇家一样，将金老板打倒在地。

他们把金老板拽起来丢进汽车，旋风般往黑黢黢的野外飞驰而去。天空中，有流星划过。不知过了多长时间，汽车终于来到一处没有人烟的山窝窝。

山窝窝的四周全是密密匝匝、遮天蔽日的松树林，一点儿声音都没有。除了夜风在松树林的枝叶间不停地跳动、不停地发出令人心悸的低鸣之外，没有其他任何声响，寂寞如秋，就像一片长满枯黄野草的坟地。

下了车，他们什么话也不说，举起锄头、铁锹就开始挖土坑，声称要将金老板活活埋掉。夜风仍然悠悠地吹着。

金老板不知发生了什么事情，既感到意外，又感到恐惧。这种恐惧，或许是他人生中不曾经历过的最恐怖的一次。他觉得很奇怪，他们为什么要置他于死地呢？为什么要悄悄地把他埋在这荒山野岭之中呢？这样做岂不是杀人灭口吗？这么一想，金老板便试探性地问了一声：“朋友，朋友！你们是不是搞错人了？我可不认识你们哩！”

陈胡子狰狞地一笑说：“没有错，就是你！你就是木材公司的金老板——金豹子，外号‘金狗头’，我们要埋的人就是你，怎么错得了呢，放心吧！”

陈胡子说得这样清楚明白，连名带姓带外号都说了，一点儿不含糊，金老板不再怀疑他们搞错人了，赶忙“咣当”一声跪在地上。他哭着求饶说：“朋友，朋友，大家都是出来耍的，有什么话好说啊。我不知道是什么事情得罪了你们，请你们说出来，我一定给你们赔罪，给钱也行。”

没有人理他。他只好又说了一遍。

夜风仍然发出沙沙的声响，像魔鬼在窃窃私语。坑越挖越大，越挖越深。陈胡子把手对着手下人一挥说：“用麻袋把他装起来！”

金老板一见这阵势早已吓得魂不附体，跪都跪不稳了，如稀泥巴一样瘫坐在地上，鸡啄米般磕头，话也说不清啦。

“留、留我一条命吧，朋、朋友，你们要我怎样，我、我就怎样！”

仍然没有人理他。他急切地又说了一遍，求生的欲望使他号啕大哭起来。

陈胡子一阵狂笑。陈胡子要的就是这种效果，这就是火候。狂笑之后，陈胡子侧过身来，厉声对金老板说："金狗头，我问你，你是不是骗了别人的钱？"

"没有！我哪是有那种本事的人。啊，想起来了，不过那不是骗，是借人家的钱。"金老板一面回答，一面自我纠正。

"你借了谁的钱，说清楚一点儿。"

"我欠林海涛老板六千万元，已经十二年了，林老板要过几次，但我手头紧，没来得及还，主要是挤不出钱来，全都押在生意上了。"

"嘿嘿！"陈胡子的喉咙咕噜了一下，发出一声悠长而冰冷的笑声，让人毛骨悚然。"这就对了。金狗头，你听好，这不叫骗又是什么呢？你欠人家的钱已经十二年了赖着不还，人生有几个十二年？林老板跟我们讲了，这钱他不要了，他说你这人很不讲义气，请我们兄弟几个给他帮个小忙，把你好好'招待'一下，一步搞到位。"

金老板这才彻底明白了事情的真相：原来是绑架勒索欠款！如此一来，金老板的心一下子放松了许多，平稳了许多，也就不那么害怕和紧张了。他说："朋友，这事好办，没有一丁点儿问题的。你给我一个礼拜时间，我一次性将六千万元欠款打到林海涛的银行账户上去，你看行不？"

陈胡子故意沉思片刻，然后奸笑一声说："金狗头，你又想骗我是不是？"

金老板赶快回答说："不不，不是骗你们，我说的是老实话。"金老板生怕埋了他。

陈胡子说："那你说话算数吗？若是算数，那么，我今夜就留你一条狗命，让你有个回头的机会；若是骗我，那就不会有第二次了。你怎么说？”

陈胡子狠狠地吸了几口烟，又重重地吐了出去，起伏的胸膛像刚启动的柴油机。他不断喘着粗气，故意吓唬金老板。

“百分之百算数，朋友！”金老板一听陈胡子口气有了松动，精神好多了，眼光明亮了不少。

“你要是跑了呢？”陈胡子使劲扯了一下金老板的耳朵，恶狠狠地问。

“不会，不会。”金老板摸着被扯痛的耳朵，赶忙解释说，“我有家有室，有老婆、孩子，还有公司和家产，你们放心吧，我不会跑的。再说了，欠林老板的钱，迟早是要还的。我知道你们这些人狠，我若说了假话跑了，除非我一家人不想活了。你说是不是？”

“算你聪明！”陈胡子一阵冷笑。陈胡子耸了耸眉头又说：“你要是报警呢？”

“不敢，不敢。朋友，我哪是有那种胆子的人，你放一百个心好啦。”

“谅你也不敢！”陈胡子说完又加一句，“金狗头，这坑还给你留着！听见了吗？”

“听见了，听见了。”

金老板无可奈何地笑一笑，摇摇头厚着脸皮说：“我还了钱，你留着也没得用了！”

“哈哈哈！”陈胡子笑得非常放肆，“痛快！痛快！金老板痛快！不过，早知今日，又何必当初？”

金老板在心里嗤嗤一笑，有点儿瞧不起陈胡子的意思：“我当初又怎么样呢？赖林海涛一点儿账又算什么？总比你们当绑匪要强，你们这样做难道不是犯罪吗？天知道你们暗地里做了多少昧良心的坏事呢。”但金老板心里想的同嘴上说的不一样。他说：“朋友，你不知道啊，做生意的人欠账是常事。林海涛的生意做得大，做得红火，是咸州的一大豪富，钱多得很啦。”

“钱再多，是人家的，与你何干，眼红了不是?”

“那当然，那当然!”金豹子听见陈胡子一声呵斥，乖乖低下了头，不敢再吱声了。松林深处，不知为什么有一阵哭声传来，他们吓了一跳，赶紧离去。

难怪有人说，有些债不是“要”出来的，而是“吓”出来的呢!差一点儿被“吓”死的金豹子，一个礼拜之后，果然将六千万元划到了林海涛的账户上!

四　五百万元

这件事已经时过境迁，离现在估计有一年多时间了。当时，林海涛没有想到陈胡子这么能干，把事情办得如此利索，仿佛变魔术一般。自己七八年没讨回的账，陈胡子七八天就敲定了，钱也到账了，真是令他钦佩有加。林老板心里异常高兴。但林老板并不知道陈胡子用的是绑架手段把钱弄到手的。要是知道陈胡子搞绑架，又动了拳脚，他就不一定这么兴奋了。林老板立即叫会计人员去银行给陈胡子提了五百万元现金，用红纸包好，放在老板包里，他要亲自去犒劳陈胡子和他的兄弟们。林老板开着汽车，把陈胡子的人一个个接到喷泉谷大酒楼吃饭，将五百万元现款当面交给陈胡子，算是兑现诺言。

喷泉谷大酒楼位居咸州市五星级酒楼之首，被消费的新贵们称为“天乐堂”。那里好多佳肴是从外地运来的，一般的宴席也要一万元起底。

林老板平日一般不饮酒，他血压高，心脏不好，但今天是例外。他一再起座，拿着酒杯，咧开圆筒状嘴巴笑着同陈胡子的人一一碰杯，称兄道弟，殷切酬谢。吴山桂也被林海涛接到了酒桌，林老板也同他喝了几杯。林老板说："山桂兄弟，这事还真得谢谢你呢。胡子是你举荐的。如果没有你的引荐，我哪能这么顺利把钱要到手呢。来，干一杯！"

吴山桂赶紧站起来，摆摆手说："大哥言重了，不用不用，小事一桩，小事一桩。"

这桌宴席一共吃喝了两个多小时。陈胡子的几个兄弟因为高兴一个个喝得东倒西歪，走起路来一步三摇。尤其是陈胡子，他醉态蒙眬地一把搂住林海涛，狠狠地在他脸上亲了几口，一边亲一边说："林老板真是豪爽，说话算数，出手慷慨，说给我们五百万就是五百万，一个子儿都不少，一天都不拖。而且，还让我们吃这样昂贵的宴席，了不得！了不得！"

"这算不得什么，以后有机会再聚！"

"好好好！"

自此，他们之间结下了友谊。

在往后的日子里，林老板十分珍惜与陈胡子的这份友情，也为自己能交上黑道朋友感到荣幸与自豪。他常常在一些新朋老友面前吹嘘自己交上了黑道朋友，为自己的生意找到了好帮手！

这年旧历九月初九，陈胡子的爷爷过七十岁生日，林老板接到请柬之后派人送去一万元礼金表示祝贺。另外，所有宴席由林老板买单，几乎把陈胡子捧上了天。而且，有一段时间，林老板经常和陈胡子在酒吧喝酒、聊天，混得如胶似漆、形影不离。有时陈胡子要他找玩伴，林海涛毫不迟疑。要不就是约陈胡子一道驾着他的宝马车到很远的大山里面去打兔子和山鸡来消遣，估计只差没有同陈胡子喝雄鸡血酒歃血为盟啦。

五　鬼迷心窍

“你这是与狼为舞！”林老板的夫人刘女士知道以后，曾力劝林老板不要同陈胡子一帮人来往。她说，黑道上的人个个都是随时可能引爆的火药，与他们混在一起就是自找麻烦。

林老板的夫人叫刘丽丽，在咸州市政府办供职，属副处级办事员。她是本科生，经过自修又拿了硕士文凭。她温文尔雅，说话办事颇有见地。

但林老板不以为然。“没有那么严重吧，夫人。现在不比过去，狼是国家保护动物，蛇亦是保护动物。孩子们的动画片里，狼与羊、人与蛇、猫与鼠等，不都在一起游戏，共生共荣吗？这叫和谐，也叫与时俱进。”

“你会后悔的！”

“真的吗，夫人？哈哈哈，那就走着瞧吧。”林海涛如同鬼迷心窍一般就是不听劝。

“金豹子欠我的这六千万元债务，倘若没有陈胡子出手，恐怕再过十年八年也要不回来。”

刘丽丽见林海涛一口一个夫人喊得山响，并不高兴，知道他这是在生意场上迎来送往时用来对付某些客户的奉辞，叫惯了，对待自己也像做戏一样，她也懒得去计较。

她仍然提醒林老板：“陈胡子一旦闹出人命，作为雇主就很难逃脱干系。此番陈胡子找金豹子追款这么快就搞定了，用的是什么手段，你知不知道？”

“不管他用的什么手段与办法，我只要钱到手就行。不过你放心，陈胡子应该不会为我讨钱去杀人放火。我知道他们这类人门路多，有法子！”

“不防一万，要防万一。别把调子唱得太高。”

“那你说怎么办吧？”

“应该依法维权，到法院通过诉讼程序解决，这难道不好吗？”

“得了吧，刘丽丽！你是不是想让我的公司早早垮台，倒闭！”

刘丽丽不想再跟他计较，不再说话。一只“乌鸦”哇的一声，从他们窗前飞过。刘丽丽觉得这不是好兆头。

还有一位领导也劝说过林海涛，不过，那还是在陈胡子出手要账之前。虽然阻止过，却未生效。这人是咸州市副市长胡百川。胡百川是市里长期分管企业和公司这一块的。安全生产是他工作中的重头戏，他当然不能忽视林海涛涉足黑道的事情。恰好他又参加了全省召开的安全生产工作会议，正在紧锣密鼓地贯彻会议精神。当他得知林海涛要请黑道上的人帮忙讨债时，就认为十分不妥。那岂不是引火烧身，自找麻烦吗？他认为这是林海涛认识上的一个盲点，出了事他也难逃领导责任，将要受到问责。胡百川多次拨打林海涛的手机并发微信，试图制止他这一盲动行为。胡百川还把他请到自己办公室进行劝阻，叫他不要病急乱投医，误了自己的事业。

胡百川是真心真意的，也是坚决的。因为他与林海涛二人都是咸州人，又是同学，小学、中学、高中同读一个年级，后来又一齐考入北大，毕业之后又一齐回到咸州。从咿呀学语，到长大成人，走上社会参加工作，二人一直在一起。少年交友，情同手足。只是因为其他方面的原因，二人从事的事业不同：一个从政当官，一个经商当老板。不过，这并没有妨碍他们之间的交谊。他们的关系一如既往，感情甚笃，连胡百川的婚姻也是林海涛两口子帮忙牵线的。因此，胡百川不能眼看着自己的兄弟往火坑里跳，这既包含着政府领导对企业的关心，也包含着他们个人之间的友谊。

为了说服林海涛不要在黑道上涉足，胡百川还特意安排妻子然眉精心置办了一次家宴，专门把林海涛两口子请到府上，推心置腹地当面力劝。一时间，林老板也是好说好听，表示接受领导关心、老友忠告，不断点头称道："百川兄，你说得对，我听你的，悬崖勒马！"

然而，鬼迷心窍的林老板，后来不知什么原因，还是把脚伸到陈胡子的贼船上去了……

"一时间，我哪能拿得出三百万元现款呢？"林老板的情绪突然激动起来。

"屁话！三百万元人民币，对你林海涛来说不过九牛一毛。"陈胡子有点儿不耐烦了，说话时像吃了火药一样，十分激动。

陈胡子近半年以来情绪一直不好。他原来开的赌场挺来钱，并且发展到了一定规模。可近年来，由于咸州警方加大了扫黑除恶的打击力度，陈胡子就收手了。断了财路的陈胡子，就只好通过帮人讨债、帮人了难来榨取钱财。但时间一长，这种事也没有多少可做的了。怎么办呢？陈胡子就想到绑架这一罪恶行当。他认为这比什么都来财。当他正式做出这一决定之后，头一个想到的绑架对象，就是林海涛这个以前的雇主和老朋友。他的兄弟们都认识林海涛，了解林海涛是咸州市商业线上的老大，比谁都富有。陈胡子想从林海涛这个老雇主身上狠狠挖一笔，捞个大金砖走路，哪知林海涛却叫起苦来了。

"胡子，你误会了，我说的不是那个意思，你没听清楚啊！"

林老板又换了一副哀求的口气："我是说家中拿不出来那么多现金。你们既然吃这行饭就该懂得，生意人的钱都是押在生意上的，钱不能放在家中睡觉，要拿出去'生蛋'，懂不懂？我的钱再多，恐怕此时也是鞭长莫及！”

其实，林老板说的也不是百分之百的真话，家中几个保险柜里的钱全加起来还是有百八十万元的，但他不想给。他觉得陈胡子这样为人可恶至极。打交道这么长时间，陈胡子不知吃了他林海涛多少，喝了他林海涛多少。如今，竟然要绑架他，一点儿义气都不讲，天地良心何在？这种人应该遭到天打雷劈，让老虎吃了、蟒蛇吞了才是！

“林老板，你敢跟我叫价？”陈胡子的面孔更加狰狞了，“那你说能拿出多少现金吧。要不，你把现金卡和密码交给我们自己去取。”

“不是叫价，老弟！林哥什么时候哄过你？我一直是真心对待你的，你怎么不相信林哥呢？确实拿不出现金，也无这卡那卡可拿，钱都押在生意上了！”

林海涛的的确确是真心对待陈胡子的，一心一意想在黑道这条船上搭只脚，有利于保护自己的生意。一是林老板还有一笔五百九十万元的小欠款在湖州，原本也打算请陈胡子一伙人帮忙去追讨，分给陈胡子三分之一，有意让他多得些。二是林老板还有个二十多岁的小妹，长得如花似玉。可她却生就一副男人的性格，“不爱红装爱武装”，喜欢玩枪弄棒，喜欢抽烟喝酒、摇滚霹雳。林老板听说陈胡子没有成家，原动过心思，打算将这个林妹妹介绍给陈胡子，想以此结成郎舅关系，然后再利用陈胡子更好地为自己的生意服务。好在只动过一丝念头，并未说出口，更未形成事实。不然，林海涛真要气死了！

“毙了他！”同伙中不知是谁使出了威胁的口气，压着嗓子狠狠地喝了林老板一声，为陈胡子助威。

林老板长长地叹了一口气，呼吸和心跳越来越急促了，脑子里忽然又闪现出那个挥之不去的想法：真不该同这些狗日的交朋友。

六　午夜枪声

林海涛的心跳越来越急，呼吸也越来越不顺畅。

他站在大树的浓荫下，透过枝枝叶叶眺望两边的街道，一时间没有了行人和车辆，街上寂寞无声得有些吓人。从枝叶间漏过来的远处和近处的灯光，像橘黄色的碎片，更像老人枯瘦昏花了的目光，失去了原有的本色，让人没有了真实感。周围的一切，包括夜，好像都没有了鲜活的气息！他感觉到自己的灵魂像是在往一个茫然无底的深渊慢慢地坠落下去。他的眼睛一直瞪得如自行车上的铃铛，很大很大，但他又觉得看不见更多的东西。唯一能看得到的就是陈胡子眼里燃烧的火光，那火光正刺得他一阵阵的心痛！

有几个全副武装的巡逻警察过来了。警察也辛苦，凌晨一两点了还在巡逻。看见警察，林老板的情绪陡然放松了一下，故意轻松而又友好地对陈胡子说："要不要请警察过来帮忙解决一下呢？"

陈胡子吓了一跳，这才注意到真的是警察过来了。一瞬间，除林老板外，其他人都高度紧张起来，紧张得能听到自己的心跳。但陈胡子立即又稳住了。

警察的出现对林老板来说应该是个很好的求生机会，只要林老板喊一声"有人绑架"或"救命啊"什么问题都解决了。他也就等于获救了。可是，林老板又怕得罪了面前的这几个黑道朋友今后麻烦更多。他抱着一个古训：人前留一线，日后好相见。宁可栽花，也不栽刺。再说了，毕竟同他们打交道这么多年，难道陈胡子真的一点儿面子也不给吗？可是林老板忽略了另一个魔鬼哲学：金钱在陈胡子眼里就是魔鬼。林老板虽然思想斗争得很激烈，想喊又怕喊，怕喊又想喊。结果呢，他始终没有喊。一瞬间的犹豫，铸成了他人生的大错。

警察过来问他们在这里干什么时，陈胡子赶忙跑过去递烟。他一边递烟一边说："几位警官，我们在谈生意上的事情，没有什么事，随便拉呱拉呱，谢谢你们关心！"

其实，林老板是应该喊"救命"，喊"有人绑架"的，因为有了侥幸心理，也就放弃了，失去了一个逃生的机会，再次犯了一个大错。这确实是不应该的。换作任何一个人，哪怕是个小女孩儿，也会鼓足勇气大喊几声"救命"啊。而胆小怕事、顾虑重重的林老板，终于还是放弃了。真是令人扼腕、令人叹息！

陈胡子见警察走了，吊到嗓门的心一下子松了下来。他戏谑地说："林老板，你很聪明，表现得不错。不过，嘿嘿，我们谅你也不敢喊，没有形成事实，警察也拿我们没办法，你说是不是？好了，一切都过去了，现在警察已经走远了，快给你老婆打电话，把家中的现金和卡一起拿过来吧，要不就跟我们走一趟？"

林老板没有作声，也没有打手机，他仍然在心里埋怨自己不该跟黑道上的人交朋友。当初，若是听了刘丽丽和百川兄的话，就不会有今天这个麻烦了！

陈胡子和他的手下已经没有了耐心，他担心又有警察过来巡查，便拍着林老板鼓起的肚皮要他上车走人。

林老板这才真正感觉到大难临头。恐惧之下，林海涛一时乱了方寸，连呼吸都感到吃力了，他几乎听得见自己心脏的跳动声！他不知道这一去是死是活。他曾经听人私下里说过：这伙人绑架勒索，心狠手辣、胆大妄为，几乎人人手上都沾过血，个个头发里都留有几条疤痕。但是，他又不敢不走。

于是，林老板走了几步之后，突然掉头就跑，大呼救命。可惜，林老板的呼救声来得太晚啦，连老天爷都没法听得见了！他这一跑激怒了陈胡子。陈胡子拔出手枪，毫不留情地“叭叭叭”几下将他撂倒在地，然后一吹枪口扬长而去……

七　酒店劫案

咸州市是以桂花命名的城市，简称香城。成林的桂花树有几百万株，盛产桂花蜜和其他桂花制品。这里的桂花不但在中国，就是在世界也享有盛名。咸州市也因为有了桂花的滋润而得人气。

就在林海涛被陈胡子用枪击倒的同一天夜里，咸州市香城大酒店发生了一起重大抢劫案：两名外地客商因来香城采购桂花蜜，被人借招待之机灌醉，绑在包间，趁机将一百万元现款劫走了。

香城大酒店位于咸州市东城区桂香路中心街。这里是城中最繁华的园林式街区，因为风格别致被咸州人视为一景。大小商家打出的招牌均是以桂花冠名的，有桂花步行街、桂花超市、桂花咖啡屋、桂花娱乐城、桂花风味小吃等。

这里没有白天和黑夜之分。一年四季游人如潮、歌舞升平，吸引着各式各样的消费群体。既是商贾巨富、政界要员、纨绔子弟等新贵名人招摇过市的一方天地，又是地痞流氓、赌徒、江湖老大等人涉猎的领域。同时，各种犯罪嫌疑人也能在此找到他们所需要的袭击目标和隐蔽场所。香城大酒店的劫案就是在这样的背景下发生的。他们共有六人，于头天下午五六点钟进的包间，上完酒菜之后，他们借有要事相商，告知包间服务员如果没有服务需要就别来打扰。直到凌晨2点之后，才引起服务员的注意。那时，包房里的音响及灯光一直响着、亮着。

这么久了，这伙人还没有吃完吗？服务员有了一种不祥的预感！“先生，需不需要什么服务啊？”几个服务员敲响了包间的门，询问许久，却无人回话。“先生！先生！”服务员继续敲门，仍然无人回话。实际上歹徒早已金蝉脱壳，逃之夭夭。

打开房门之后，她们这才大吃一惊，尖厉刺耳的叫声几乎把所有客人都惊住了。两名外地客商直挺挺地躺在地上，昏昏然什么也不知晓。他们的双手双脚连同整个身躯，就仿佛绕花枪一般，从头到脚用塑料绳绑了个结结实实，嘴巴被粘胶封住不能说话和呼叫。灯光依然华丽，一片辉煌；歌曲依然温柔动听。此时此刻，光明掩盖着邪恶！美丽遮住了阴谋！

年轻的酒店老板走南闯北是见过世面的人，他意识到这是一起惊天大案，立即招来酒店保安人员，加强戒备，保护现场，所有食客和住店旅客以及服务人员暂时一律不许离开酒店，等警方到来之后听从警方处置；同时，吩咐众人不要高声喧哗，不要惊慌。随即，他拨打了“110”报警电话。

倒在血泊中的林老板，就是在这一特定时间被警方发现的。咸州市警方接到香城大酒店的报警，一面安排警力勘查现场，一面集合全部警员迅速出击，连夜实施全城戒严，进行拉网式大搜捕、大清查，市委政法委书记、局长亲自督阵指挥。一时间，警笛声声，车轮滚滚，脚步沉沉，警察满天飞！当警方的巡捕车一辆接着一辆穿梭于大街小巷时，正好看见了林海涛倒在一棵大樟树下，蓬头垢面，像一条死狗般蜷缩在那里，神志不清，下身血淋淋的。警察们立即意识到：这里发生了凶案，说不定与香城酒店的抢劫案有什么牵连。因为担心被害人死亡，给侦查破案增加难度，延误战机，他们火速将林老板送至医院抢救。

林老板也算得是命中有福，不幸中的万幸。倘若不是被巡捕车上的警察遇上看见，还不知道会是什么样的结果呢？倘若失血过多，林老板就难免不去见阎王了！

林老板苏醒后，才知道自己没有死，还活着呢，躺在市同济中心医院急救室的病床上。昨夜发生的事让他心寒至极，出了一身又一身的冷汗。

“总算你命大福大，差一点儿就拜拜了！”刘丽丽见林海涛伤势没有多大危险，同丈夫开起了玩笑。但林老板的心情，并未完全从恐惧中解脱出来。这种不幸的事情怎么会让自己碰上了呢？朋友怎么成了绑匪？林老板对此感到莫名其妙又不可思议。不过，他听清了刘丽丽说的话，知道她是在讽刺他。

林老板勉强地咧了下嘴巴：“没有听你的劝阻，唉，差点儿真的同你拜拜了！”林老板嘴上这样说，心里还是有些庆幸的。当时他听见枪声，知道自己跑不掉了，赶忙顺势倒在地上，耍了一点儿小聪明，骗过了陈胡子。林老板对自己当时的表现感到十分满意。直到多年过去后，每每与友人或部下谈到当时那一幕时他都兴奋异常、激动不已，他说那种感觉是他从未有过的，是他人生中一段无法磨灭的痛苦记忆！

他曾经试图忘掉这段既兴奋又尴尬的人生历程，但是他办不到。越是竭力要忘掉，它反而越明晰，就如石板下的小草，压不住，它总能找到缝隙。

“亡羊补牢，为时不晚！”刘丽丽仍然含有一丝怨艾，“你已经是青丝变白发的人了，又在商场上打拼这么多年，是人是鬼居然察觉不出来，居然说黑道上的人是你发展业务的好帮手。到底是‘帮手’还是‘杀手’，这下应该明白了吧？”她换了一口气又说：“胡百川副市长等会儿还要来医院看你，还记得他们两口子设家宴招待你时对你的忠告吗？”

“你提醒得对！”林老板想笑却又笑不出来，枪伤很疼，他只能咧咧嘴巴。

站在病床前的两名保镖也哑然地笑了。他们两个人是自愿来的，执意要坚守在医院。但是他们笑得既勉强又难看。这两个名叫李中、李进的保镖头目，是林老板身边保镖班的负责人。他们见老板被人暗算，还差点儿被结果了性命，便痛斥自己失职，对于没有保护好主人这件事他们既恐惧又羞愧。

其实，林老板并未责怪两名保镖。林老板对待他们仍然是温和的、爱护的。林老板说："我遭绑架的事，是因为我自个儿麻痹懈怠了，没同意你们跟在身边，不怪你们，也不是你们的责任。罢了，难得你们对我这么忠诚！"

李中、李进听了，心里愈加难过：如果能主动在林老板身边做些暗中保卫工作就好了，这也是做得到的，只是他们没有做，甚至连想都没有想过。

八　误入歧途

林海涛当了大老板之后，其父母仍然住在乡下老家。林海涛的老家离咸州市城区有七八十里路远，全是山路，是个偏远寂寞的小山村，没几户人家，很闭塞。20 世纪 80 年代才用上电灯，原来照的是松明子和煤油灯。但小村风景好，山清水秀，鸟语花香，茂林修竹，四时如春。林老板曾多次接两位老人进城居住，请人陪他们打麻将或玩纸牌，想让他们在城里安度晚年，尽晚辈的一点儿孝心。但两位老人不肯出山，执意要住在乡下老屋。老屋虽好，但异常陈旧，还是昔日那种古香古色的石墙砖瓦，没一点儿现代色彩。可他们老辈人硬说住着清静、舒坦；住在城里一是怕吵，二是怕水土不服反生疾病。另外，两位老人更是有一种故土难离的旧观念。既舍不得他们的老屋，也舍不得伴随老屋的小桥流水和四时风光：

三月桃花开，五月石榴红，八月桂花香，九月更是漫山遍野的菊花。还有他们喂养的一群群鸡鸭，祖祖辈辈种下的果木、山林等。老屋成了他们老辈人的一种依恋。林老板后来想了想，觉得老爹老娘说的话有道理，也就不再勉强他们，只要二位老人身体健康、心情舒坦，日子过得顺畅就行。就这样，林老板的父母一直住在乡下，均已七十来岁了。林老板被人绑架、枪击的事没敢告诉他们，怕他们担心受惊吓发生意外。林老板是个孝子，虽然父母亲不愿意进城居住，但他每个月都要抽点儿时间带着妻子和孩子开车回去打个转转，看看老人。

林老板的父母亲是在三天之后才知道林老板出事的，是村上的军保告诉他们的。军保在村委会里的《香城晚报》上发现这则消息时大吃一惊，赶忙拿着报纸往林家跑。

“林爹林妈，您儿子林海涛出事了，出大事了，被人绑架了，还挨了几枪，算他命大，还活着！现正在人民医院抢救！”军保指着报纸，说得十分激动，像放鞭炮一样。

晴天霹雳！林妈妈立马就哭起来了。两位老人当时正在园中种菜，慌忙丢下手上的活儿，慌慌张张地一齐往咸州市城里赶。现在公路上的班车多，一天到晚都有，不到两个小时，林海涛的父母亲就出现在林海涛的病床前。

父母亲的突然出现，把林海涛吓了一跳，刘丽丽也吓了一跳。“老妈，老爸，你们怎么知道了？谁告诉你们的？”林海涛的情绪已经好多了。

“儿啊，你现在怎么样了，不要紧的吧？没什么大事吧？你可不要吓我和你老爸啊！”林妈妈说着说着又哭了。“你可不能出大事的啊！出了大事，我和你老爸就活不成了啊！”

“没得事，没得事，不哭，不哭。”林老板故意笑了笑，“老娘，您看我不是好好的嘛！”

两位老人得知绑架儿子的人是他的黑道朋友后非常生气，特别是林妈妈，气得又哭了。

“涛涛啊，旧话说得好，跟好人学好人，跟仙姑唱假神！天下这么大，什么朋友不能交，偏要跟那些杀人放火的坏蛋混在一起，你真是不长眼睛啊，你真是要气死我和你老爸啊！”

林妈妈不停地擦着眼泪。接着林妈妈又摸着林海涛的枪伤说：“涛涛，你是不是得罪了人家，你说给我听一听。”

“不是的，老娘，我没得罪他们。他们绑架我，是想让我给他们钱。”

“他们要多少钱啊？”

“几百万呢。”

“这些杂种，这么黑心肠啊！唉，人心真是变了，往日除了侵略者和日本鬼子，哪有这些让人担惊受怕的事情啊！”

“根本没有想到，事情发生得非常突然。”

“你以后千万不要再跟心眼坏的人打交道了，交朋友要交正当朋友。”

“丽丽劝过我，叫我不要跟陈胡子打交道，百川哥也劝过我。”

“那你怎么不听他们劝呢？”

“再听也晚了！”

“我早就说过，贫穷自在，富贵担忧，儿啊，要那么多钱有什么用啊！”

“娘，您看您，又来了！”

“算了，算了，娘不说这个事了。”

林妈妈心疼儿子，就说：“涛涛，你遇上这种事，一定吓坏了吧，我去煮几个荷包蛋给你吃，稳稳心。”林海涛的老爹老娘来时，带来了一篮土鸡蛋。他们知道城里人喜欢土鸡蛋这东西。林老板小时候受了什么惊吓，母亲也是煮荷包蛋给他吃，林妈妈没等林老板说吃还是不吃就拉着刘丽丽走了。

林海涛的老爸不怎么爱说话，该说的话他老娘已经说了，他就坐在林海涛的病床边，抽儿子递给他的高档香烟。

后来，林老板的小妹又不失时机地对哥哥狠狠地数落和挖苦了一番。她说："哥哥，利用黑道上的势力来保护自己、发展自己事业的想法，不知是你自创的，还是从别人那里学来的？"

林老板知道小妹嘴巴厉害，就不好意思地自嘲道："哥是误入歧途！"

"哥哥居然答得这么冠冕堂皇。"

只有林妈妈才敢说她的小女儿："鬼丫头，不允许这样跟你哥哥讲话。"

林小妹笑一笑，做个撒娇动作说道："我是关心我哥才这么说的。"

九　法网难逃

在咸州市警方实行全城戒严，布下天罗地网的第三天夜里，陈胡子的人纷纷落入法网。

陈胡子在做完两起大案之后，自作聪明地布置了两个潜逃方案。

第一个是：他给手下每人发了一万元路费，让他们逃出咸州，到附近几个省市找朋友帮忙藏匿，尽量不要外出，以免生出事端，并随时听从他的呼叫。

第二个是：由于陈胡子在枪击林海涛之后，他的枪不小心又蹦出一颗子弹，将他的右脚掌击穿了。考虑到林海涛死了，自己的人没有暴露。因此，陈胡子利用他与咸州市人民医院马院长的私人关系，以别人的名字住进了医院的干部病房。其余马仔，各奔东西，好自为之。

事情的发展很有些戏剧色彩。

这天，夜深人静之际，被害人林海涛和凶手陈胡子同时住进了一家医院。不同的是：前者是治疗，后者却是借治疗而藏匿。当然，陈胡子并不知晓这种“天方夜谭”之事。应该说，陈胡子的这一策划隐匿性还是很强的。他深知台风的中心是平静的！

事实上，公安局的警察们，当天夜里实施的第一次拉网式清查和第二次拉网式清查，乃至第三次拉网式清查，陈胡子都侥幸地躲过了。因为警方每次清查病房时，都没有清查干部病房。干部病房平日一般住的都是有身份的领导级别的病人，根本没有一个警察怀疑会有作案的犯罪嫌疑人住在领导病房里。这当然是判断上的一个失误，也是个深刻而沉痛的教训。

纸包不住火。陈胡子后来还是暴露了。陈胡子暴露的根本原因是他不知道林海涛还活着。如果不是这一致命盲点，或者说，如果不是林海涛提供了真实情报说凶手是陈胡子，还真的让陈胡子一时躲过去了。

当时，在全市各机关单位，部门、厂矿、企业头头脑脑的抓捕清查工作大会上，市委书记下了一道死命令：无论哪个单位、哪个部门出了问题或与警方配合不力，将追究一把手责任，轻则撤职，重则处以刑罚。并一再强调：依照林老板提供的情报和线索，不惜一切代价，下定决心尽快抓住陈胡子等疑凶！

医院马院长听了这一硬性命令之后大为震惊，犹如天塌了似的，惊慌失措、坐立不安。马院长没有想到陈胡子居然是犯罪嫌疑人，难怪他住院时用的是别人的身份证。

“陈胡子为什么不远走高飞呢？为什么要在他这里以住院的名义藏在警察的眼皮底下呢？”马院长深感自己严重失职，越想越害怕，心跳得十分厉害。

“怎么办呢？想将错就错，隐瞒起来都没有空间了。干部病房的医务人员也对陈胡子产生了质疑。他们反映陈胡子的脚伤像子弹击穿的枪伤，周围有烧口和硝烟气味，同林老板的枪伤十分类似与吻合；而且，还质疑陈胡子在悄悄地盘弄一支手枪，看见人赶忙藏了起来。本来陈胡子是没有资格住领导病房的，是凭他和马院长的私人关系才住进来的。这么天大的案子，岂能知情不报？那不是自找麻烦吗？”

马院长想到这里，有了立功的冲动！为了立功，也为了不受牵连，马院长毫不犹豫地把陈胡子躲藏在干部病房的事，主动向警方和市领导做了报告。

在逮捕陈胡子的过程中，警方没有按常规性的做法，派出大批警力将干部病房实施包围，因为怕惊动陈胡子。陈胡子虽然用假名住在干部病房，仍然是一只惊弓之鸟，只要有一丝风吹草动，就会产生怀疑，因此只能智取。警方派出三名擒拿高手扮成医生，穿着白大褂，戴上白口罩和白帽子，随主治医生去给陈胡子会诊脚伤，趁机将陈胡子的脚掌使劲儿一捏一抬，痛得陈胡子像杀猪一样嗷嗷直叫，不断叫医生轻一点儿。“医生”说：“忍一会儿，治病要注意配合！”没等陈胡子明白过来，轻轻松松地就将陈胡子的两只手铐上了。陈胡子的手枪果然就压在枕头底下，装满了子弹！

十　魔鬼之心

香城大酒店的抢劫案，主谋者也是陈胡子，是陈胡子安排手下二号头目“鬼子”干的。

近几个月来，陈胡子越来越为钱的事情发愁，伤透了脑筋。陈胡子身边有好几个情人，个个年轻美貌、妩媚动人。

其中，最得宠的是二十一岁的墨云。墨云乖巧伶俐，心思缜密，善解人意。这也许是缘分吧！陈胡子就是一个很迷信缘分的人：二人都离不开“黑”字。墨即黑。为了金屋藏娇，打造奢华生活，陈胡子花了一百八十万元在桂花园风景区为墨云买下了一栋三层楼的小别墅。

桂花园风景区坐落在咸州市东南二十公里的一处青山绿水之间，是咸州市政府部门特意为满足富人群体构筑的山庄别墅式风景区。碧水蓝天，风光旖旎。一栋栋用各种颜色琉璃瓦建立起来的小楼，既传统又新潮，是古典建筑与现代建筑完美统一的体现。亭台楼榭，流光溢彩；曲径回廊，熠熠生辉，错落有致地分布在桂花山山腰的斜坡上。茁壮茂盛的桂花树及其他珍稀花草，一溜溜、一片片地将小楼点缀得如诗如画。

从园中远眺，可以看到许多壮丽鲜见的风景：左边是名满京都的向阳湖，是昔日大作家、大文豪以及艺术大师们下放锻炼的地方。粮田万顷，稻花飘香，鱼跃鸥飞，水天一色。右边是望不到尽头的绵绵群山。山高林密，树木参天。再向远处看，仿佛就可以望见云雾中的武汉了。

山脚下是一条一百多米宽的桂花溪。桂花溪是从很远很远的大幕山里面流出来的。溪水如练，翠波粼粼，映着山庄小楼、树木青山、飞鸟白云、蓝天倒影，使人产生一种飘浮于天空和水面的感觉。陈胡子和墨云常常情不自禁地陶醉于这种意境。在夜幕降临华灯渐亮一片辉煌之际，桂花溪就仿佛成了灯的溪流，跳动着五颜六色的灯火，像一个巨大无比的花环戴在桂花园的脚下。这种美给陈胡子和墨云增添了妙不可言的生活情趣。

好景不长，很快就被预料中的事情和避之不去的烦恼搅乱了！

陈胡子为墨云购买的山庄别墅，是背着另外几个情人买的，她们不知道，也不能让她们知道。可世间哪有不透风的墙？舒舒服服的日子仅仅过了几个月，几个女人就都知道了，都吵着要陈胡子给她们买别墅。否则，就一齐搬到桂花园去住。墨云住得，她们也住得，死活缠住陈胡子。陈哥，我们这几朵花，朵朵都是为你开的啊，你可要呵护我们啊，不能偏心啊！她们哭着说着，泪眼婆娑，喋喋不休，没完没了。陈胡子是个心疼女人的人。他曾经说过，女人是他生命的灵魂和载体，他不愿意看到她们一个个伤心落泪、粉面凋零，成为风雨中零落成泥的花絮。

世事就是这样微妙古怪，强盗、骗子、杀人魔鬼也晓得心疼女人，说出这样妩媚动听的心声，比正常人甚至比正人君子说得还动听。可是，陈胡子的囊中已经开始羞涩。为了哄住和讨得这些美女的芳心，陈胡子只好答应逐步解决。好在这些小鸟还算听话，吃了陈胡子给的定心丸也就不再吵闹。陈胡子有句名言：男人拼命挣钱就是为了给女人花的，讨得女人们喜欢的！

陈胡子为了钱，就在绑架林老板的同一天夜里策划了另一起抢劫案……

十一　落入陷阱

香城大酒店的两名被劫者，一位年纪大的是业务部主任吴大鹏，四十六岁；一名年轻人是办事员，是陈胡子不择手段从外地骗到咸州做“桂花蜜”生意的客户。这之前，陈胡子探听到两名客商需要大批量的“桂花蜜”，一下子兴奋起来，认为这是个发财的好机会。他与同伙经过一番策划之后，假借咸州市物流公司老板的名义，主动派员前往与对方联系，称蜜源储量充足，质量和数量均能保证，价格看货后另议。并且他要求对方携现款前来咸州验货，一旦达成协议即可成交。

为了慎重起见，两名客商在一一看过他们由上级商贸部门开出的介绍信和产品推介证明书之后，又按照陈胡子派去人员提供的公司老总的电话号码，拨通后进行了通话联系和咨询，认为一切正常：咸州方面确实有大批量桂花密出售。然而，他们哪里知道陈胡子玩的全是骗人的阴谋。

陈胡子的农贸公司从上至下，每个科室都是临时设置的。电话全部是伪装的，公章及介绍信也是伪造的，连接电话的老总也是他手下的马仔扮演的，短时间内客户很难发现和识破。

吴主任和业务员两人暗中携带近百万元现金，高高兴兴地随陈胡子派去的人一起抵达咸州。陈胡子以副总的身份，在摆着清茶、香烟、苹果、瓜子的客房里，热情地接待了他们。

“吴主任，你们是否有备而来？”陈胡子问。陈胡子最关心的是钱！

“放心，不会空手套白狼。只要货好，质量好，办好出货手续后，当面结账或转账。”吴主任明白陈胡子问话的意思指的是钱。

吴主任在商场摸爬滚打半辈子，也算是老手了，懂得经贸交易上的事情是不见鬼子不开枪的。为了做成生意，他回答得很坦然，不容置疑地说了两遍，以示诚信。但吴主任不知道自己面对的是一名江湖大盗，而这个骗子正在用花言巧语为他设计陷阱，让他们在轻轻松松、不知不觉中往里沉！

“好好好。不过，不能转账。因为欠账，怕银行划走。”

“也行。”吴主任说。

“有诚意，有诚意！”陈胡子只几个回合就摸清了吴主任暗中携带有近百万元现金，他兴奋得立起身，伸出手来同吴主任使劲儿地握了握。

钱的诱惑与魔力有时比明星的影响力还大。过去人们常说酒是穿肠毒药，气是惹祸根苗，财（钱）是下山猛虎，的确有道理。这“虎”指的就是作案人，为了劫财，虎就会伤人，这种说法并非耸人听闻，也并非过去有今天无。

陈胡子满脑子都是钱。为了钱，他的灵魂早已扭曲，早已失去人性。他一咬牙，就把绑架的事情交给了“鬼子”。要“鬼子”办利索了，不许留丝毫痕迹，不能出任何差错。

“鬼子”是陈胡子手下一名心腹马仔。这家伙的恶行多着呢！有一年，“鬼子”与人斗殴，误入圈套，被人打得皮开肉绽，然后丢在荒山野外动弹不得，被陈胡子遇上背了回来，因为他过去与陈胡子有过一面之交。经过一个多月的医治，“鬼子”的身体渐趋好转。感激不尽的他，就拜陈胡子为大哥，对陈胡子言听计从。

“鬼子”真名叫余粼波，三十一岁，是个粗人，性烈、好斗，诨号叫“石磙子”。意思是他像石磙那般笨重，滚到哪里轧坏哪里。公安局看守所就好像他的家，进进出出多少回，但他仍是江山易改，禀性难移。其实，他除了使坏、胡搅蛮缠、强拿恶要，并没有什么真本事，碰到比他硬的主子，他就是软蛋一个。

“桂花人家”美食娱乐城开业那天，店经理没有请他，“鬼子”认为没给他面子，十分气恼。事后，他带上一帮兄弟不请自来，点菜吃饭。本来，美食城当日的酒席已经被一家办婚事的人家包了，无暇接待他们。服务员再三说明情况，可“鬼子”就是不依不饶，非吃不可。既然如此，经理只好应承。

人们常说：让人一步天地宽。服务员按他们点的菜，一一做好端上桌。他们像是一伙久饿的狼群，胡吃海喝，毫不吝啬；好酒好肉，一盘盘地要，一瓶瓶地加，理直气壮，毫不犹豫。谁知他们吃了不买单，而且还占着酒席不走。经理当时并不知道“鬼子”是有备而来，赔着笑脸，拿出香烟给他们发，问他们不买单是不是没有现钱，如果没有可以挂单；又问他们不走是不是有事要办，可不能误了人家婚宴大事！

“你认识他吗？”经理的话刚一说完，坐在“鬼子”身边的马仔，龇着牙、昂着头，声色俱厉地指着“鬼子”质问经理，“睁大眼睛，好好看看！”

经理笑一笑摇了摇头：“小兄弟，老哥虽然是土生土长的咸州人，但在外经商多年，刚回咸州老家，这不才刚刚开业几天嘛，对你们这些新字辈的小兄弟还无缘相识，恳请原谅！原谅！”

“鬼子”听了，猛地一下站起来吼道：“把桌子给他掀了！”

他一边发号指令，一边向经理走过来，不知他要干什么。

经理很冷静。他看到桌、椅、板凳和杯、盘、碗碟被掀得满地皆是，有的已经被摔坏砸碎，现场一片狼藉，他不慌不忙地说：“兄弟，不是老哥说话不好听，这些都是有价的！”

“再掀！”“鬼子”一听火气更大，走过来一掌击在经理的胸脯上，说：“老子掀你的东西是瞧得起你，懂不懂？你看还有谁来掀吗？别不识抬举！”

经理仍然很沉着，不知是天生这副个性，还是觉得此时应该理智。他仍然不慌不忙地对“鬼子”说：“大兄弟，你既然为首就先别动手好不好？动手非君子。不是我吓唬你，你今天的账不结清，恐怕是走不出这个大门的！”

“鬼子”没有想到经理敢同他叫板，像是中了枪弹的野兽似的咆哮不止：“老子今天不但要走出这个大门，还要从你的身上踩过去，你信还是不信？”

说时迟，那时快，鬼子往后退了退，接着一个猛虎捕食扑向经理，想将经理掀翻在地。

可惜，“鬼子”没有成功！他失败了，遇到了麻烦。

“桂花人家”美食城的经理姓黄，看样子大“鬼子”八九岁，没有“鬼子”的个子高，但长得很敦实。听说他少时还在桂花武术学院学过几年，精通些拳脚，并且施展得得心应手，还能临场发挥。见“鬼子”向他扑来，他不慌不忙，略一撤退、侧身，顺手将“鬼子”轻轻往前一拨。这一拨等于助了“鬼子”一臂之力，使他的冲力和惯性加大，原本用力过猛的“鬼子”因扑空想停也停不住，结果来了个嘴啃泥，重重地扑倒在地上。

“老弟，你的这点儿功夫还嫩了点儿，岂能拿得出手！”黄经理意味深长地说，“劝你不要跟老哥过不去好不好？吃顿饭本是小事一桩，老哥也是供得起的。但是，像你们这样胡搅蛮缠，没一点儿修养，可不行啊！”

兄弟们见“老大”吃了亏，怒可不遏，一个个剑拔弩张，要围攻经理！眼看事情就要白热化，就在这关键时刻，“鬼子”把手一扬，叫他的兄弟们停下不要动手。这一刻工夫，“鬼子”表现得很大度，像个临危不惧的大人物！他从地上爬起来，整一整衣冠，抱一抱拳头，拱一拱手，对黄经理说道："大哥，小弟今日走错门了，请你海涵！"

随后，叫人结完账，带着兄弟们逃跑似的一溜烟走了。说是结账，其实黄经理也没有那么认真。黄经理见"鬼子"还算识相，随意收了几个钱也就算了……

这就是"鬼子"的为人。当日"鬼子"带上几名猪兄狗弟，当天夜里在香城大酒店设局，准备实施罪行。

"鬼子"假戏真做，要了一大桌菜，把咸州市的特色菜及特色酒拣好的搬上桌。吴主任一再说："好了，好了，吃不完就浪费啦。"

业务员也说："好了，不要太客气啦。"

"你们是远方来客，不是做生意到不了我们咸州，对不对？为了我们合作成功，共同发展，应该，应该！"

鬼子说话从来都不像骗子，像个十足的正人君子。其实，他在酒里做了手脚。

吴主任和业务员哪里晓得吃的是"鸿门宴"，喝的是"迷魂汤"呢，喝着喝着，就失去了知觉……

值得庆幸的是，陈胡子改变了原来的做法。陈胡子原先是叫"鬼子"利用引诱手段，将吴主任和业务员弄到大幕山乡下进行"招待"，趁机动手，就地掩埋。但陈胡子慑于法律的威严放弃了这一想法。只图把钱骗到手，一跑了之；若是弄出人命，公安局挖地三尺也要把他们找出来，他懂得这一点，深信这一点！

陈胡子自己的捕猎"目标"，则是林海涛。林海涛是他原来的雇主和朋友，绑架他轻车熟路，不费吹灰之力！

十二　难免遗憾

仅三天时间，吴主任就瘦了七八斤。

吴主任经历了人生中从未经历过的恐惧。他说："从商几十年，南来北往，四海为家，如此失魂落魄还是头一次。"

吴主任诺诺连声，不断摇头，恨自己麻痹、轻率。倘若一点儿现金都不带，或者没有暴露，事情就有可能是另一种结局。再者，二人来到咸州之后，倘若能够多个心眼，通过另外的渠道对陈胡子公司的资信度进行一番审查，是不难发现许多疑点的，陈胡子的阴谋也许就会不攻自破。但是，人啊又不可能对每一个生活细节都了解得那么清楚，看得那么透彻。吴主任想起自己的这些遭遇，直摇头唏嘘。

吴主任和业务员确实疏忽麻痹了，才没有料到陈胡子这伙江湖骗子为了抢劫他们竟使出这样的骗术。好在咸州市警方三天就把案子侦破了，为他们追回了货款和银行卡。

十三　尾声

几个月后，当林老板站在法庭上作证时，陈胡子一伙人大吃一惊。陈胡子心想：亲眼看到林老板被击毙了的，怎么又活了呢？是的，前文已经交代过：当时林老板聪明了一回，听见枪响，知道自己逃不脱了，顺势倒在地上，骗过了陈胡子，与死神擦肩而过。

其实，子弹全都打在他屁股上了，没有击中要害。因此，躲过一劫！大难不死的林老板，后来逢人就说："黑道朋友交不得，说翻船就翻船！"

绑匪事件

一　魔鬼的发财梦

当人质被“撕票”之后，气氛骤然变得紧张起来。

警方加派了警力，加大了搜捕力度，在全城范围内实施拉网式清查、堵截、抓捕。一路的巡捕车、指挥车，载着一队队全副武装的民警和武警，分别向各个方向的路口、过道飞驰而去，声威浩大。公安局局长龙青山和咸州市政法委书记黄云峰同步跟进、靠前指挥、协调作战，大有一股不抓获这伙绑匪决不罢休的气势。

几个绑匪一个个吓得像缩头乌龟，蜷缩在窝内不敢乱动。

匪老大胡天宝，黑名“海盗”。他逐一给马仔发短信，嘱咐他们看清形势，小心提防，不要逆流而动，以免落入旋涡；也不要像平日一样到处乱颠乱跑，歌舞厅、按摩店、夜总会、洗浴中心以及飞云谷等娱乐场所暂时都不要去了，等这阵飓风刮过之后再疯再乐。胡天宝自己则成天窝在家中睡懒觉，看电视、报纸，主要是看

《咸州日报》《咸州晚报》，窥视和探测警方的行动情况。报纸都是由胡天宝的老婆何小凤上街买菜时顺便带回来的。何小凤不知道自己的丈夫是绑匪，更不知道胡天宝是绑匪头子。她只知道胡天宝经常外出做生意，把大把大把的钱拿回家来给她，具体做什么生意她也不知道，即使打听胡天宝也不会告诉她。此时，何小凤只知道警方在到处搜捕绑匪，已是满城风雨、草木皆兵、处处戒严。

何小凤说："这些绑匪真不是人，收了人家几百万元赎金，还是把票撕了，狼心狗肺，千刀万剐，该抓该杀！"

"谁惹你了，动这么大的火气？好像是杀了你娘家什么人似的，这么打抱不平？"胡天宝装作生气的样子，瞟了何小凤几眼，一边接过报纸，一边黑着脸骂。

何小凤反讥："我就是打抱不平！关你什么事呢？我又没说你胡天宝，你干吗这么气盛？绑匪收了人家赎金就该放人，自古以来，都是这个理儿。没想到如今的坏人比往日的坏人还要坏，连江湖规矩都不要了。要知道，没良心的人，终究是害人则害己，不会有好下场的。古人早就说过：善有善报，恶有恶报，不是不报，时候未到。"

"莫鸭棚老板操蛋心啊！"胡天宝的肺都快气炸了，厌恶地吼。

胡天宝骂也骂了，吼也吼了，不再作声。

但是，何小凤带回的消息，犹如火上浇油，再一次将胡天宝心中的怒火给点燃了。胡天宝暴躁不安，不得不又一次想到，要尽快将吕莽林这狗东西除掉。

"吕莽林这个狗东西，成事不足，败事有余。这次'撕票'，纯粹是吕莽林执意要干的。假如不是吕莽林惹出这么大的麻烦，主人就不会报警，警方就不会把我们逼到这一步，一切就都可能是太平无事的。"胡天宝想。他在喉咙深处不断地打着咕噜："吕莽林不但不仁义，立场也不坚定，警方一旦把吕莽林抓住了，兄弟们都会倒霉。吕莽林肯定会把兄弟们一个个出卖给警方，到那个时候就晚了，来不及补救了。所以要尽快动手，把吕莽林这娘卖的干掉，不能让这个狗东西落入警方之手。否则，麻烦就会更多，很可能‘全军覆没’。”

吕莽林是“海盗”团伙中的二号头目。“海盗”团伙共六人。吕莽林是团伙中的老二，黑名“炸弹”。

除胡天宝和吕莽林外，其余四人的绰号分别叫“乌鸦”“狗头”“地雷”，还有一个诨号叫“白毛扇”，是团伙中的军师。他们都是从乡下进城来的打工者。出乎他们意料的是，钱并非他们想象的那么容易就能赚到手。

早些年，胡天宝在城里经商时，由于肚里没有多少墨水，对经商几乎一窍不通，根本没有驾驭和掌控市场的能力，加之急于求成，怀着求暴利的心态运作自己的生意，结果几年打拼下来非但没能挣到钱，反而连本都赔进去了。摔了这么一大跤之后，胡天宝并不甘心，仍然想在“海”里漂。在皮包公司盛行的年月，他也学着刻了几枚公章，放在金光闪亮的提包内，想空手套白狼，结果把自己套进牢里去了。从此，老婆孩子离他而去。从牢里出来之后，他除了身上的行头一无所有。其他几个人，到东北贩过木材，到俄罗斯边贸地区淘过金，结果都因行动盲目、缺乏经验弄得两手空空。“乌鸦”的遭遇最惨。“乌鸦”原来在乡下帮父母种田，并未打算外出打工，是家里发生了一件让他忍无可忍的事件才使得他愤然离家。

“乌鸦”一家人本来种田种得好生生的。突然有一天，村主任找上门来说村里要搞开发，需要占用他家的水田。之后不久，村主任就将他家种了多年且土质良好的几亩水田给划走了，而补还给他家的水田土质很差呈黄红色，像从未种过庄稼的荒地。“乌鸦”一家人当然不情愿，但因为是村里开发需要，也就无话可说了。加之村主任说话从来都是下命令式的口气，没有商量的余地，不同意也得同意，不换也得换，谁还能不支持村里搞建设呢？后来发现，他家被划走的那几亩种熟了的水田，却成了村主任情妇家的水田。“乌鸦”一家人这才知道是受了村主任的欺骗。村长说村里要搞开发，只不过是玩的花招儿，实则是设下的圈套。这还了得！这不是明摆着把尿盆扣在他们一家人的头上吗？让他们一家人的脸往哪儿搁啊！“乌鸦”的父亲是个老实巴交之人，见村主任如此欺负他家，咽不下这口气寻了短，吊死在屋背山一株老树上。

“乌鸦”忍无可忍，一气之下愤然出手，狠狠地把村主任揍了一顿，还把村主任下身的那东西踹了几脚，村主任痛得伸不直腰，嗷嗷地叫唤。据说都踹破皮了，红肿得像一根地摊上卖的胡萝卜，去医院缝了好几针；村主任的一双眼睛也被打肿了，嘴巴歪斜到一边去了。

结果，“乌鸦”被派出所拘留了。但是，“乌鸦”怒打村主任的事情，他的母亲并不知道。他母亲到姐姐家里去了，姐姐的孩子过一岁生日，他母亲是晚上才回家的。她听说“乌鸦”被警察抓走了，大哭一场之后喝了农药。幸亏被人发现得早，送到医院才抢回一条人命。

“乌鸦”在俄罗斯打工的日子遭遇更惨，差点儿把小命丢了。那个冬天，就是他在俄罗斯遭受痛苦受尽折磨的日子。那时，他在阿莫尔州做边贸生意，主要是贩运土特产。

他怕把挣到手的一点儿血汗钱弄丢了，一天到晚将钱绑在身上，连睡觉都搂得紧紧的，十分小心，丝毫不敢马虎。然而，即便如此，他还是遇到了麻烦。

一天夜里，住在旅店的他突然感觉肚子饿极了，就到外面去买东西吃。平时夜里，他也常有这样外出的时候，所以他没怎么注意。俄罗斯的冬天比中国冬天要冷得多。当时寒风嗖嗖，下着飘飘大雪，“乌鸦”裹着一件军绿色的旧大衣，顺着风雪，匆匆地朝附近一个小酒馆奔去。可不幸的是，他刚走到一处拐弯的僻静位置，就被一伙俄罗斯黑帮驾驶的一辆灰白色小轿车迎面拦住了。“乌鸦”以为自己挡了人家的路，赶忙让到一边。可是，胆小怕事的“乌鸦”错了，他还没明白到底发生了什么事情，就莫名其妙地被几个从车上一拥而下的蒙面人一顿拳打脚踢，摔倒在地，然后把他拖上车，蒙住眼，飞奔而去。在车上，他们将“乌鸦”日夜绑在身上、早已揉得皱巴巴的那点儿血汗钱洗劫一空。然后又在一个人不知鬼不觉的地方，一脚将他踢下车。

遭此不幸，“乌鸦”绝望地号啕大哭。巨大的悲愤、痛苦，如一座座大山般向他碾压过来。纷纷的大雪铺天盖地，就像撕碎的棉絮，不停地要将他就地掩埋。一阵阵寒风把他悲怜的哭喊声撕得断断续续、零零碎碎，然后穿过雪花的缝隙，消失得无影无踪。近处和远处的灯光像蒙着黄尘的魔眼混浊不堪，更像黑夜里荒原上狼群的眼睛使他毛骨悚然。

苍天之下，除了风雪飞舞的声音，四周寂如坟地。此时此境，他有切肤之痛、彻骨之寒，感觉自己如同掉进百丈悬崖，孤独无援得像只可怜的小羊羔，无能为力地任由狂风暴雪将他袭击和驱赶。他精疲力竭地要去找俄罗斯警察报警，可是深更半夜、寒风彻骨，哪里看得到俄罗斯警察的身影呢？他只好蜷缩于门外，等待天明。不知过了多久，天终于亮了。当警察来问他有什么事情需要帮忙的时候，人家又听不懂他的中国话。即使明白了他的意思，他也拿不出证据。俄罗斯警察立案是要证据的啊。最终他只得无望地放弃了，也明白自己的行为在这个陌生的国度肯定是徒劳的。

几个同病相怜的失意者，既不愿意放弃淘金梦灰溜溜地回到原来的村庄，又不敢对腐败村干部及黑恶势力进行举报求助法律武器维护自身权益，相反，他们把这些遭遇作为自己违法犯罪的理由。他们看见城里有钱人越来越多，更加眼睛发红，心理极度失衡。于是，他们结成团伙，挖空心思地想一夜之间就变成富人。经过一番密谋，他们组成犯罪团伙，干起了罪恶的勾当。

二 爸爸救我

曹飞飞的母亲李秋秋早晨起床时一不留神把脚给崴了，走路和上卫生间要保姆扶着才能完成。曹飞飞的父亲曹国富早起刷牙，一不小心又将一只心爱的九龙玻璃杯落到地上摔坏了。这个九龙玻璃杯是他的心仪之物，曾经有好几个好朋友找他要过，他都没舍得给。这九龙玻璃杯通体晶莹透亮，上面琢有好几条可爱的青龙，一装上水青龙就会摇头摆尾地活跃起来，实乃一奇，堪称稀世之珍。据说，此物是一位欧洲友人馈赠给他的，如今摔了真是万分可惜。平时做事非常细心的保姆张妈忙着过来清扫时，不慎又把刚刚端上桌的稀饭给绊泼了，弄得满地都是。

张妈是曹家托人从乡下请来的保姆，快奔五十了，大李秋秋五六岁。曹家是个巨富之家。曹国富是建筑行业老板，还未入天命之年，年富力强。沿海几处都有他的下属公司。曹国富家的钱财很多，人脉很旺，名气很大，算得上是货真价实的一方风云人物。但他家的钱财到底多到什么程度，张妈也弄不清楚，也没必要弄清楚。张妈只不过是个用人。用人有用人的规矩：就是不偷不拿、不占便宜，默默做事，轻言细语，恭恭敬敬，一切按照主人的吩咐和意图去办。张妈只知道曹家的两位男女主人很讲禁忌，早晚时分不能说不吉利的话。即使在一般时间，也不允许随便说一些不好的消息。曹家的几个厅堂都分别供着观音菩萨和财神爷，一天到晚香火不断。在这种有钱又极讲究的大户人家当保姆，张妈既要小心又要谨慎。自从进了曹家的大门到现在，张妈已经做了五年保姆了，大小事一直办得顺顺当当、平平安安，从未失过手。这当然与她的精明、心细是分不开的。

今天早晨，张妈见两位主人分别发生了一点儿不愉快的事情深感意外，慌慌张张的，心里很是发虚。但让她更发虚的是，没想到她自己也把稀饭给绊泼了。三个人弄出三件事来，凑热闹也不看个时辰。张妈觉得自己真不该如此，一时间脸都吓白了。那一刻，张妈的脸在曹国富眼里就像是给死人烧的两张黄纸片。

曹老板和李秋秋夫妻俩对早上发生的几件事情，也隐约觉得兆头不好，仿佛预感有什么事情要发生似的，心咚咚地跳，但他们都没有说出来，怕说破口更是不吉利。可是，几个小时之后，麻烦事还是不期而至，而且是个天大的麻烦事。这也许是某种心灵感应或巧合吧。

吃过中午饭的曹国富，依照平日生活习惯吸着香烟在自家庭院里转了几转，这样做也是老话说的“饭后百步走，百岁活到头”的意思。转悠完步子的曹国富，正准备午休一下。

就在这个特定的时辰，他的手机突然唱起了美妙动听的音乐。起先曹国富并没在意，也不打算接听。他猜想是吃饱饭什么事也不做，开着汽车一天到晚在外面玩耍的儿子打来的电话。儿子还没有成家，到女朋友家去了。但曹国富见音乐唱了一遍又一遍，不厌其烦，还是不情愿地把手伸到上衣口袋里掏出手机，又懒洋洋地贴近嘴巴和耳朵。第一句话曹国富打算吼一声“小东西到底什么事这样叫个不停”，结果话还未说出口，轰的一声炸雷就在他脑子里炸响了。电话果然是曹国富的宝贝儿子曹飞飞打来的，不过不是一般乱七八糟的内容，而是要父亲救他。

曹飞飞在电话里大声地哭喊着："爸爸，爸爸，我是飞飞，我是飞飞，快点儿救我呀！爸爸！我被人绑架了，快点儿救我呀！爸爸……"

因为太突然了，曹国富痴痴地仿佛没明白过来，或者说他还未完全反应过来，曹飞飞的语音就戛然而止。电话里接着传来的是另一个如非洲野牛般粗声粗气的声音。这声音很浑重、凶恶。

"曹老板，娘卖的你该听清楚了吧？曹飞飞在我手里，是我们绑架了他。你准备四百万元吧，限你三天，多的时间没有。我还要跟你说清楚，你要是报警呢，那你就到阎王那里去要儿子吧！"

曹国富急切地想问明飞飞现在在什么地方，但曹国富还没来得及开口，咔嚓一声语音就断了。断了电话的曹国富在那一瞬间像是黑了天，差一点儿晕过去，脸孔变得同死人脸孔无异！

同曹老板通电话的人，就是团伙老大胡天宝。

炸雷响起的时候，一向吃饭比较缓慢的老板娘李秋秋还在吃饭。张妈也在旁边陪着吃。听说儿子被人绑架了，李秋秋立即被口里的饭菜给堵住了，一阵猛烈呕吐，接着号啕大哭。张妈吓得慌慌张张，在二位主人之间，忙着招呼来招呼去。她也像失去主心骨似的不知如何是好，生怕又弄出意外事情来。张妈孤身一人，她已经把这个家当成是自己的家了，主人一旦出了事，她也就失去了依托。

曹飞飞是曹家的独生子，上无哥姐，下无弟妹，被曹国富两口子视若掌上明珠，好比《红楼梦》中老祖宗眼里的贾宝玉。但曹飞飞不争气，生就一副撒野的性格，不爱读书写字，只爱玩耍游荡。两次高考他都名落孙山。自费大学再好他也不读。他仗着家中钱财多如流水，吵着要父亲为他买一辆路虎车，城内城外地开着疯玩。曹国富两口子对儿子的德行不很在乎，有点儿放纵或顺其自然的想法。一是出于无奈，二是性格使然。更重要的是，曹国富六十九岁的老娘特别维护这个独生孙儿，不允许曹国富两口子管得太多太严。老太太现在还不知道孙子被人绑架了。曹国富也不会让她知道。他怕老太太年纪大了，一口气上不来就麻烦了。所以，儿子要玩就让他玩吧，玩久了自然就玩腻了，到那时再领着儿子到商海去见些风浪，学些经商本领，继承家业。但没有料到万里无云的天空突然响起一声炸雷，把他们夫妻二人给击倒了。张妈也吓得晕头转向，战栗不止。

曹飞飞是当日 11 点钟出事的。这之前，曹飞飞开着路虎从女朋友家出来，一阵风似的去了飞云谷。

飞云谷又叫青园，是咸州市近几年利用外资打造起来的超豪华型个性化服务娱乐中心。一应服务俱全，是个美女如云、美酒醉人的地方。飞云谷的夜就像吃了摇头丸似的，癫狂至极。霓虹闪烁，群花争艳，透露出夜的神秘与诡谲。飞云谷的门前，香车如云，密如蚁群，很像车展一般。声嘶力竭的摇滚曲穿过大厦玻璃的厚墙，重重地塞进人们的耳朵，让人晕眩。不论男女一旦进入飞云谷，就那么一瞬间，整个人就异常兴奋，一个个仿佛立刻变得充满激情，所以飞云谷又叫“青园”。

飞云谷有个唤着日本名字的小姐叫“川花雪月”，一枝独秀，美得惊人，是曹飞飞的相好，像磁铁一样吸引着曹飞飞。曹飞飞在这里玩了很长时间，直到 11 点钟，才在激情四射的狂欢乐曲中从飞云谷走出来，脸上笑眯眯地挂满了红云。站在大门内的川花摇着纤纤玉手说：“哥好走！”那尖声细气的声音像小溪的流水、明媚的月光、幽香的兰花，让曹飞飞如痴如醉。曹飞飞侧过身子依依不舍地点点头摆摆手之后，就照直向自己的路虎走去。

就在曹飞飞掏出钥匙准备打开车门的一刹那，不知从什么地方突然冲过来四五个壮壮实实的年轻汉子，将曹飞飞堵住了。他们问他是不是叫曹飞飞，曹飞飞因为心思还没有完全离开川花雪月，就莫名其妙地点了一下头说是的。接着他们就自称是公安局的侦查人员，指责曹飞飞的路虎撞了人不该逃逸，要曹飞飞跟他们一起去公安局交警队处理，并不由分说地将曹飞飞连拉带拽地塞进了一辆停在旁边的面包车，一溜烟地开走了，前后也就一分钟时间。

这伙人就是胡天宝手下的绑匪。他们像巨蟒一样，早就跟踪守候在飞云谷附近，等待猎物的出现，好一口吞下去。

三　没有及时报警

"现在最要紧的是千万不能让他们撕票，丢了儿子性命！"曹国富想。

曹国富的脑神经已经扩张到了极限，身体软绵绵的，仿佛就要崩溃。

李秋秋将吃进胃里的饭菜连带胃液全部吐完之后，才有气无力地哼哼着对曹国富说："国富啊，保儿子的性命比什么都要紧，金山银山也比不上儿子这座山，没有了儿子，钱再多有什么用呢？你就照绑匪说的去办吧，把钱送去，把飞飞给我救回来，不然我就不活了，也活不成了啊！"

曹国富说："我也是这样想的，先拿钱救人！"听了李秋秋的话，他的心里更踏实了。

曹国富此时也缓过气来了。他说："他们这些社会渣滓，无非看我发财了，想勒索我的钱。我不是政界人物，一没当官，二没腐败，也未涉足过‘绿林’，说到底只不过是个生意场中人。和他们这些黑路上的家伙无冤无仇，芝麻大的过节都没有，凭什么要杀我家飞飞呢？”

“国富，你千万不要报警，不要激怒绑匪。古人说，宁可得罪君子，不能得罪小人！君子讲仁、义、礼、智、信，小人就是小人，什么坏事都做得出来啊！”李秋秋喋喋不休地叮嘱，说了一遍又一遍。

真是天有不测风云，人有旦夕之祸。马上就到五一劳动节了，一家人原计划坐飞机去新马泰等国旅游的。另外，再过一个月就是曹国富老娘七十岁生日了。曹国富父亲是当兵的，在一次执行任务中不幸牺牲了，是母亲含辛茹苦将他拉扯成人的。母亲一生很不容易。因此，他要在母亲古稀之年好好操办一下，摆个“百花宴”，以此报答母亲的养育之恩。所谓“百花宴”，就是办一百桌筵席的意思。他不属政府官员，不惧怕纪检约谈，花的是自己的钱。

张妈也附和道：“飞飞的妈妈说得对，不能得罪绑匪，绑匪是天下最黑心肠的人，什么坏事都做得出来，得罪不起的啊！”

曹国富左思右忖，认为报警有报警的好处，因为警察有警察的方略和办法。警察深谋远虑、神勇机智、经验丰富；而自己则什么对策都没有，只知道按绑匪说的时间、地点去送钱。可是，如果绑匪收了钱又不放儿子怎么办呢？反过来曹国富又担心：一旦报了警，被绑匪察觉到了那就不是小问题了，等于把飞飞推到了死亡的边缘，想挽救也没法挽救了。思来想去，权衡再三，曹国富最终还是选择了放弃，没有及时报警。

曹国富是在事情过去几天之后才向警方报警的。报警之前，他去邮政所买了一个邮寄用的纸箱，已经把四百万元人民币装在纸箱里，老老实实给绑匪送去了。

当时，因为有两天时间没有接到绑匪电话，曹国富心急火燎、惶恐不安，不知道儿子怎么样了，全没了主张。正打算报警时，绑匪把电话打来了，命令曹国富当天夜里 1 点钟准时把钱装好用小车送到桂花桥南面二十米处的一株大桂花树下。那儿有一个身着红色夹克衣、脚穿白色球鞋、戴着墨镜和黑色礼帽的人站在树下，看清楚之后把钱扔过去就行了。另外，不许停车，不许说话。电话里绑匪再一次警告曹国富不许报警。他说，娘卖的，若是耍花招儿，我们就杀了你儿子。叫曹国富送完钱后回家等着，收到赎金马上放人，放心好了。

一听说报警就要杀他儿子，曹国富浑身的骨头就软了，哪还敢报警啊，想都不敢想。为了儿子能活着回来，按照绑匪的警告和吩咐，他把钱如数备好之后，叫上一位心腹朋友，开着汽车乖乖地来到桂花桥南面二十米处的那株大桂花树下，瞪大眼睛看，但目标并未出现。曹国富只好叫朋友放慢车速，一路瞧着开过去，没有；又一路瞧着开过来，仍然没有。如此往返好几遍，均未发现绑匪说的那人。是不是记错了位置呢？曹国富又用审视的目光把桂花树仔细地打量了一遍。

这株桂花树是城市中的一株老树，已经生长了近百年光景了，高大伟岸，树冠的直径足有十余米宽，特征十分明显。没有错呀，正纳闷时，曹国富接到绑匪电话，称交赎金地点改在市中心立交桥南面桥头。桥头玉兰灯下有个拿着一束鲜花，穿着同样衣服和鞋帽的人在那里等他。原来他们做贼心虚，更换了接头位置。曹国富只好照办。

然而，曹国富和朋友驾驶的汽车只行驶到半路手机又响了，绑匪要他再把车开到竹林路十字路口。竹林路在相反方向，有十几里路远，两人赶紧又掉转车头，一路飞奔。可是到了那里，目标还是没露面。无奈之下，曹国富只好叫朋友把车停在十字路口边上等着。此时，夜已深深，行者无几，四周静悄悄的，像藏满了阴谋，叫人不寒而栗。几分钟之后，绑匪再次打来电话，要曹国富回到原来的大桂花树下。

曹国富明白，绑匪之所以反复无常地折腾他，无非试图暗中窥探有无警察跟踪。虽然可恶可恨，但曹国富又觉得心情有些侥幸与放松，他猛然意识到，亏得自己没有报警，倘若报警，警方一布控、一跟踪，说不定绑匪早就察觉到了呢！

经过一番折腾之后，再来到大桂花树下时，曹国富老远就看见一个身着红色夹克、脚穿白色运动鞋、戴着墨镜和黑色礼帽的人倚在树干上。曹国富的心差点儿跳出心口，这不就是绑匪嘛！可是，绑匪的这身打扮哪有一点儿绑匪的样子呢？罪恶在伪装面前，竟然变得这样伪善！

绑匪发觉到曹国富的车过来了，压着嗓子大叫一声："扔过来，扔过来！把箱子扔过来，不许停车！"

曹国富只好叫朋友减速，迟疑之下，乖乖地将装着钱的纸箱隔着护栏扔了过去。此时，曹国富真想停下车问一声儿子的情况，可恨自己胆量太小不敢违抗绑匪的命令，偏偏心也跳得厉害，只能喘着粗气眼巴巴地看着绑匪抱着纸箱像魔影一样消失在自己的视线里，直到无影无踪。

然后呢，就是等待飞飞快点儿回家。等呀！等呀！回到家中的曹国富，同李秋秋和张妈一起眼巴巴地一直熬到天明也未等回来儿子，接着又等了一个上午还是不见儿子归来。曹国富两口子这才彻底绝望了，彻底地感到天塌地陷、末日来临！这才惊恐万状地来到公安局报警。

可是，到这时，时间已经过去几天了。

四 撕票

曹飞飞被绑架之后，几天来一直被关在野山丛林中一间看林人曾经住过的小棚屋里，由“白毛扇”领着“狗头”和“乌鸦”三人负责看守。

这里大树参天，阴气逼人，寂寞荒凉。有野兽出没，有如青藤一样的青蛇在树上缠绕，让人毛骨悚然。

他们怕曹飞飞跑了或出现什么不测，用绳子将曹飞飞牢牢地固定在一张旧木椅上，戴着黑色头套，糊上封口胶，什么东西都看不见，什么话都说不出来，连呼吸都极度困难。

胡天宝在收到赎金又验证了钱的真假之后，喜得像疯狗一样乱叫，还在身边几个兄弟的脸上使劲亲了几口说：“娘卖的，我们终于发财了，发大财了！”

“娘卖的”这句话，是胡天宝的口头语，即口头禅的意思。而且，胡天宝就因为这句习惯性的口头禅，给被害人曹飞飞的父亲曹国富留下了刻骨铭心的记忆。后来曹国富还因为这一记忆的作用识别出了绑匪胡天宝，给警方破案创造了难得的机会。当然这是后话。

胡天宝准备通知“白毛扇”放人。其实，此时的胡天宝也只是想勒索钱财，并不想撕票。但他没有想到吕莽林不同意。吕莽林听说要放人，一下子急了，说：“大哥，这人不能放，得干掉！”

胡天宝说：“老二，你这是什么意思？”

吕莽林说：“大哥，你想想，曹飞飞认识我，曹飞飞的爸爸曹国富也可能认识我，我过去在曹国富的公司打过工。”

“我这人没文化，脑壳笨得要死，还是不明白你老二说的什么意思？曹飞飞认识你，就非要干掉他吗？曹飞飞的爸爸认识你，也要干掉他爸爸吗？”

“大哥，你怎么还不明白呢？那天在飞云谷绑架曹飞飞时，曹飞飞好像发现了我，还准备要喊我呢，结果他的嘴巴被我迅速堵住了。你要是把曹飞飞放了，曹飞飞一报警，警察就会照直来抓我，你说是不是呢？”

“你怎么知道那娘卖的要报警？他爸爸不是没报警吗？你要知道富人命贵，是不会轻易得罪人的，更不会得罪像我们这样的人。”

胡天宝有些不高兴，把脸拉得长长的，像苦瓜一样。

吕莽林说：“这谁能说得准呢，你是老大，办事不能这么轻率啊！”

胡天宝心里明白，一旦杀了曹飞飞，曹老板肯定会报警。那么，警察就绝不会轻易放过他们，所以，他执意不肯撕票，不想跟警察过不去。跟警察过不去就等于跟自己过不去，断了他以后的财路不说，还会性命难保。所以，他说：“我要是把曹飞飞放了呢？”

“那好吧，你实在要放我也没办法，到时候我倒霉，那大伙就跟着一起倒霉吧！”吕莽林也有些沉不住气了。

吕莽林的话虽然说得有气无力，显得很无奈，但带有明显的威胁成分。一时间，他懊悔自己不该和胡天宝掺和到一起。

吕莽林的家在凤凰岭乡下，经济滞后，条件较差，生活清苦。吕莽林十七岁时，去天津当过几年兵，大城市人花花绿绿的生活对他影响很深，因此，他退伍后就不愿意回乡下去了，一直在咸州市城里混日子。他贩卖过萝卜白菜，开过三轮车，干过烧烤，当过汽车修理工，还在曹国富的一个下属公司当过一年保安，但都没有挣到多少钱。他觉得这样挣钱实在太辛苦、太艰难了。

而恰在此时，吕莽林的母亲病得厉害。吕莽林的父亲早年去世了，母亲只能依靠他。但吕莽林没有钱给母亲治病，整个人变得很焦躁。他翻来覆去地整夜睡不着觉，总在思谋着一个严峻的现实问题：如何才能有钱。想着想着，他就想到邪路上去了。吕莽林脑瓜好使，歪点子多。当他想起在报纸上看到的某某犯罪嫌疑人一次盗窃多少多少钱、抢劫多少多少钱的时候，他就异常兴奋、激动，觉得干这个行当不错，来钱快又轻松。然而他又认为这样做，是不仁义的。古人说过，君子爱财，取之有道。若是去偷去抢，这还能叫道吗？但他思来想去，又觉得自己并非君子，无须讲究什么道与非道。后来他在这种思想的驱动下，就试着干了几个回合，果然很来财，也很惊险刺激。从此，他就一脚踏上了贼道。

吕莽林原先是个独行侠，没有盗窃团伙，也没有其他作案的共同体，他是一人单帮，觉得这样自由。吕莽林既盗窃又劫舍，还在列车上当过“车盗”，多次盗窃过旅客的财物。他的盗窃本领非同一般。他火眼金睛，一眼就能看准哪位旅客有钱、哪位旅客没有钱。例如，某某客人若是躺在什么地上、木板上或长椅上睡觉，把手压在胸前，他就会判断胸前那地方是个重点保护区，于是，他就从此处下手。他曾被劳教两次，但仍然没有改过自新。

他胆大妄为、铤而走险，在江湖上已是小有名气。正因为小有名气，吕莽林才被胡天宝看中走到了一起。不过这其中，二人还有过一段很不寻常的交手。

一天，胡天宝的情人“满天红”外出归来发现家中被盗，她的白金项链不翼而飞。这是胡天宝为了讨好她送给她的，价值不菲。“满天红”爱之如命。她丢了白金项链就像丢了命一样，成天哭哭啼啼。胡天宝平时对“满天红”疼爱有加，知道以后大发雷霆：“盗贼竟敢把尿撒到老子头上来了！”

胡天宝手下的马仔一个个都是打家劫舍的“顶尖人物”，身手不凡，人人有招儿，而且个个都很忠心。大哥的情人被人偷了，这还了得吗？挖地三尺也要为大哥把面子找回来！兄弟们一个个主动请缨、奋力效命，日里夜间，不断出击。果然，功夫不负有心人，不出几天，他们就在深夜两点多钟的一处偏僻的黑市上发现了重大线索，顺藤摸瓜很快就摸到吕莽林头上去了。

其实，吕莽林对胡天宝的所作所为并不陌生，很早就知道胡天宝做的是刀口舔血的营生。按说，吕莽林是不敢得罪胡天宝的，照道上的规矩也是不应该得罪的，也得罪不起。但问题是，吕莽林不知道“满天红”是胡天宝的情人。当胡天宝手下的兄弟们突然站在他面前时，当几支黑洞洞的枪口对准他胸口时，吕莽林这才大吃一惊，深感自己做错事了。吕莽林在江湖上混的日子不短，懂得江湖上的做法，当即从买主家将白金项链赎回来，双手托住，恭恭敬敬地奉还给胡天宝，表示认错。

胡天宝接过白金项链，看了看，昂起头，悠然地长笑了一声，装入口袋，拱拱手，没说话。宽容中暗藏着极重的霸气和杀机，不过胡天宝也只是做做样子，显出他的威严和大佬的做派而已，其实他另有心思。

“大哥，不能就这样简单地一还了之，事情还得有个说法呀！”胡天宝手下的兄弟们吼叫着，不肯罢休，想要讨个说法。

吕莽林不是个怕狠的人。他做事从不计较后果，他不仅胆大，而且敢玩命。此时，他见胡天宝的几个兄弟一个个如狼似虎、横刀相向、怒目圆睁，心里早就不好受了。他对着胡天宝拱拱手说：“胡大哥，小弟一时疏忽冒犯了大哥，多有得罪。事已至此，你说怎么办吧！要死要活，就听你一句话。”

胡天宝清了清嗓子，故作大度地把手一挥，示意他的兄弟们不要多嘴，把家伙全都收起来。然后，他走上前一步，站在吕莽林的面前，拍了拍吕莽林的肩膀说道：“吕兄弟，你在这个行当上的名头我已有耳闻，今日一见，你果然是条汉子。常言道，不知者不怪。白金项链之事我知道你不是有意要与我胡某人过不去，对不对？我不怪你。而且，此事到此就算了结了，都不必介意，也不必外传。江湖上有句老话，不打不相识。今后咱们就算朋友了，你说是不是呢？”胡天宝说完，一拱手再度准备告辞。

“慢！胡大哥慢！”吕莽林没有想到胡天宝这么爽快，一时感动非要请胡天宝这伙人吃顿饭不可，也算是赔个礼。

胡天宝见吕莽林年轻，身板结实，又敢玩命，也有结交和收留之意。另外，胡天宝也想招兵买马，扩充团伙队伍。刚才是初次见面不便开口，现在见吕莽林要留他吃饭，便借水行舟地说：“吕兄弟，你不必客气了。我看大家在此相聚一下也有必要。这样吧，干脆这顿饭由我做东，你是一人，我是一伙，用不着你来破费。”

这样一来，吕莽林对胡天宝更是佩服得五体投地。餐桌上的菜重重叠叠、丰盛至极，除了山珍就是海味，人间天上拣好的吃。结果不出意外，吕莽林在餐桌上同他们一阵推杯换盏之后，就吃到一起去了，成了胡天宝团伙中新的一员。胡天宝为了安抚吕莽林，就给了他一个“二哥”的头衔，还给了吕莽林母亲一笔治病的钱！

正值春暖花开，胡天宝仿效《水浒传》中“瓦岗英雄”在“贾家楼”结义的做法，选在一处桃花盛开的园中，摆上香案、果品、鱼肉祭拜天地，歃血为盟，结为罪犯团伙。

首先是胡天宝虔诚地跪在香案前，双手合十，仰起头颅，对天发誓：“苍天在上，我们几个山野粗人，虽是萍水相逢，但愿结为异姓兄弟，团结一致，齐心合力，甘苦与共，风雨同舟。若有异心，天地不容。”

随后吕莽林等人也挨个跪在香案前，照着胡天宝的样子重复了一遍……

此时，吕莽林说要撕票的话，胡天宝听懂了；吕莽林的心事，胡天宝也看出来了。意思是说，吕莽林一旦被警方逮住，他就会把兄弟们一个个都供出来，谁也别想跑掉。吕莽林这样做可是一步狠招儿，谁不担忧呢？

“当初好不容易把‘队伍’拉起来，现在为曹飞飞撕不撕票的事闹分裂不值得。”胡天宝想。

胡天宝心里明白，他和吕莽林之间的风险和利益是共担的，自然要比对受害人家属的承诺更重要。再说，吕莽林提出要撕票，也是因为涉及他自身的安全。鉴于此，胡天宝立即换了一副面孔，对着吕莽林点点头说：“罢了，不争了。老二，我理解你的苦衷，你的想法也不无道理，就照你说的办吧！”

于是，“白毛扇”在午夜2点钟，接到了胡天宝的电话。胡天宝叫他们立即把事情“办了”。

“办”是道上黑话，就是叫他们将曹飞飞立即干掉。这个意思，他们都懂的。

然而，就在曹飞飞被撕票的那一瞬间，天空有一片巨大的乌云升上来，天地间突然变得漆黑。一群受了惊吓的乌鸦猛然发出“呱呱”的鸣叫，从他们头顶上方飞过去，把他们吓出一身冷汗。“白毛扇”的脸上似乎还有什么东西，臭得厉害，伸手一抹，才知道是一坨乌鸦粪。他们一个个心里沉沉的，感到不吉利。“白毛扇”的心理压力尤为严重。

“白毛扇”仿佛看到了许多荷枪实弹的警察将他们一个个戴上手铐，押上警车，然后关进院墙深深的监狱。

五　匪徒们的秘密会议

胡天宝虽然同意吕莽林的主张，把“票”撕了，但胡天宝心中很是窝火。

他们团伙有严格规定，老大的话是说一不二的，任何人不得顶撞，也不能在背后干对团伙不利的事情。可是，吕莽林总是当着兄弟们的面一次次地同他顶撞，使他这个做大哥的很没面子，这是以往从来没有过的事。去年有两次，吕莽林还背着胡天宝和大家私自在外面单干，勒索两位个体老板，成功得手四十万元。钱的数字虽然不大，但这样做对团伙来说，就是犯了大忌。胡天宝知道以后，肺都差点儿气爆了。当时，胡天宝很恼火地指责吕莽林说：“老二，你竟敢一人躲在外面私下出手‘干活儿’，你这不是胡作非为吗？你眼里还有没有我这个做大哥的？”

吕莽林对胡天宝的指责丝毫不以为然，他不但不接受，还口出狂言：“我敢做就说明我有这个本事，不会弄出事来！”

“我们不是跪在地上烧过香、叩过头、拜过天地、盟过誓吗？你怎么能不守信呢？”

“拜过天地又怎么样？我又没有妨碍大家什么！”

“等到有了事那就晚了，你懂不懂？”

“我有事我撑着！”

胡天宝见吕莽林说话这样猖狂，一转身走了。从此以后，胡天宝一直耿耿于怀，认为吕莽林是个靠不住的人，用又不好用，丢又丢不开，怕他离开后出卖他们。因此，胡天宝就萌生了要干掉吕莽林的想法。吕莽林毕竟是“独脚贼”，没有势力。胡天宝只要稍微眨一下眼皮，原来的几个兄弟就会一拥而上把吕莽林“办掉”。

但军师“白毛扇”认为，万事得从长计议。他认为干掉吕莽林为时过早。“白毛扇”要胡天宝放吕莽林一马，说吕莽林还年轻，又是初犯，容他慢慢改，看他的表现，或许时间一长他会改变过来呢。哪知吕莽林还是一次次地同他过不去。此时，胡天宝虽然按“白毛扇”说的压住心头之火，再次违心地做出了让步，但内心再也咽不下这口气了。

“坚决除掉吕莽林!”胡天宝已经下定决心。

但是，用什么办法、在什么地方动手呢？既不能给警方留下可供破案的蛛丝马迹，又不能打草惊蛇让吕莽林有所察觉。而且吕莽林这人一旦被逼急了，还有可能来个狗急跳墙，身上绑个雷管、炸药和兄弟们同归于尽。另外，他还有可能到公安局去投案自首，或者悄悄地递个条子给警方，将整个事情揭穿，让警方将他们一网打尽，那后果就惨了。

“白毛扇”给胡天宝出了个主意。在过去的日子里，“白毛扇”曾多次在胡天宝面前为吕莽林说过情，希望吕莽林能够改正过来，或者说让他慢慢改。但吕莽林仍然狂傲不羁，不知轻重死活，仍然一而再、再而三地同胡天宝斗狠，又总爱把事情做绝，不留余地。这次就是他执意要撕票，害得兄弟们人人危机四伏、狼狈不堪。吕莽林这人几乎成了定时炸弹和导火线，危险性确实很大。现在，“白毛扇”见胡天宝下了决心，不但不再阻拦，相反还帮胡天宝出谋划策，叫胡天宝背着吕莽林把原来的几个兄弟召到一起进行商量。

按照军师的意思，胡天宝就在“白毛扇”租住的房子里召开了秘密会议。

会上，胡天宝想先观察一下，探探兄弟们的口风如何。他不先提出干掉吕莽林的事情，只说是研究研究如何躲过警方的搜捕和清查。他说："近日，公安部在全国范围内掀起了新一轮的严打高潮，口号是'大案命案无积案，扫黑除恶不留根'，看得出警方这次决心很大，势头很猛烈，连环出手，一招儿比一招儿厉害！"

胡天宝说的话，其实都是《咸州日报》上的内容。全是真的。

匪徒们一听，个个吓得心惊肉跳，像缩头乌龟，不敢轻举妄动，更不敢去歌厅、舞厅、酒楼吃喝玩乐了，只能躲在家中喝些小酒、闷酒。他们人人心中装着气。开会时，加之吕莽林不在场，便一个个纷纷翻脸，立即就抱怨开了。

"这祸都是吕莽林这王八蛋惹的！他不听大哥的话落得今日大祸临头。咱们赶紧想对策！""乌鸦"愤愤地说，"吕莽林根本就不是个好东西，大哥当初就不该收留他！"

"狗头"说："当初要是听大哥的话，不撕票，把曹飞飞放了，主家就不会报警，就不会有这么大的麻烦，警方也不会把我们逼到这一步！"

"地雷"说："当初我们大家都是拜过天地，有过君子协定的，谁被警方抓住了，谁就自认倒霉，绝不能供出其他兄弟。可吕莽林不守信用，一次次说狠话、恶话，威逼讹诈我们。现在形势这样紧急，警方逼得我们屁股都冒青烟了，他却到处疯跑疯玩。昨天，我一个道上的朋友对我讲：吕莽林天天夜里在桂花山沁香园和小姐疯。你们说这王八蛋是不是岂有此理？"

军师"白毛扇"听了，故作大吃一惊说："大哥不是多次嘱咐过他吗？现在是非常时期，暂时不要去那些娱乐场所，他怎么还在胡来？"

"还不是自作聪明呗，以为他头上没有写着'绑匪'二字，警察认不出他来！""乌鸦"气呼呼地说。

"他非要闹出事来不可！"

“这家伙一旦被警方抓住，我们就得全军覆没，都要死在他手上。”

“地雷”一听急了。“地雷”是个大老粗，瞪着两只眼珠望着胡天宝：“大哥，千万别让吕莽林落到警方手上毁了我们兄弟几个，不如我们提前把他……”

“狗头”不待“地雷”说完就抢着说：“对，不如我们提前把他开除了！”

“乌鸦”说：“屁话，开除吕莽林有什么用呢，他同样会闹出事来，警察也同样要抓住他，他也一样要把我们大家供出来。”

“地雷”见“狗头”和“乌鸦”没听明白自己想表达的意思，就伸开手掌夸张地往自己的大腿上重重地砍了几下，意思就是干掉吕莽林。

这个动作很夸张，谁都能看得明白，并立即像传染病一样蔓延开去，匪徒们立即群情激奋：“对，砍了他！”

“白毛扇”见目的已经达到，火候又正好，就赶忙插话说：“大哥，为了兄弟们的自身利益，我看只好如此。这也是没办法的事，怪不得我们兄弟几个，吕莽林这人确实是颗定时炸弹，十分危险！”

胡天宝黑着脸，重重地叹了口气，故作怜惜地说：“没别的办法，是他自找麻烦。为了兄弟们不受吕莽林牵连一齐落入警方之手，就这样定了吧。万一弄出大事，我做大哥的也对不起大家！”

六　与蛇对视

躲在家中看报的胡天宝突然听到有人敲门，大吃一惊，赶紧丢下报纸躺在床上，盖上被子装病，然后吩咐何小凤去开门。何小凤对胡天宝的行为莫名其妙，不过她不敢马虎，一边小心地“哎”了一声说“来了来了，莫敲莫敲”，一边就把门拉开了。来的是俩警察，何小凤一看吓了一跳，蒙在被子里面的胡天宝更是吓得大气都不敢出。

何小凤说：“警察同志，有什么事吗？我可没有做什么坏事啊。”

警察说：“我们是来找何小凤的，你是何小凤吗？”

何小凤莫名其妙，乖乖地点了点头说：“是的，我就是何小凤。”

警察说：“请你跟我们走一趟，有事找你！”

何小凤吓得两腿打战。原来，公安局 9 号桥派出所近日侦破了一起毒品案，在城边一处名叫竹林坡的地方捕获几名犯罪嫌疑人，收缴好几百克毒品。据犯罪嫌疑人的材料交代，涉嫌吸毒人员有何小凤。

当警察以传讯的名义将何小凤带走之后，胡天宝极为震惊，吓出一身冷汗，当天就逃离了，而且一连几天几夜都不敢回家。此时他已经有三个夜晚是在大山里面度过的，躲藏在一处烂空了的棺材窝里。这天晚上，他突然听见有人走动的声响，以为是警察发现了他，吓得赶忙钻进窝窝里面去了。窝窝里面的空间又低又矮，黑黢黢的。一阵之后，他眼睛才慢悠悠地适应过来。这时，他发现身边有两颗绿豆大小的亮光，在一闪一闪的，他觉得稀罕，试图拿手去探一探。但他脑子里却又嗡的一声响开了，突然意识到探不得的，可能是蛇的眼睛。他猜对了，真是蛇的眼睛。我的妈呀，胡天宝再也不敢动了。他把身子紧紧地缩在一起，瞪着两眼，静静地看着蛇，生怕蛇向他发起攻击。蛇也仇视地看着他，不明白它的领地怎么会突然闯进来这么个庞然大物，也怕他攻击它，警惕地盘踞在那里不敢动弹。

其实，那天晚上胡天宝听到的声响，是一些配合严打的民兵在山上协助警方执行其他任务。胡天宝知道以后觉得真是万幸，他虽然被蛇吓得要死，但毕竟没有被警方发现。不过让胡天宝惶恐不安的并不是他老婆何小凤将来会怎么样，而是他自己的安危，因为他以为是曹飞飞的案子被警方侦查到了什么新的蛛丝马迹。

那一刻，他又联想到了另一件事情：有一天，他在三号桥上行走时，听见一个小孩儿说公安局已经把绑匪抓到了。胡天宝以为是他手下的人出了事被警方抓住了。他想同小孩儿打听一下，却突然驶过来一辆警车，他吓得赶忙溜了。种种不祥之兆，使他想到自己的末日可能来临，因此惊恐万状，惶惶不可终日。

关键时刻，又是军师“白毛扇”的一席话将他从惶恐中解脱出来。否则，他将带着兄弟们远距离逃奔，去香港、海南或东北、西南等地躲藏。

“白毛扇”告诉他：“大哥呀，你就放心吧！你想想，如果警方怀疑你，就不会只是传讯嫂子，也不会只来两个小警察。”

胡天宝说：“那应该来的都是什么样的警察呢？你说说看吧，我真的是摸不着头脑了。”

“白毛扇”说：“来的警察肯定是铺天盖地、真枪实弹的，会将大哥住的地方里三层外三层团团围住，然后将大哥和嫂子分头直接抓走，不会只发来一张纸传票，将一个女人传走。你说是不是啊，大哥？”

接着“白毛扇”又说：“公安部门有时为了捉拿重案逃犯，动用的是成群结队的警察，你未必没见过吧？”

“对呀！”胡天宝一听乐死了，“老子我怎么就想不到这一点呢？”

“大哥，我告诉你一个简便的方法吧。”“白毛扇”自鸣得意地说，“人一旦深陷迷局，找不到处理事情的要领时，要懂得及时跳出来，换个角度思考问题，这样做往往会有意外收获！”

“对对对！”胡天宝非常欣赏“白毛扇”给他出的主意，“军师兄弟，你脑子活，又好使，这些日子你还得多动动脑子，咱们千万不能出了差错落入警方手中。”

“大哥放心，我会不遗余力地为大哥效忠！”“白毛扇”点头。

当恐惧和惊骇消除之后，胡天宝立即着手实施干掉吕莽林的计划。吕莽林的存在几乎每时每刻都让他不得安生。

天香园广场边上有一个小商品亭，是吕莽林的女朋友罗春春开的，因游客多，生意还算红火。吕莽林同绑匪之间如果没有共同行动，他又不打算私下出手，就去商品亭帮忙打理生意。女朋友是别人刚刚给介绍的，还没有什么真情实感。他怕女朋友看不上他，就想做些讨好的事情以获得女朋友的青睐。

上午 9 点多钟的样子，吕莽林刚走到公园门口，手机突然响起来了，是胡天宝打来的。胡天宝昨夜是在情人“满天红”那儿过的夜。胡天宝自己的家现在是空的。何小凤涉毒案已经升级，检察院正式批捕，何小凤不知何年何月回得了家。胡天宝是个耐不住寂寞的。此时，胡天宝才刚刚起床，一看时间不早了，就赶忙拨通了吕莽林的手机，说今天晚上天黑之后兄弟们要在吕莽林租住的房屋集中商量些事儿，晚饭也在吕莽林那儿吃，要他做些准备。

这种聚会方式是胡天宝犯罪团伙一开始就规定了的。或三五天一次，或七八天一次，视情况而定，只待胡天宝临时通知，这也是他做大哥的权力中事，令到即行。

这些天，胡天宝和军师一直在“设计吕莽林”，而且十分用功。这次聚会，目标就是要在吕莽林的住屋实施他设计好了的阴谋：将吕莽林送给阎王，以绝后顾之忧。警方的搜捕行动一天比一天紧，阵势也一天比一天强大，许多街区道路及路口均派有荷枪实弹的武装警察和流动岗哨，对过往行人盘查得十分严格，连空气都是紧张的。可是，吕莽林是个管不住自己的人，加之又十分狂野，他多活一天胡天宝就多一天忧虑和不安。

吕莽林住在城市边缘地带。那是一片低矮又极其简陋的平房，很像半个世纪以前被什么大建筑商遗弃了的棚户区。这儿几乎住的都是些拾荒者、无家可归的游民或流民，还有要饭的、进城挖土方的、做重活的打工仔等。吕莽林住这种房子，不是为了省钱，而是为了安全。这种地方不怎么引起外人注意。警察也以为住这种地方的人，都是囊中羞涩的穷人、乞丐。即使有问题，也是小偷小摸之类的星子鱼，大鱼不会蹲在这种浑水里。靠山那边一二百米远的地方，还有一个很大的垃圾场和一个大而深的污水坑，四面被阴森森的树木包围着，十分安静和隐蔽。

胡天宝与军师合计定下阴谋：趁兄弟们相聚时，将吕莽林用酒灌倒，然后用绳子勒死，移尸垃圾场或污水坑，既无声无息，又不留痕迹。时间一长，或大雨过后，即使警方发现了，那也只是白骨一堆，什么蛛丝马迹也找不到了。

吕莽林不知道兄弟们来他这里聚会是一个设计好了的黑色圈套。他只知道这段日子因为警方搜查得厉害，出于隐蔽大伙才用这种带有潜伏意识的方式相聚。若是平日，大家会到大酒店去大吃大喝，大摇大摆、走进走出、毫无顾虑，而眼下不行。所以，吕莽林就像是执行公务一样满口答应了。

七　晚餐里的阴谋

天香园今日因为有商家在做活动，游客很多。吕莽林女朋友的小商品亭生意也比往常更火，不少大人小孩儿围在商品亭前买这买那，罗春春不断加快服务速度还是忙不过来，一心等着吕莽林来给她帮忙。她一边忙碌一边不断抬头往外瞟，总想瞟到吕莽林的身影，结果枉然。罗春春只好拨打吕莽林的手机。可是手机通了，吕莽林却没有工夫。吕莽林说："春春，对不起啊，我今天有紧要事儿不能来，我妈病了，我要去医院招呼我妈，明天我一定来给你帮忙，请你原谅。"

吕莽林真能蒙，随便编个幌子就把罗春春给骗了，还说得像黄鹂鸟唱歌那样动听。但是，吕莽林并不知道自己蒙了罗春春，胡天宝也蒙了他。而且死神马上就要来到他的身边，过了今天夜里，明天他是不是还活在这个世上都不知道。

吕莽林经过一番忙碌备足了美味佳肴，而且尽是些昂贵的美食，白酒、啤酒也准备得很充分。吕莽林是个非常爱面子的人，生怕胡天宝和兄弟们说他小气。但吕莽林无论如何也没有想到，他满腔热情准备好的这顿丰盛大餐，居然是为他自己送行的！他完全不知道死神就在他身边潜伏着。

晚上 7 点钟光景，太阳在咸州城的高楼大厦之间游移一阵之后，晃了几晃，就落到桥下去了，不见了踪影。随即，夜幕开始光临。

远处，那没有路灯、空旷无人、杂草丛生的地方，有几个黑影出现了，晃晃悠悠如幽灵鬼蜮一般。前头那个黑影就是老大胡天宝。胡天宝带着他的团伙准时来了，也带来了一个血腥的死亡信号。

吕莽林的住屋立即热闹起来！"啧啧"声不绝于耳，一个个称赞吕莽林把晚餐准备得丰盛。

"乌鸦"是名副其实的好吃佬，见什么吃什么，闻到香味赶快抓一块肉丢到嘴里嚼起来，含混不清地说："好吃好吃，二哥手艺不错，二哥手艺精湛。"

“地雷”说：“就你好吃，等不得了。”说着也抓起一块红烧肉塞进嘴里嚼着。

“狗头”说：“你们吃肉我抽烟。”他拿起一包“东北王”香烟，撕拉一下扯开，先给老大一支，再给军师“白毛扇”一支，然后自己一支。

不大工夫，满屋烟雾弥漫，有说有笑，看上去气氛十分轻松和谐，无人露出半点儿杀机。

胡天宝笑眯眯地说：“老二，你是不是以为大哥吃了这一顿就不来吃第二顿了，把酒菜搞得这么丰盛？以后大家要轮流坐庄的，过不了多久，还不得又要轮到你头上啊！”

“乌鸦”说：“大哥说得对，日子长着呢，要不了多少日子，弟兄们肯定还要来，不必搞得太好了，哈哈！”

“白毛扇”把手一招：“‘乌鸦’，就你嘴巴大，来吧，开始吧。”

吕莽林忙说：“只要大哥和兄弟们吃得开心、高兴就好。”他丝毫没有察觉出这是一次充满谎言和血腥的聚会，相反，他显得特别热情与殷切。

“白毛扇”的神色也格外轻松，他说：“今晚的酒席本军师坐庄，负责照顾大家喝好、吃好，一醉方休，看兄弟们意下如何？”“白毛扇”拿眼扫了众人一圈，这话都是有来头的，是事先设计好的细节，但吕莽林不知道。在座众人包括吕莽林在内，齐声附和：“好好好，军师哥哥负责指挥！”

胡天宝也把手一挥说：“娘卖的老规矩，先喝白的，后喝啤的！”

吕莽林还是多礼，他拿出一瓶剑南春，准备打开。

“乌鸦”一伸手把酒接过去，说：“二哥，你累一天了，还是老弟来服务，你只管喝就行了。”

“白毛扇”说：“就让‘乌鸦’当专职服务员吧！”

吕莽林不再客套。待“乌鸦”把酒倒好，他端起来与胡天宝及几位兄弟一一碰过之后一仰头使劲喝下一大口。因为是大杯，不能一口喝干，这也是胡天宝的规矩。

吕莽林一边吃菜一边说：“这都是咸州市警方逼出来的，不然的话，大家不会来我这破庙喝这种小酒。”

吕莽林居然引火上身。这真是天意呀！

“乌鸦”把眼睛大大地睁了一下，正想说点儿什么，被胡天宝一个眼神给制止了。

胡天宝拿筷子的手点了几点说：“这算什么，苦就苦一点儿吧。待这阵强风吹过之后，大酒店的酒我们照样要去喝，大酒店的小姐我们照样要去抱，大酒店的歌我们照样要去唱。”

“还是大哥说得对！”大家一齐喝彩！

因为高兴，目标一致，大家喝得极其痛快。“地雷”“狗头”依次向吕莽林敬酒。敬过一次，再敬一次。他们都说得十分动听：“二哥，你今天大大的辛苦了，为老弟忙一天了。老弟敬你，再敬你。”

吕莽林也不推让，他好像很愿意配合他们，总是“吱”的一声喝一大口，又“吱”的一声喝一大口。反反复复一阵之后，几瓶剑南春已经喝得只剩下一瓶了。“乌鸦”嫌慢了，还想加快速度，快些将吕莽林灌倒，好将绳子套到吕莽林的脖子上去。“乌鸦”是负责执行“死刑任务”的。他裤兜里装着绳子。他把手伸到兜里摸了摸，然后举起酒瓶就往吕莽林杯中倒酒。吕莽林此时已经喝得有几分醉意，如果再喝一大杯白酒就可能醉倒。吕莽林全然不知自己的生命即将走到尽头，爽快地拿杯接住。

一瞬间，除了吕莽林，其他几个绑匪的脸上没了笑容，而且脸色大变颜色，呼吸开始变得粗重。

但吕莽林同“乌鸦”猛喝猛饮的行为，被“白毛扇”制止了。“白毛扇”不想把事情了结得太早。菜多、酒多，慢慢喝，喝了白酒喝啤酒，闹到凌晨都不要紧，那时“办事”更加神不知鬼不觉。即使吕莽林没有醉倒，也要让他去见阎王。于是，“白毛扇”抬手对“乌鸦”一挥说：“‘乌鸦’，听我的，不要喝得太快，时间早着呢，菜也多着呢！”另外，“白毛扇”还想静观一下夜里的动静。

“对对对。”胡天宝拿筷子的手又点了几点说，“按你们白哥说的办，夜不辞工！”

胡天宝要大家多吃菜，说这么多菜不吃怎么对得起你们吕哥呢……

后来的事情，就有些出人意料了。

喝到快10点钟的时候，“乌鸦”提出要和吕莽林“吹喇叭”。所谓“吹喇叭”，就是不用杯子，拿啤酒瓶对着嘴巴一口气喝干，有种叫板的劲头。当然，“乌鸦”是醉翁之意不在酒，目的是灌倒吕莽林。吕莽林似乎有点儿绿林中人的血性，来者不拒，连吹几瓶，表现得十分生猛，众兄弟个个满意，拍起了巴掌。喝到高兴处，他伸出两手将“乌鸦”递给他的一瓶起了盖的啤酒，重重地往桌上一放，诡秘地看了兄弟们一眼，然后将目光落在胡天宝的脸上。

“大哥，我昨天晚上做了个非常古怪的梦，差点儿把我吓死了！”

吕莽林在这种特定时间、特定场合，说出这种惊心动魄的话，使众人大吃一惊。胡天宝以为吕莽林察觉到了什么，更是本能地提防着问道：“老二，什么梦让你那么恐惧，说给大哥听听。”

“我梦见自己变成了一只斑鸠在天空上飞！天那么大、那么高，就我一人，连个伴儿也没有，孤独得要命。当时黑色的夜幕已经降临，狂风大作，像要下雨。我正茫然惊恐地向一棵大树枝上飞去，想停下来休息一下。可是，我刚一落到树枝上，还未站稳呢，一只凶猛的老鹰突然冲过来，用尖锐的利爪将我牢牢地抓住，呼啦一下，向很远的地方飞去了。我吓得连气都喘不过来，我知道自己很快就会成为它的大餐，大呼救命……醒来时，我的衣服全汗湿了。大哥，你说怪不怪呢!”

“狗头”扑哧一笑说：“那老鹰怕不就是我吧，我最喜欢在夜里飞来飞去，寻找小鸟吃哩!”

“乌鸦”说：“二哥，你那梦不叫噩梦，一只老鹰算个屁呢!”

大家莫名其妙地笑了一下，又不好当面制止“乌鸦”。

“我做的梦才叫噩梦呢!”“乌鸦”又说，“我梦见大蟒蛇缠我，张开血盆大口要将我吞噬，我的妈呀，这才真叫恐怖呢，我吓出的汗连被窝都打湿了!”

胡天宝听了，把头晃了一下，又晃了一下，故作镇静地说：“老二，你做的梦是好梦！真是个好梦呢！这种梦，我想做都做不到。古人说得好，梦则反。老鹰要吃掉你，说明你将来一定要吃掉老鹰……”

胡天宝还想说点儿什么，却在这个时候，吕莽林的手机响起来了。

八　告密人

自从何小凤吸毒案升级之后，胡天宝就再也没有回过家。他一直同“满天红”住在一起。“满天红”并不年轻，容貌一般，但她身材高挑，打扮时尚，有些淑女风范。油光闪亮、蓬松飘逸的长发，就像电视广告上的黑色瀑布一样；精心描绘的眉眼像两弯月牙，恰到好处地卧在秋波荡漾的眼睛上；粉白的脸庞，有如汉白玉一般圆润，令胡天宝看着痴心摇曳。实事求是地说，胡天宝很喜欢她。昨天夜里，“满天红”像一团火燃烧着胡天宝。胡天宝一时痴狂，就将次日晚上要到吕莽林住的地方去喝酒，并趁机干掉吕莽林的事也透露出来了。“满天红”一惊说：“胡天宝，你疯了吧！你干掉了吕莽林，法律能饶过你吗？古人说，善有善报，恶有恶报，不是不报，时候未到。一句话，害人就是害己！”

其实，“满天红”的话等于白说，胡天宝根本不会听她的。

胡天宝说：“你不用多嘴，我自有妙招儿。”

“满天红”啰唆一阵之后不再作声，但她记住了胡天宝说过的话。她要想办法救吕莽林。她打算第二天将胡天宝说的话悄悄传递给吕莽林，让吕莽林提高警惕做好防备，不管是真是假都要防着点儿。“满天红”的这种想法，是缘于吕莽林退还白金项链一事，对他产生了好感。她觉得这个小兄弟挺义气，嘴巴也乖，见了面总是嫂子长嫂子短地叫着。吕莽林的女朋友就是“满天红”介绍的。可是，一到白天，“满天红”就把这件事情给忘了。直到晚上，她见胡天宝迟迟未归，才猛然记起此事。她赶忙找吕莽林的女朋友罗春春要来了吕莽林的手机号。

吕莽林此时接听的电话就是“满天红”打来的。

吕莽林一边接听一边离开座位往门口走去。这也是如今大家接听手机的惯常动作，众人也没在意。当吕莽林听完电话的内容之后，汗就出来了，酒也醒了一半，立即联想到了他做的噩梦，觉得这可能是天意，老天爷在以这种方式提示他。吕莽林很机灵，赶忙收了手机，撒个谎说：“大哥，我女朋友被车撞了，我去看一下，没事的话马上就回，你们先喝着。”还未待众人反应过来，吕莽林骑上停在门口的摩托车，一路烟尘，飞逃而去。

胡天宝是第二天才知道上当的，让吕莽林这家伙逃跑了。那么，告密的人是谁呢？

胡天宝把兄弟们重新召集到“白毛扇”租住的房子里开会，点名要他们一个个交代谁是叛徒？谁在背后给吕莽林通风报信？胡天宝先点名要“地雷”说。“地雷”说他没有当叛徒，都在一起吃饭呢，也没有机会。胡天宝“嗯”了一声，不置可否。接着他又点“狗头”。“狗头”同样说他不是叛徒，还说他巴不得吕莽林快些死，免得警方把他抓去害了大家。胡天宝又“嗯”了一声，再点“乌鸦”，问他是不是在背后搞了什么小动作。“乌鸦”一听急眼了。他说，大哥呀，你瞎猜什么呢，这件事情根本不会出在我们这几个人身上。“乌鸦”把目光投向军师“白毛扇”，寻求“白毛扇”的支持。

“白毛扇”会意地说：“我也觉得问题不会出在我们这几个兄弟身上，这其间一定另有蹊跷！”

胡天宝一摸脑壳说：“这就怪了，还有谁知道我们的行动秘密呢？”

他把几个兄弟仔仔细细重新查看一遍，觉得他们不可能告密。思来想去，胡天宝终于记起了一件事：那天晚上他和“满天红”滚在一起时，曾对她说过要除掉吕莽林的事，这告密的人说不定就是“满天红”。为了求证此事，胡天宝回家后趁机翻看了“满天红”的手机，手机里果然存留有拨打吕莽林手机号的记录。

“你昨天晚上跟吕莽林通电话了？”胡天宝问。

“是的，是我叫他逃跑的。怎么样，我做错了吗？”“满天红”满不在乎地叫了起来。

“你想找死吧！”胡天宝大发雷霆，一巴掌将“满天红”扇倒在地，“臭婊子，你敢坏老子的大事！”

"满天红"的嘴角立即流出血来，像一条红色的蚯蚓在扭曲延伸。"满天红"没有发火，她爬起来在桌上扯了一张卫生纸，一边擦着嘴角一边慢悠悠地说："胡天宝，你竟然下狠手打我。老娘难道不是为你好吗？你真的杀了吕莽林，你的日子就能好过吗？警察不抓你吗？你嫌老娘是婊子，你以后就不要来了，永远不要来了！你滚吧！你现在就滚！"

"满天红"三十多岁，曾是一位副县长的夫人，自从在舞场和胡天宝相识之后，大有一见钟情、相见恨晚的感觉。胡天宝四十来岁，身材魁梧，出手大方，性格豪爽，感情热烈而又奔放，在"满天红"眼里是个事业成功的男人。因此，她常和胡天宝在一起翩翩起舞、缠绵不休，时间一长就有了肌肤之亲。事情传到她丈夫耳朵里，他们的婚姻也就走到头了。法院将一个十来岁的男孩儿判给了前夫。事后，她就一心一意地做胡天宝的情人，觉得既不愁钱用，情感上又能得到满足。但"满天红"不知道胡天宝是有过前科和劣迹的人，更不知道他是个绑匪。

就在胡天宝狠命吸烟胡思乱想之际，"白毛扇"一个电话打过来将胡天宝叫走了。"白毛扇"听到一个重大消息，要向胡天宝报告。

五年前，咸州发生过一起杀害司机劫持车辆的重大案件。这起案子特别引人注目，属于重磅新闻，被害人是副市长的舅弟。案件虽然被警方很快侦破了，但主犯马金海一直潜逃在外。他先是潜逃在厦门、海南等地，后又在新疆克拉玛依躲藏了好一阵子。几年来警方组织力量多次出击追捕，疑凶均侥幸逃脱。这次马金海一来到山东威城，就被警方盯上了。在威城警方的竭力配合下，动用了许多警力将马金海的居住地死死围住。马金海是个亡命之徒，十分顽固。他手上有一支 AK 式自动快枪，两支短枪，拒不缴械，不时从窗口往外放枪，还想趁机逃跑。后来在催泪弹的作用下，警方才将他彻底制伏。另外，还有一起特别重大的命案逃犯周志刚也被抓到了。周志刚一案胡天宝听说过。周志刚也是道上的大佬。几年前，周志刚为了垄断咸州市物流市场的全部生意，居然指使手下几名马仔将物流公司经理王国庆开枪打死。案发后，周志刚为了逃避警方的打击，跑到新疆喀什隐姓埋名。在这次严打行动中，他也没能逃脱，被警方在喀什成功捕获。

听了“白毛扇”报告的情况，胡天宝战栗不已，恐惧感不断向他袭来。自从吕莽林逃脱之后，胡天宝一直做噩梦，梦中的结果总是被警方抓住，或被什么人用刀砍了鲜血淋漓地倒在野外。睡不着觉的时候，胡天宝总是惊恐地想到警方打黑除恶的种种传说：积案告破！逃犯归案！他感觉自己的日子真的到头了。

胡天宝因为心情不好，就在“白毛扇”那里住了几天。但胡天宝又担心他们待在一起的时间长了，引起别人的注意。于是，就去找“满天红”。

可令他没有想到的是，当胡天宝再次跨进“满天红”房门的时候，她的床上已经有了另一个男人，而且居然是本城的黑老大“龙卷风”。“龙卷风”手下有几十个马仔，个个都是敢玩命的家伙。“龙卷风”的黑帮势力虽然受到咸州市警方的多次打击，但背后仍有一定市场，甚至渗透到党政机关。胡天宝充其量是几个绑匪的头儿，和“龙卷风”比胡天宝只不过是乞丐身上的一个虱子。胡天宝不敢与“龙卷风”抗衡，只得望而却步。不过胡天宝不会这样轻易认输，更不会轻易放过“满天红”。

九　绑匪间的厮杀

按照办案的执法程序，公安局应该对涉毒嫌疑人何小凤的住所进行搜查，收集一些与案件有关的物证及其他证据。但是，当警察拿着搜查证去搜查时，胡天宝家的门是锁着的；第二次再去搜查时，胡天宝家的门还是锁着的。后来警察去过多次，门仍然是锁着的。提审何小凤，她也不知道胡天宝为什么老是不在家，连手机号都换了。

对胡天宝的所作所为警方很是怀疑，他老婆何小凤关进看守所已经很长时间了，他不闻不问，看都不去看一眼，也不送日用品，和其他在押嫌犯家属完全不一样。胡天宝具体做什么生意的连他老婆都不知道。据何小凤交代，吸毒的钱都是胡天宝给她的。那么，胡天宝的钱又是从何处得来的呢？

胡天宝安排兄弟们不断在城里和乡村寻找吕莽林，因为害怕吕莽林给他招来厄运。他把人分成两伙，军师“白毛扇”和“狗头”一伙，由军师负责；“乌鸦”和“地雷”一伙，由“乌鸦”负责。每伙各带一支威力极大的自制手枪，只要找到吕莽林，不用报告，当场击毙。

城市的夜晚比白天美丽。夜里满城灯火彻夜通明，闪烁着各式各样的霓虹灯。舞厅、茶楼、酒吧、温泉谷等场所热闹非凡，前去那些地方的人们像发了疯一样地涌进涌出。“白毛扇”和“乌鸦”带着各自的人挨个在这些发疯的人群中尖着眼睛寻找吕莽林，一连找了许多天都没有找到，还差一点儿弄出新的命案。

一天夜里，“地雷”突然指着街边一夜行人激动地大吼一声：“吕莽林！”当时街上行人已经稀少。在树木森森的僻静处，“乌鸦”听说是吕莽林，浑身血液一下子就膨胀起来了，猛然向那人喊了一声“站住”就飞步追了上去。那人手上拎着一个黑色提包，以为遇上了打劫的，大吃一惊，撒腿就跑。这人一跑，他们就越发认为是吕莽林无疑！“乌鸦”怕失去大好时机想开枪击毙他，被赶过来的“白毛扇”制止了。“白毛扇”是接到“乌鸦”的联络信号急忙赶过来的。

“白毛扇”说：“有百分之百的把握吗？如果没有，就不能开枪，万一弄错了就是人命案！更是给自己增加了新的麻烦。”“乌鸦”想想也对。一阵猛追之后，终于将那人抓到了，仔细一瞧，根本不是吕莽林。吕莽林就像山谷中走过的一阵夜风，无声无息，没了踪影！

“白毛扇”对胡天宝交办的事情，忠心耿耿，异常卖力。这缘于“白毛扇”与胡天宝二人有过一段不同寻常的人生经历。“白毛扇”叫白德安，不是本城人，却在本城混。几年前，“白毛扇”曾在桂花湖歌舞厅与人发生斗殴。当时双方争着要点一名艺名叫“小嫦娥”的小姐，各不相让。“白毛扇”人多势众，将对方一个叫“胖子哥”的老板眼睛打伤，构成伤害罪。羁押期间，他与胡天宝关在一个号子里。胡天宝那时是黑帮势力“斧头帮”的人，因参加械斗被关进来。号子里面还有其他在押人员。他们个个都是使坏的家伙，听说“白毛扇”是做那种坏事的人，就认为“白毛扇”一定不是好东西，往死里整他。“白毛扇”不敢违抗，若是违抗，他们更加不会放过他。“白毛扇”被整得叫爷叫娘。一连几天天天如此，到最后“白毛扇”不行了，站都站不稳了，可他们还是不罢手。那时，胡天宝是牢头，看不下去了就叫众犯放他一马。

受尽屈辱、痛苦不堪的“白毛扇”感动得泪流满面，伏在地上给胡天宝磕了一串响头，感谢胡天宝开恩！从此，“白毛扇”视胡天宝为救命恩人。后来和胡天宝结成团伙之后，胡天宝见“白毛扇”颇有心机，遂给他封了个军师头衔，让他出谋划策管理团伙中的事务。这样一来，“白毛扇”对胡天宝更是感激不尽。凡是胡天宝吩咐的事情，他会不遗余力，不吃不喝都要想法办好。

“白毛扇”下定决心要觅到吕莽林，并将他干掉，为大哥胡天宝，也为众兄弟消除心病。“白毛扇”深信吕莽林不会离开这个城市。因为这个城市是吕莽林的老窝，他的盗窃手艺是在这个城市出道的，他在这个城市混了许多年，对这个城市很熟悉。这个城市很大，有几百万人口，便于他躲藏。俗话说，大隐隐于市，小藏藏于山。因此，他不可能跑到陌生的城市去，其他城市也不会接纳他这个生面孔。

“白毛扇”一边反复在城里搜来搜去，一边花钱在道上放“线”。他要让吕莽林插翅难飞。可是，令“白毛扇”没有料到的是他认识的人中有个叫“墩子”的认识吕莽林，并且十分要好，“墩子”暗中将这一秘密告诉了吕莽林。

这样一来，最终的结果不是“白毛扇”干掉吕莽林，而是吕莽林干掉了“白毛扇”。

十　柳河边的女尸

自从吕莽林侥幸躲过一劫之后，当天夜里就逃出了咸州城。这些天来，他一直躲在离城市很远的大山沟里面。这里有他一个非常要好的朋友墩子。墩子因为父母去世得早，少时在城里混过，和吕莽林结伴搞过盗窃。但墩子胆子小，功夫差，不是干这行的料；动手时，不但偷不到东西，反而吓出一身汗，连说话都打颤。吕莽林见他如此，就叫他不要再动手，只管放风。墩子放风却是块好料。

他吹口哨的功夫很不寻常，他的哨声像犬叫，像鸟鸣。一旦有了动静，他口哨一吹，响指一打，吕莽林就会迅速收手，逃离现场。

吕莽林判断胡天宝不可能就这样让他一跑了之，一定会派人寻找他、追杀他。当他接到墩子的秘密报告之后，完全相信自己的判断是正确的。同时让吕莽林十分愤怒的是，他认定胡天宝这回下决心追杀他，一定与“白毛扇”有关。吕莽林是个记坏不记好的人，便将一腔怒火转移到“白毛扇”身上。

吕莽林要进行反追杀，而且首先要干掉的目标就是“白毛扇”！

有人在桂香园广场柳堤下的巨石旁边，发现了“满天红”的尸体。“满天红”的遇害，是因为她自己的判断“失误”。晚上8时许，“满天红”接到一个陌生人的电话，称有人在公园柳堤巨石下等她。“满天红”本不想去的，怕一个女人去不安全。但她又一想，现在时间还早，又是在游人如织的公园，应该不会有大碍。再说，“满天红”是见过场面的人，越是刺激的场面，越想感受一下。这是性格使然，于是她去了。

“满天红”没有料到在巨石下约见她的人，居然是胡天宝，这让她多少有些诧异。

“你找我干什么，胡天宝？”

“没事就不能找你吗？”

“胡天宝，你有事就说，别绕弯子了。”

“我想找你借点儿钱用。”

“你不是在做生意赚大钱吗，怎么没钱了？”

“娘卖的，做生意也不都是赚钱的日子，有时候还不得亏本啊！”

“你要多少？”“满天红”不想跟他废话，想快些结束谈话。她现在觉得，见到他就像见到一只流落街头、十分肮脏的宠物狗，不免心生厌恶。

“不多，就三十万元。”

“不可能，我没有那么多钱！”

胡天宝说：“你的钱呢？我平时交给你的钱呢？养野汉子去了吗？”

“满天红”有些火了：“胡天宝，你不要这么流氓，你不也是在我的床上滚过吗？”

胡天宝说：“是我流氓还是你流氓？你一只脚将我蹬开，另一只脚将另一个男人勾来。我没说错吧？”

“满天红”觉得这样争下去不值，也没有意思，就说：“胡天宝，你到底要干什么？”

胡天宝险恶地一笑说：“你是聪明人，这还不明白吗？我这么多天没见到你了，想你啊！”

“你真是个大疯狗、大流氓！”“满天红”愤愤地骂道。

但是，胡天宝并不在乎她骂什么，一伸手将她摔在地上，压了上去，并用嘴巴堵住了她的嘴。

灯影下浓浓的柳荫遮盖着他们！

柳堤上面的舞曲，悠悠地弥漫过来！

近旁的小草里，蛐蛐唱着夜歌！

远处的柳树下，一对对的“鸳鸯”“蝴蝶”在卿卿我我！

这个夜晚，一切都显得那么美妙和谐，唯独“满天红”触了“暗礁”！

“满天红”本想发出呼救声的，转念一想，觉得胡天宝可能真的想她爱她割舍不了。于是她闭上双眼，任胡天宝像一条神魂颠倒的疯狗在她身上滚动。风平浪静之后，“满天红”带着嘲讽和不屑的口吻说："胡天宝，今晚算我倒霉，你骂也骂了，干也干了，我可以走了吧？"她无奈地看着他。

胡天宝阴阴一笑："不行！"

"满天红"一惊："你还要干什么？"

胡天宝又阴阴一笑："我要杀了你！"

"满天红"没想到胡天宝狗胆包天，真的敢杀她，就带着蔑视的口气说："你敢胡作非为，我迟早要叫'龙卷风'收拾你，让你在他脚下做狗爬！"

胡天宝本来就对"龙卷风"夺走他的情人恨之入骨，只是没有能耐与之抗衡。"满天红"的话恰好说在胡天宝的痛处，不但没有镇住胡天宝这个魔鬼，反而加速了自己厄运的到来。此时，胡天宝不想再费口舌。他已经下定决心要杀掉她，不能让她落在"龙卷风"手里。这样，最后得到"满天红"的人还是他胡天宝，而不是别人。同时，他也容不得"满天红"蔑视他，不把他放在眼里和高高在上不可一世的样子。他闪电般地掏出枪来，杵在"满天红"的心口上，一声闷响，杀了她。胡天宝长长地吐了口恶气，心情放松了许多。现在他最迫切的事就是催促"白毛扇"和"乌鸦"快些追杀吕莽林。吕莽林多活一天，就等于让他多一分危险，这个想法简直就像梅雨季节潮湿的空气一般遍布全身。

可是，他祈望的结果，偏偏走向了反方向。

十一　枪击军师

何小凤、胡天宝住房的门，后来是被警方和社区领导一起带着何小凤当面弄开的。社区领导说胡天宝好长时间没回小区住了。门打开后，警方经过仔细搜查，未能发现与该案以及其他案件相关的证据和线索。除了抽屉里还有几百元散钱外，没有大额钞票。警方分析，房间里的情况很有可能被胡天宝悄悄溜回家处理过了。

这天夜里，胡天宝和往常一样坐在街头象棋摊下象棋。尽管警方搜捕得很紧，但他知道自己头上没有写着“绑匪”二字，又不到处乱跑乱撞，觉得下下棋不会有危险。出乎意料的是，他一盘棋还没下完，麻烦事就来了。“乌鸦”神色极为慌张地跑到他面前，贴在他的耳边小心翼翼地说：“大哥，军帅他们出大事了……”

胡天宝打个手势，没让“乌鸦”说完，脸色霎时变得惨白，眼睛像断了乌丝的灯泡一样暗了下来，心重重地往下沉，一抬手把象棋盘快速一推说：“摊主，对不起，不下了，我有急事要走，这盘棋算我输。”

他丢下十元钱，就拦了一辆的士匆匆地走了。他们下棋是带彩的。

“白毛扇”出事的地点，在黄金大道右侧驶入京都高速公路的入口处。

此前一小时，“白毛扇”和“狗头”接到一个神秘电话，说吕莽林出现在太平洋酒店。他们二人急匆匆赶去，忙碌了将近一两个小时也未寻到吕莽林一根毫毛。二人想很可能中计了，只好离开太平洋大酒店，坐上一辆不知从哪里弄来的旧奥迪，往京都高速路口开去。“白毛扇”可能因连日来的奔波导致疲劳过度、神情恍惚，车速开得比较缓慢。途经出事地点时，路边一个戴着红色鸭舌帽并将帽檐拉得很低的年轻男子，突然掏出手枪向“白毛扇”开了两枪。“白毛扇”立即像稀泥巴捏的小泥人一样歪了下去，奥迪也随之失去控制和平衡撞在路边的桂花树上。凶手又飞速上前，“叭叭叭”几下，将坐在后座的“狗头”也击毙了，然后转身消失在路旁桂花树林里。当警察赶去的时候，凶手早已逃之夭夭，不知所踪。

胡天宝老远就看见警方在忙活。有的在拉皮尺，有的在运送尸体，有的在勘查现场。胡天宝不想把车开过去，他让的士司机将车停在比较远一点儿的地方。他没有下车，只是隔着车窗瞄了几眼在现场来来去去、忙忙碌碌的警察，重重地吁了口气。一两分钟之后，他吩咐的士司机掉转车头走了。

“白毛扇”“狗头”二人暴尸街头，对于胡天宝来说是个致命的打击。胡天宝知道是谁干的。胡天宝突然记起自己在酒桌上为吕莽林解梦的事：“梦则反……说明你将来一定要吃掉老鹰！”胡天宝痛苦地拍了一下自己的脑袋！

这起枪案的凶手，胡天宝猜对了，正是吕莽林。吕莽林自从得到墩子的消息之后，就产生了一种极强烈的报复心理：与其被对手追击，不如我追击对手！他相信自己有这个能耐。于是他重新调整了自己的心态，伪装后进城，进行反跟踪、反追击，直到一举成功击毙对手。

吕莽林的下一个目标就是胡天宝，还有“乌鸦”。他现在彻底明白了“乌鸦”在喝酒时要和他“吹喇叭”的意图，完全是为了快些灌醉他，将他勒死。吕莽林越想复仇的欲望越强烈。

干掉“白毛扇”“狗头”之后，吕莽林躲在阴暗角落里好好地休息了几天。他没有再回原来租住的房屋，也未住到女朋友那里去，他既要防着警方的搜捕，又要防着胡天宝等人的追击。吕莽林知道，胡天宝、“乌鸦”和“地雷”肯定在日夜搜寻他，现在就看鹿死谁手了。

吕莽林开始了新一轮的反击。吕莽林想在警方抓到他之前把握时机尽快除掉胡天宝，以解心头之恨！胡天宝也恨不得立即将吕莽林干掉，为手下报仇。他一天都等不及了。胡天宝咬着牙歪着嘴对“乌鸦”和“地雷”说：“如果干不掉吕莽林，我就干掉自己；不然的话，我对不起你们白哥和‘狗头’，九泉之下他们两人得不到安慰。”

“乌鸦”和“地雷”说：“我们听大哥的，坚决干掉吕莽林，还要将他的头割下来提到白哥和‘狗头’坟上去祭一下。大哥不必过于伤心和自责!”

他们三人分头行动，防止同时遭到吕莽林的偷袭。这是吸取了“白毛扇”和“狗头”的教训。

到了雷雨季，几乎每个礼拜都有暴风骤雨降临。“乌鸦”和“地雷”对暴雨天响起的雷声十分敏感，常常吓得胆战心惊，跟掉了魂似的，仿佛这雷是冲着他们来的，因为他们知道自己做的坏事太多了。这天中午 12 点钟，二人接到胡天宝的电话去一家饮食店共进午餐，顺便商量些事情。去的路上，恰巧碰到天气变了，突然乌云陡起、狂风大作、巨雷滚滚、大雨倾盆。二人犹如末日来临般惊恐万分，他们本想不去又怕误了大哥的事情。在路上他俩正好看见一辆红色出租车驶过来就慌慌张张地冲了过去，不承想与一辆飞驰而来的大卡车相撞，“轰隆”一声，二人被撞出去很远，当场死亡。

奇怪的是，两个绑匪一死，天就晴了。云开日出，阳光遍地!

一个礼拜之后，吕莽林才得知“乌鸦”和“地雷”被大卡车撞死了。这之前他一直在城里东进西出，夜以继日地寻找反击目标，谁料这两个冤家早就死了。没能亲手干掉他俩，吕莽林不免有些遗憾与失落。

十二　曹老板再起惊魂

这天中午，胡天宝不知在什么地方喝得酩酊大醉，醺醺然地独自一人坐在桂花桥头的圆亭子里哭泣。他不修边幅，面颜憔悴，神志恍惚，目光如古稀老人般缓慢而迟钝，看上去挺可怜的。但是他口袋里仍然装着枪，随时有可能像豺狼一样将人吃掉。

在这个特定的时间里，曹老板出现了。不知情的曹老板差点儿就遭遇不测。

曹国富的汽车从武汉回来，驶经桂花桥时，看见一个男子在亭子里大声哭泣，感觉十分怪异，就想询问一下他是否需要帮助。当然，曹国富并不知道这个哭泣的人就是杀他儿子曹飞飞的绑匪头子胡天宝。曹国富叫司机停车，同保镖一起走了下去。

其实，曹老板是另有心思的。自从儿子曹飞飞被绑架遭遇不测之后，他和警方一样，一直没有放弃对这桩命案的侦查，遇事都想打听一下。他在看《咸州晚报》时，特别留心关注咸州城里发生的各类案件，想从中发现点儿什么、悟到点儿什么，希望能帮警方侦破儿子曹飞飞被杀一案。

曹国富不认识“满天红”。但“满天红”被人杀死在公园柳堤边巨石下的案子，他看过报道。他还打听了许久，却未打听出个所以然，似乎与他儿子一案不沾边。他认为这类凶杀案很可能是因为男女之间的恋情所致；“白毛扇”和“狗头”被人枪杀的案子曹老板也知道，也未打听出与曹飞飞一案有牵连的东西。但曹老板已经陷进儿子的案子里了，遇事就想问个为什么。他将永不放弃，直到疑凶落入法网。

现在，头号坏蛋就在曹老板面前。但曹老板一点儿都不知晓，居然还同疑凶搭讪起来。“这位师傅遇到什么困难了吗，哭得这么伤心，需不需要帮忙啊？”

胡天宝把低着的头抬起来，瞪大眼睛打量着曹国富，几秒钟之后才把手一挥说道：“娘卖的，我哭关你屁事，你知道我是什么人吗？滚一边去吧，娘卖的！”

曹国富大吃一惊，心猛地抖了几下，接着就抖个不停。曹国富不是怕胡天宝叫他滚或骂他什么，而是觉得这声音在什么地方听到过，很遥远似的。曹国富的大脑飞快地转着。几十秒钟之后，曹国富终于记起来一点儿影子：这声音像绑匪的声音。绑匪当时给他打电话索要曹飞飞的赎金时，就是用的这种“娘卖的”口气，次次如此。但曹国富拿不准，为了验证一下自己的感觉，佯着笑脸又问了胡天宝一句：“师傅，我是好心，如果有困难，我可以给你提供帮助！”

胡天宝一下子烦了，再次把手一挥嚷道：“娘卖的，谁要你帮忙啊！你、你有什么鸟本事能帮我的忙？”

“那是什么事情让你哭得这么难过呢？”曹老板又故意追问了一句。

“娘卖的，我喜欢哭！”这句话胡天宝几乎是吼出来的，“娘卖的，你再不滚开，老子我就不客气了！”

几句对话让曹老板确信自己的感觉不会出错，这个声音很像绑匪的声音，当时绑匪就是一口一声“娘卖的”，说不定这个男子就是绑架飞飞的那个家伙呢！曹老板机智地和保镖离开了！

曹老板递个眼色给保镖，要他找个隐蔽的位置盯住胡天宝，打算让司机把自己送到公安局去报警。

但曹老板人还未坐进车去，胡天宝像察觉到了什么似的，唰地一下掏出手枪，对着曹老板吼道：“你想干什么？”

曹老板一见到枪，差点儿吓趴下，但心里更怀疑了。怎么办？

曹老板的保镖吓得赶紧跑过来劝胡天宝说："大哥，请、请不要这样，我们不认识你，看你在哭，是怕你有什么过不去的坎儿，想、想给你帮帮忙！"胡天宝并没有就此放下戒心，仍然将枪指向曹老板。

此时，正是午餐时间，桂花桥的周围除了明晃晃的阳光，就是小鸟的鸣叫声，没有行人。这突如其来的险情使得曹老板束手无策。怎么办呢？

惶恐不安之时，怪事再一次出现了：一个戴着黑色鸭舌帽和墨镜的人，举着手枪幽灵般冲过来了，"叭"的一枪射在胡天宝的手上。那速度快如闪电，胡天宝手上的枪瞬间跌落在地。胡天宝的酒一下子全醒了，发疯似的吼道："吕莽林！你是吕莽林，老子正找你呢！"

那人把墨镜摘下，演戏般哈哈大笑道："大哥，久违了，正是二弟吕莽林呢。真是冤家路窄哇，到处寻你不着，却让我无意中在这里逮住你了。没想到你坏到这个地步，一心想干掉我！"

吕莽林和胡天宝确实是巧遇的。刚才吕莽林从桂花桥旁边一家酒馆里吃饭出来，警惕地往四周一瞧，无意中看到了胡天宝与曹老板对话的一幕。

"你想怎么样，吕莽林？"

"我只想问你一句话，兄弟们在我住屋喝酒的那天夜里，你是不是想要勒死我？"

"是又怎么样？"胡天宝毫无畏惧之意。

"可你不是我的对手啊！你手下的那几个帮凶全都不是我的对手！你知道'白毛扇''狗头'是谁干掉的吗？"

胡天宝早就猜到是吕莽林干的，但他还是故意摇了摇头表示不知道。

吕莽林令人毛骨悚然地长笑一声说：“那人现在就站在你面前！”

“你知道‘满天红’是谁杀死的吗，吕莽林？”

吕莽林同样摇了摇头，不过他是真的不知道。

胡天宝阴险地一笑说：“那人现在也站在你面前！”

“你真卑鄙，居然同一个女人过不去！”

“不是我卑鄙，是她坏了我的大事。要不是她跟你告密，你的尸骨早喂野狗了！”

吕莽林这才弄清楚“满天红”是因为给他打电话报信而被胡天宝杀害的。吕莽林身上的血液一下子沸腾起来，大声地咆哮：“胡天宝，你如此卑劣，我要你立即就死！”

吕莽林说完这句讽刺和指责的话，抢在胡天宝开口之前朝他胸口处连开三枪。胡天宝立即如同一堵陈旧腐烂多年的土墙一般轰然倒下！

吕莽林转身准备逃遁，但是没有机会了，曹老板带着警察正好赶到。此时的吕莽林看到好多枪口在瞄准他，知道自己已经插翅难飞，便乖乖地把枪放在地上，然后举起双手！

追捕张龙与“二郎山”的日子

一　陈老六深夜投案

凌晨3点多钟，陈老六在极度惶恐与战栗之中，带着一个十六七岁的少年，来到咸州市公安局投案。

就在此前，陈老六在最危急、最无路可走的情况下，凭借自己的血性和功夫制服了张龙和二狗子两个歹徒。但是，这段经历引发的恐惧与不安却像汹涌澎湃的激流朝他狂奔而来，几乎将他推入崩溃的边缘。

公安局后半夜的值班警察正好是刑警大队大队长胡建军和重案组人员吴小飞。他们正在关注《每日新闻》上刊登的一则十分引人注目的消息。这则消息的内容，他俩认为对于警方来说具有一定的警示作用。陈老六和少年见了他们俩，“扑通”一声一齐跪在地上号啕大哭。

夜深人静，突遇此事，胡建军与吴小飞感到十分意外，松弛的心情猛然警醒起来。

“干什么？这是干什么呢？不要下跪，也不要哭，快快起来，有事好好讲。”

“我杀人了！”

陈老六低着头，沉重地说了一句之后，哭声更大了，并跪着举起双手，把枪递了过去。

吴小飞赶忙把枪接过来，交到胡建军手上，叫队长赶快检查一下。

胡建军侧过身子，咔嚓一声把枪机拉开，看了看没有子弹，就说：“你们用这枪杀人了，是吗？”胡建军很是吃惊，本能地不相信眼前的事实，但事情又实实在在发生在他俩面前，容不得他多想，便急不可耐地开始问陈老六是哪里人、干什么的、为什么要杀人、杀的人是谁、在什么地方？一连问了好多个问题，陈老六一一做了回答。

陈老六说：“我是桂花街那边的人，是跑出租车的司机，杀了要杀我们的人。”

胡建军说：“你说具体一点儿吧，越具体越好。”

“那人要杀我们俩，所以我就把他给毙了！”

陈老六一把抹去脸上的泪水，不再哭了。他说：“我杀的人，一个叫张龙，一个叫二狗子，是你们公安局在几年前就四处通缉捉拿的特大命案逃犯！”

接着，陈老六的脑子就像放电视剧一样，将镜头闪回到了投案前的出事现场，把事情的来龙去脉重放了一遍。

二　误入死穴

镜头一：

二狗子按照老大张龙下达的命令，将一个五花大绑的少年用力按住跪在地上。这少年看上去最多也就十六七岁的样子，瘦瘦的，个子不高，眼睛很小，头发挺长，满脸乌黑，很像个街头上的流浪儿。

“陈老六，你知不知道今天夜里把你带到这荒山野岭来是干什么？”张龙拍着陈老六的肩膀问。

“啥？”陈老六轻轻地嘀咕了一下。他刚才在路上挨了张龙的批评有些紧张，脸孔发烧，不敢大声回话。

此时，陈老六估计可能是午夜2点多钟的样子。天色跟来时一样仍然黑黢黢的，没有星星，没有月亮，五步以外就什么也看不明朗了，只能见些山和树的黑影。黑影像魔鬼一样暗藏在四周，挺恐怖的，令他不安，头皮发麻。

“你现在的任务就是把这小崽子给我毙了！”

“啥？龙哥，你说啥呢？毙人？这也算任务吗？”陈老六仍然轻轻地嘀咕着。他脑子里像在听手榴弹爆炸似的轰隆轰隆地响：这叫啥事呢？事情怎么来得这么突然？事前一点儿征兆都没有呢！

“如果你不毙他，我就要毙了你！”

张龙将一把手枪猛地往陈老六面前一杵：“看你怎么说吧？快点儿，时间不早了哩。”

张龙的气势好压人啊！命令一道比一道严厉。

但是，陈老六不敢接枪，他的身体开始战栗。他说：“龙哥，你莫吓唬我！你把枪给我干啥？俺可不敢开枪毙人。国家法律是有规定的啊！俺可不敢！俺真的不敢做这种犯罪的事情。莫非你不想让俺活了，想让俺去坐牢、去吃‘花生米’？其他的事儿，你叫俺陈老六做什么俺就做什么。”

“放屁！我要叫你死，现在就死，你愿意吗？”

“龙哥，俺的好龙哥，你到底在说啥呢？俺咋听不懂呢？你平日并不是这个样儿的嘛！今天是咋啦？是不是发生了什么不愉快的事情？跟谁吵架了？老婆骂你了？可你再不愉快，也不能叫俺做这种伤天害理的事情嘛！”

张龙把眼睛一翻，露出一片刺人的白光，显得十分狰狞。他把枪猛地一下杵在陈老六太阳穴上，骂道：“你敢在我面前胡说八道，老子打死你！”

“啥呢？俺可没说什么嘛，龙哥，俺只是说不能违法！”陈老六的两只腿一抖，差点儿吓趴在地上。他原本是个幽默的人，此时却吓得后背凉飕飕的，面色如土。他赶忙央求说：“龙哥，俺家中还有六七十岁的老父老母呢，还有没长大的两个娃娃呢，你可不能枪毙俺啊。龙哥，俺是好心劝你呀！”陈老六换了一口气又说，“龙哥，俺是个忠厚人，是个老老实实干活儿、安安静静过日子的守法公民，俺只会做好事，不会做坏事。你看俺说的是不是呢，龙哥？放了俺吧，龙哥！”

“老子就是因为看中了你的老实，想留住你，才要你这样做的，懂不懂？”

“龙哥，谢谢，你就别抬举俺了，你越是抬举俺，俺就越是不敢。放了俺吧，龙哥，放了俺吧！”

“那你就接过枪把这个跪在地上的臭小子崩了！他是个小偷，我特意绑来给你练手的。”

那少年是不是小偷，到底偷了些什么，陈老六一点儿都不知道，也没必要知道。只见他一个劲地扭动着身子往地上磕头。那意思看得出来，分明是在向张龙和二狗子求饶，但说不出话来，嘴巴早已被他们用黏胶带封住了。

“龙哥，求你放了俺吧！不要逼俺做这种没良心的坏事，这是要遭天打雷劈的嘛，我真的不敢！我的良心也不会让我做坏事。龙哥，你要做就自己做吧！不过俺劝你还是不做为好。你若做了，警察是不会放过你的。警察挖地三尺，也会把你抓到的嘛！”陈老六快要哭了，“龙哥，俺的为人与你不一样，你胆大，我胆小，没有必要逼俺做这种犯死罪的事情嘛！放了俺吧，龙哥，俺给你作揖、下跪啦！”陈老六说着说着，两腿一软，咣的一声，情不自禁地跪了下去。

“啪！”张龙使劲掴了陈老六一记耳光。好重哇！陈老六的嘴巴差点儿被打歪了。“别不识抬举！你不枪毙他，老子就枪毙你，看你是不是真的不想活了？”

“你别打俺嘛，龙哥！你实在要打就打轻一点儿嘛，龙哥！俺当然想活了，龙哥！”陈老六心里明白着呢，张龙要他这样做的目的，分明是逼他上贼船，跟他一起杀人放火干坏事！只要他杀了人，留下了把柄，不想干也得干，想回头也回不了啦！

“龙哥，你不能收留俺，俺也不能入你们的伙，俺是个有家有室的人。放了俺吧，龙哥！”陈老六无声地抽泣起来。“俺真的不能和你们一起干，龙哥。俺还是一个信教的人。俺是天主教徒，只能做好事，不能做坏事。俺如果做了坏事，‘主’是不会饶恕俺的，俺就会遭天打雷劈，不得好死，还会殃及俺的家人。所以，俺是想平平稳稳过日子的人嘛。放了俺吧，龙哥。谢谢你嘛，龙哥！”

“你别老是俺俺俺、龙哥龙哥的！告诉你，你不想跟我一起干也得跟我一起干，没有退路。我租用你的车，时间已经很长了，我们做的一切你都看得清清楚楚、明明白白。说白了，你就是活档案，留着你等于留着活口，你说我能放过你吗？蠢猪！”

陈老六这才彻底明白自己已经步入了“死穴”。

陈老六后悔死了。

几个月前的一天夜里，在一处偏僻的地方，有个人突然拦下陈老六的出租车，结果上来三个人，其中两个人身上的衣服很是凌乱，而且仿佛有血污。原来他们是一伙歹徒，抢劫了人家的钱物。当时他不敢开车，吓得要死。可是那几个人一齐用枪顶住他的脑袋，逼着他开车狂奔了几个小时之后才离去。而且，他们下车时，居然还给了他几千元的士费，按照计程表计算整整多出好几倍呢，这很出乎他的意料。这种状况使他产生一种错觉：这类人虽然可恶、可恨、可怕，却很讲义气，只要不惹怒他们，就不会有麻烦。所以后来他一直按照歹徒的吩咐守口如瓶，没有对任何人言及此事，就连父母、妻子也从未透露过风声。他怕引来杀身之祸，导致家庭的不幸。后来，这伙人在风平浪静之后多次租用过他的出租车，次次都给他多出一倍或几倍的费用，有时还留他一起吃饭、住宿。这伙人不是别人，就是张龙和二狗子一伙人。特别是有一次，他们租他的出租车到一个陌生的地方去绑架一位老板，勒索了人家二百万元现金。这伙人不许老板报警，扬言对方如果报警就将这位老板活埋，还叫嚣着要杀他全家。当时陈老六很内疚，知道自己在为坏人提供服务。按照《中华人民共和国刑法》规定，为犯罪嫌疑人提供运输工具的人也是在犯罪。但是，因为恐惧他不敢违抗匪徒的命令。因此，他一直没有勇气向公安局报警。

今天晚上，他们又租他的车，他毫无提防地就答应了，一点儿也没有察觉到有什么异常。跑了一两个小时之后，他问到了没有，还有多远，张龙不吭声，而且路越走越陌生，越来越不好走。他偷偷地看了一下时间，已经是午夜1点多钟了，这才察觉到有些不妙。

“龙哥，这是要去哪里呢?”他勉强地问了一声，声音压得很低、很谨慎。

但是，张龙还是不高兴了，吼了他一句：“多嘴!”

二狗子也叫他不要多嘴，只管开车。

陈老六觉得气氛不对劲，就不敢再作声了。

张龙的脸一直黑着，叫人不寒而栗。看样子，张龙对他的多嘴与心存疑虑很不满意，也不放心，似乎怕他不可靠。两三分钟之后，张龙叫陈老六把车停下来，他自己接过去开。陈老六愈加感到事情的严重性，心跳在急剧加速!

张龙七弯八拐开了很大一阵之后，车就离开了公路，驶上了远山中一条废弃多年的柏油路。接着，又驶上了一条极不规则的土路。土路左边的转弯处，有一个坍塌的泥墙小屋。小屋的土基部分只有四五平方米的样子，很像是半个多世纪以前守林人或猎人用来掩护身体的地方。

张龙又开了一大阵，才来到一处茂密的阴森森的四周都是树林的低洼地。洼地的旁边好像有水流动的声响，不知是瀑布还是山泉，天太黑无法看得清楚。水声成了人和其他声音一种绝妙的掩护。这是什么鬼地方呢?陈老六的心跳得厉害。但是这个地方，对张龙来说并不陌生，是张龙在黑道生涯中分赃、处事、策划的多处落脚点之一。

“行了，就在这里吧!”张龙的脸已是雪上加霜。张龙像是在下达执行某种特殊任务似的说道。

陈老六紧张得要命，越来越感到不妙，要出大事!因此，他很后悔，很害怕，也很绝望……

陈老六把自己的遭遇通过大脑一步一步地回放到这里时，像是累了似的，长长地嘘了口气。

胡建军说："你喝点儿水吧。"陈老六点了点头。吴小飞给陈老六倒了杯水。陈老六喝过之后，接着讲述他那惊心动魄的"故事"。

三　半夜枪声

镜头二：

张龙再次催促说："老六，两条路就摆在你面前，要么你毙了那个小崽子，要么我毙了你，看你怎么说吧。"

听张龙说话时的口气，他已经没有一点儿人味了，活脱脱像一只追咬路人的野狗！

"龙哥，你这是为啥呢？你真的饶不了俺吗？俺可是为你好呢！"

"不是真的难道还是假的？你看不见吗，你没长眼吗？"

陈老六长长地吁了口气之后，猛然挺起胸膛说："龙哥，那这样吧，不要毙这孩子行不行？他既然冒犯了大哥，俺愿意用俺这些年挣下的两百万元换下他一条小命好不好？算俺帮他赔个礼，给大哥顺顺气！大哥不就是赌的一口气嘛。而且，俺对天发誓，所有事情俺守口如瓶，绝不报警。若是报警，你要了俺全家性命！他还是个不懂事的毛孩子，可以教育嘛。俺现在就回家去给龙哥弄钱。龙哥，你看行吗？求你留他一条命吧，龙哥？"

"啪啪！"张龙一下子扇了陈老六两记耳光！他愤然地吼道："你再乱说老子连你一起崩了，你信不信？"

张龙用枪敲了敲陈老六的天灵盖。

陈老六不敢再作声了，把头偏着看着远处。远处一片漆黑。实际上，他在想如何才能了结此事，如何才能保住自己的良心！

果然，陈老六沉默片刻之后好像悟到了什么似的，脑子里突然灵光一闪说：“龙哥，你实在要逼俺做这种可怕的事情，那俺就只好听天由命啦！但俺毙了这个小崽子之后，从今天起俺就是大哥的人了，一心一意跟着大哥在道上混了，大哥可要护着俺。俺现在脑子里一片空白，都糊涂啦！”

“我的兄弟我当然要保护，这是自然的，用不着你来教训我！”

“好好好！那俺就一切听大哥的！”

无可奈何的陈老六终于挺直腰杆，抖动着双手，接过了张龙递过来的枪，但他的手臂却一直在抖动。

张龙说：“陈老六，你是怎么搞的！稳住，不要抖动。”

陈老六说：“是是是！龙哥，俺稳住，俺稳住。”

陈老六故意把一句话多说几遍，而且还没有说完，“砰”的一声响，子弹飞出去了。

“糟糕！龙哥，你的枪好水呀！走火啦。打着你了吧？这可咋整呢？”陈老六急得快要哭了。其实这一枪并非意外，完全是陈老六故意搞的！子弹并没有落在那个少年身上，而是乖乖地顺着陈老六定位的方向落到张龙身上去了。

此时此刻，陈老六明白自己犹如站在悬崖边上，往前跨一步，就会掉入犯罪的万丈深渊，他坚决地停住了脚步。同时，他本能地意识到自己迟早要出事，迟早要死在张龙手上。即便他毙了那少年，张龙迟早也会毙了他。张龙心狠手辣、作恶多端，犯有多起人命大案，是警方挂了牌的A级通缉犯。

不能留下这个恶魔一样的害群之马！他想。一股正义之气和求生的本能驱使陈老六爆发出了搏一搏的念头。所以，子弹就地飞到张龙身上去了！

古人说得好，窄路相逢，勇者为胜。张龙莫名其妙地倒了下去："你你你……"

"你什么！你还想跟俺单挑吗，龙哥？没门！俺告诉你吧，别看你是光做坏事不走正道的黑老大，玩枪，你还嫩着呢！"陈老六看着张龙，冷冷地笑了一下："俺玩枪的时候你还不知道枪是什么玩意儿呢！去吧，快去见阎王吧！不过这不能怪俺，枪是你硬塞给俺的，也是你硬要逼俺开枪的。龙哥，你太蠢啦！枪怎么能打好人呢？好人难道不知道防卫吗？"陈老六再次冷笑了一下。

"你……狗日的……"张龙竭力想反抗，可是他没有机会了。子弹像长了眼睛一样，不偏不倚地落在他的胸口上。

张龙脸都气歪了，不服气地闭上了眼睛，走完了罪恶的人生之路！

原来，陈老六是个神枪手。他是北方人。年少时，他去天津当过好几年特种兵，专门训练过射击和拳脚功夫。他悟性好，加之勤学苦练，进步飞快，枪法精准，百发百中，几乎达到出神入化的境界。退伍后，他在工厂做安保工作，后来下岗了……

二狗子一看急了眼，赶忙放弃跪在地上的少年。二狗子将少年按在地上的目的是让陈老六好射击的，哪知情况突变。待二狗子回过神来慌忙掏枪时，已经晚了一秒。陈老六身子一旋，顺势一枪，正好打在二狗子脑门上的眉心处，二狗子恶骂一声"狗日的"，也乖乖地躺下去了。

一瞬间，邪恶势力被颠覆了。风平浪静！

"小兄弟，快起来！"陈老六急切地呼唤着。

那个被五花大绑的少年一直跪在地上，恍惚中好像听见几声枪响，还以为自己早就没命了。听到陈老六的喊声，他才猛然意识到自己还活着，但他不明白发生了什么事情。待明白事情真相之后，他跪在地上，抱着陈老六的双腿号啕大哭。

“别哭，俺们去公安局自首！快！”

此时，天空一片灰暗，山野一片宁静，四周像是暗藏着许多杀机！陈老六不敢耽搁。他就这样惶恐不安又急急忙忙地带着少年，将车开进了公安局！

“你讲的都是真话？都是今晚发生的事情吗？”胡建军和吴小飞听得后背凉飕飕的，一齐向陈老六发问。

陈老六说：“今晚的事情就是这样的，俺没有说半点儿谎话！”

“可不能胡说八道报假案啊！”

“是的，这俺知道。”

“具体在什么地方？能说得上来吗？”

“这俺不清楚。俺只知道路程很远，前不着村后不着店，四面八方都是大山大岭包围着。”

“你还认识去的路吗？”

“这俺知道。去的时候是俺开的车，中途虽然没让俺开了，但俺还是记得的，搞俺们这一行的人，对车辆行驶路线特别敏感，不过也有错的时候。”

“开警车去大概得要多长时间？”

“尽是山路，弯弯曲曲的很不好走，开警车去恐怕得一两个小时吧。”

胡建军立即用手机向龙局长做了汇报。吴小飞则连走带跑，快速找来了管档案的内勤马红英。马红英是个很优秀的档案管理人员，心细，业务熟。她很快拿出枪支档案号码来比对，果然对上号了，正是张龙作案时使用过的那支“六四”手枪。

胡建军和吴小飞浑身的血液一下子就沸腾起来了！

因时间紧迫，在情况核准之后，胡建军带着重案组人员就连夜出发了。

四　张龙其人

张龙，原名叫张占山，绰号“张土匪”“山大王”，现年三十五岁，是咸州北城区一霸。他长得人高马大，膀阔腰圆。方形的国字脸上长着一双贼溜溜的眼睛，透着一股残忍贪婪、咄咄逼人的目光。一天到晚，他总是用蔑视的眼神看周围的人，与人说话时也总是带着居高临下的口气。他自我感觉十分良好，认为老子天下无敌，不把任何人放在他眼里。他的行为逻辑完全以攫取个人利益为目的，并将这种贪婪无时无刻不展示在他脸上和笑声里。

张龙没有多少文化。他读完小学三年级之后，就不愿再读书了，他说他生来就不是读书的料，一本书一年也读不完。他说只要一读书头就痛得厉害，爷娘拿他没办法只好随他去了。但他会使坏，十三四岁就偷鸡摸狗，到了十六七岁就开始在外面流浪。

他成天跟一帮社会混混在一起，以赌博为生，赌博几乎成了他生活的主旋律。一旦手头没了钱，又找家里要不到钱，他就只好到处偷抢。前些年常因打架斗殴被公安局送去劳教两年，回家后不久又因盗窃被法院判刑五年。但是，他始终不思改过，反倒在浪迹江湖的数年中学了不少邪道上的东西。他一门心思地研究反侦查手段，光想着怎样才能有效地逃避公安部门的打击、怎样作案才能得手，等等。

二十五岁以后，他纠结了一帮天不怕地不怕的社会混混，自封为老大。而且从这时候起，他就将张占山改名为张龙。按照中国的文化传统来说，龙是无敌的，宇宙中唯龙者尊，龙主天地万物。龙若翻个身，就会乾坤倒转、天翻地覆。他刻意要在自己的名字上做文章，竭力张扬和显示自己剽悍、强暴、凶狠的个性。

最开始，他在咸州市一些偏僻的地方经营赌场和地下钱庄。这是很来钱的买卖，但也是违法的买卖。不过，为了钱他敢于玩命和冒险。有不少人愿意为他抬庄，更有一些人希望通过赌博来发财。可是他们不知道，在这种场合，真正发财的只能是赌场里的庄家。但痴迷于赌博的人却不明白其中的奥妙，若是明白了他们就不会痴迷于赌场了。张龙的赌场日进斗金，他很快成了一方人物。连他自己都觉得很意外：一个小小的赌场，每天的收入居然十分可观。

为了躲避法律的打击，张龙采用了“游击战术”，打几枪换一个位置；再打几枪，再换一个位置。到后来，他的胆子越发大起来了，经营的“生意”也逐步扩张。他明白自己要想在黑道上站稳脚跟，让“生意”有个长足的发展，就得用赌场上挣来的钱去铺路，去构筑关系网，与某些握有权力的人物去“沟通”“渗透”，以寻求保护。

张龙相信钱的魔力。他认为在这个世界上，只要拥有了钱，就能改变他的人生走向。他的人生目标，就是要比谁都富有，比谁都强大。

张龙有自己的人生哲学。他认为在金钱和利益面前，贪婪者总是无法抗拒的。只不过要像医生一样采取对症下药的方式去实施，所投必须所好。唯有如此，才能取得事半功倍的效果。因此，张龙不断加大“投入”力度，选择关键性人物“动刀子”。张龙曾经大言不惭地吹嘘：“在咸州这一方地盘上，随便你们哪个找我要吃要喝要东西，我都来者不拒，奉为座上宾。”

有一年，市里三个政界领导人家里办喜事：一个是领导本人过五十岁生日，另一个是儿子结婚，再一个是千金出国深造。张龙分别给足了对方面子。他不仅拿着红包亲自上门道贺，还让手下马仔一个个都拿着红包去道贺，他开了口手下没人敢不去。功夫不负有心人，张龙通过一次次打通关系，终于建立起了一张人际关系网。同时，张龙又在社会上收罗了一批两劳回归人员中的恶人、狠人以及亡命之徒，为其充当打手。有了良好的关系网，又有了一定的势力范围，张龙立马势力陡增。于是，他由“暗箱操作”转入“阳光作业”，并将“业务”扩大到其他地方。

张龙看中了南城区桂花路新世界餐厅楼上的地盘，就想租下来。当时也有其他人想租下这个地方，但是谈了几个回合都没能成，而张龙找领导出面分分钟梦想成真。租下新世界这块寸土寸金之地后，张龙仿佛插上了金色的翅膀，越飞越高，牛气冲天。

不过，好景不长。针对地下赌博日益猖獗的情况，市领导决定重拳出击，在全市范围内展开声势浩大的专项整顿与治理。在警方的强大措施面前，张龙知道自己撑不住了，不得不忍痛将赌场全部关闭。

之后，张龙就改为以放高利贷和替人讨债、了难来捞钱。这个“业务”对他来说易如反掌，虽然比不上开赌场来钱，但也还算收入可观。然而，这类事情毕竟干不长久，后来他就一门心思地策划绑架、勒索了。为了隐蔽和缩小行动目标，他手下的马仔已经不是很多了，主要成员只有二狗子、老妖、大西牛、雷太平、周子猛等一小帮兄弟。

几年来，他们先后抢劫、绑架过通州、湖州、花州等地的富商和权贵，涉嫌多起刑事命案。他心狠手辣，胆大妄为，枪不离身，手段也极其卑鄙恶劣，社会危害性极大，早就是公安部、省公安厅多次点名和网上通缉的黑道老大及犯罪团伙头目。张龙定了个黑道规矩：凡是入伙的人，手上都要沾血，只有沾了血，才算捆绑到了一起，就不怕你不干。

张龙第一次持枪作案是因赌博引起的。那年他才二十出头，初涉赌场，没啥经验，他不知道赌场中的某些赢家通常是具有赌场以外的功夫的，好比港台影视中所说的“出千”。最简单的“出千”方法就是合伙人暗中玩花招，传递眼神或打暗号，你要什么，他就给什么，都是提前算计好了的。

那一天，张龙在北城区一处地下赌场参赌时输得精光，就是因为遇上了两个会“出千”的老手。他们一个叫“木子花”，另一个叫“小鲨鱼”。这二人就是靠暗中传递信号赢钱的。张龙发现之后气愤地指责“木子花”和“小鲨鱼”的卑鄙手段，要求对方退还他输掉的赌资，双方因此引发争吵，进而相殴。由于是二比一的较量，张龙吃了亏，被打得头破血流，很没面子；输了钱又被人打了，他气得要死，一时间心理极度失衡。为了讨回“公道”，几天之后的一个中午，他发现“小鲨鱼”和几个人在一株大桂花树下斗地主，就毫不犹豫地掏出时时刻刻藏在身上的“六四”手枪，猛地一下杵在“小鲨鱼”的太阳穴上。“小鲨鱼”吓得脚一软，不由自主地跪了下去。

当然，“小鲨鱼”的为人也不咋样。他脸皮厚，嘴巴臭，喜欢胡作非为。他一天到晚东溜西窜，正道不走，歪门邪道却无师自通。他的拿手戏就是经常跑到长途汽车上，用扑克牌骗钱。每每在汽车驶出一阵之后，他的骗术就开始了：“哪位朋友想玩牌啊，请到我这里来，有本事的还可以赢几个！”

他话音一落，往往就有那种不信邪的人凑拢过去，问一声：“怎么个玩法？”于是，他就拿出三张扑克牌说：“朋友，你看好，这三张牌是一红二黑，押黑者算输，押红者算赢，看清楚了吧?”待别人叫声：“明白，明白，看清楚了，看清楚了。”他就把三张牌举起来亮一亮，表明没有虚假，然后道一声开始，牌就在他手上不停地倒动起来，并一再嘱咐别人盯牢，免得说他捣鬼。再然后呢?他就把牌背朝天一字儿摆开，叫声“押”。有的人明明盯准了是红的，于是押上三元五元或十元八元，翻牌时却偏偏是黑的；有的人明明盯准了是红的，激动得叫一声“妈的，这下非赢不可”，猛押一把，翻牌时却偏偏又是黑的。结果押来押去总是输，其实“小鲨鱼”的这一手全是骗术。

他还在一些偏僻的街头巷尾用葵花子设局骗钱。他在小瓷盅里装三粒真葵花子和一粒铁做的假葵花子，再在盅盖上装上磁铁。若是出双，他就将盅盖在盅口上轻轻地擦一下，让吸在磁铁上的铁瓜子掉在盅里，盅里的瓜子就是四粒，成双；若是出单时，他就将盅盖往上揭，让铁瓜子吸在磁铁上，盅里的瓜子就是三粒，成单。他运用自如，出双出单，功夫全在他手上心上。参赌者把眼睛瞪得像铃铛一样大，也看不出“鬼”在哪里，骂骂咧咧，只觉得奇怪。押一盘，输一盘。

尽管“小鲨鱼”很有一点儿歪心眼和小聪明，但他还从未经历过有人拿枪顶在他头上这样骇人的阵势。

“大哥，你就饶了我吧。”“小鲨鱼”吓得赶紧求饶，“大哥，我把钱都退还给你好吗?大、大哥呀，你可要手下留情呀，可不能要、要了我的命呀!”

在场的人们也过来帮忙劝说，但张龙还是恶狠狠地骂道：“你不仁，我不义!”他边骂边扣动了扳机……“小鲨鱼”身子一歪倒下去了，当场毙命。

为了缉拿张龙一伙歹徒，这些年来警方不知花费多少警力、财力，却始终没能成功。此时此刻，陈老六和这个连话都说不全的少年，竟然自称枪杀了张龙和二狗子两名疑凶，这似乎有点儿让人难以置信！

五　现场之谜

不管陈老六的口供是真是假，先出警再说，到现场一勘查，若属谎言，自然不攻自破。

胡建军带领重案组一帮人员，开着两部警车按陈老六所指路线，刻不容缓，一路飞奔。此时，应是人们睡意正浓的时候，但大家精神抖擞、斗志昂扬。到达现场，东方地平线上逐渐露出白银般的亮光，山林、树木、道路等物体渐渐明朗起来。

进入现场，就像进入硝烟弥漫的战场。大家担心会不会有什么不测，一个个既紧张又警惕，全神贯注，丝毫不敢懈怠。

令人意想不到的是，现场上的情况并不像陈老六投案时供述的那样，根本寻找不到张龙和二狗子的尸体。

此时，黎明前的现场一片宁静，只有鸟儿“啾啾”的叫声，微风拂动树叶的“沙沙”声，这声音使得茫茫山野愈加宁静寂寞。见不到张龙和二狗子的尸体，胡建军和一起来的七八个刑警在现场及周围搜寻了很长时间，也未发现有什么可疑的地方。

胡建军十分困惑，问陈老六到底是怎么回事？他死死地盯着陈老六惶恐不安的面庞，想探询他是不是在“谎报警情”。

陈老六一时显得极度茫然，惶恐得有点儿口吃：“俺确实是、是把他二人击、击毙了啊！千真万确！”

“没有搞错位置吧？”

“没有。”

“不着急，好好想想，是不是这个方位?”

“绝对没有搞错位置，你们看啊，两摊血都在这里呢!”陈老六突然在草丛深处找到了被树枝遮盖的两摊血迹，也因为找到了证据，一下子理直气壮起来。

胡建军也释疑了，立即意识到情况有变以及案情的严重性!

针对这一情况，胡建军的脑子里很快反应出这样几种可能性：一是陈老六记错了方位或者说了谎话。可是，这个想法刚一冒出来，就被自己推翻了。因为现场的地面上，确实留有两摊血迹，而且很新鲜，均用新折的枝叶和青草做了掩盖，很隐蔽。看得出是人为掩饰和伪装的。估计不会是动物的血迹。动物的血迹就不需要掩盖了，也不可能这么凑巧。

二是在警方到来之前，已经有人来过现场，且将张龙和二狗子的尸体运走了；对现场做了一番伪装，目的就是防止别人发现，避免警方注意或拖延时间。

三是张龙和二狗子可能没有完全被击毙，过一段时间之后苏醒过来了。或者说，二人当中至少有一人没有被击毙，又活过来了，采取手段逃离了现场。

但是，在谜底没有揭开之前，这也只是胡建军的一种推理。他懂得，办案人员的一切结论只能在调查之后，而不是在它之前。为了做到万无一失，胡建军立即用手机向龙局长做了汇报，请求领导和同志们给予支持。龙局长迅速组织警力，对咸州市的大小医院、合作医疗、私人诊所等，凡是与医疗治病相关的地方进行一次大检查，看看是否有人被枪击伤，正在接受治疗或抢救，包括太平间、停尸房等地方都不放过，工作做得越细致越好。

作为亲历现场的办案人和刑警队队长，胡建军要通盘考虑、精准推理，及时判明案情的发展趋势。在“目标”去向不明的情况下，他不得不向局长提出这样的请求与帮助，这也是侦查人员必须完成的办案程序和排查动作。

胡建军自己则和在场的刑警们一起，带着陈老六和少年再度在现场及周边进行细致搜索。他想挖地三尺，探明真相。然而，搜去搜来，用了很长时间，浑身上下都被汗水打湿了仍然无果。局里反馈的消息，也未见“目标”浮出水面。那么，“目标”到哪里去了呢？有没有可能运到周边的外省、外县或更远的省市治疗去了，或是隐藏、掩埋了呢？胡建军不断地在脑子里进行判断和推理。

世事难料。事情往往总是有它的微妙之处。原来，张龙的身上有一部手机。在陈老六带着那少年走了不到一刻钟的时候，张龙身上的手机就响了，是张龙的同伙雷太平和周子猛打来的。因为一直响着没人接，雷太平觉得很蹊跷、反常，他和周子猛二人判断一定是出什么娄子了。

张龙为了反侦查，曾制定了极其严密的帮规。张龙规定：一天二十四小时当中，不管什么时候，团伙成员的手机响了必须接听，不接听就说明有异常情况。而且，他还规定：成员在接听时，不允许先开口说话，只能由老大张龙先发声。如果是成员先开口或抢着说话，那就意味着情况不妙，有险情。如此这般，也就等于在警察的眼皮底下，既安全又秘密地将情报传送出去了，同伙就会各自想法逃跑，神不知鬼不觉，十分保险。这一极为严密的规定，每个成员都要谨记于心，不能违背。谁违背了，谁就得付出惨重代价，这代价就是按帮规重处。轻则剁掉两只手指或两根脚趾，重则断其一臂一足乃至生命。因此，手机响了，老大是绝不会不接的，这也是从来没有发生过的情况。会不会是手机被人偷走了，或掉到无人捡到的地方去了呢？不会，绝对不会。即使有这种情况发生，老大也会用二狗子的手机及时告知他们每个成员不再用那部手机的号码了。可是，二狗子的手机也一直打不进去。

更加值得警惕的是，今天夜里的力量用得过于少了，只有张龙和二狗子两个人。这样翻来覆去一想，大家的神经立即绷紧了。怎么办？好在张龙和二狗子当天晚上的行动时间和地点雷太平知道。他们办这种黑道上的烂事相互间是通气的，只是因为考虑到如何隐蔽、如何缩小目标，才不安排人人参加。于是，雷太平和周子猛带着剩下的一帮兄弟，开着车，带上家伙，不顾一切地狂奔而来。

残月挂在天上，夜雾翻滚，森林像黑色的大海般无边无际。当他们第一眼看到大哥张龙和二狗子倒在血泊中的时候，一个个目瞪口呆，气愤得说不出话来。

四周静得令人心悸。荒山野岭仿佛鬼影幢幢，使得他们无不感到杀机四伏，好像有无数只眼睛及枪口在瞄准他们。他们一个个紧张得呼吸艰难，急剧跳动的心脏都快要承受不了恐惧的负荷了，一时也不知道是什么原因导致这一不幸的发生。他们怕再次发生意外，为了抢时间，雷太平和其他几个歹徒火急火燎地将张龙和二狗子的尸体抬上车后逃之夭夭。待警方赶到现场时，雷太平和周子猛一伙人已经离去一个多小时了。

这段路程原本就比较偏僻、遥远、崎岖，张龙来时就狂奔了近两个小时。当陈老六击杀张龙和二狗子之后，他带着少年在往回逃跑的路上，一则由于杀人后心理上的恐惧无法消失，二则因为害怕张龙的其他兄弟知道了跟踪追杀他俩，所以吓得简直是六神无主。因此，他手脚发抖不听使唤，想把车开快些却又快不起来，也就多用了半个多小时。另外，陈老六在给警方带路时，又走错了很长一段山路。这里群山连绵、森林密布、树木遮天、烟火无觅，一片荒山野岭，为出警增加了很大难度，无疑也给雷太平一伙人留下了一大段可逃窜的时间。

六　布控

胡建军以超常的车速从现场赶回公安局之后，心急火燎地要向龙局长汇报现场勘查情况和案情的重大疑点，可是越忙越有事。就在这个时候，他接到了弟弟打来的电话，说母亲的病情加重了，要他抽空回家一趟。他皱了一下眉头，把川字纹深深地刻在额头上，说待把手头上的一点儿事做完了就回去。支吾几句之后，他立马走进了局长办公室，很快就把弟弟的电话忘到脑后去了。

龙局长听了他的汇报之后很是震惊，双眉紧锁，神情变得极为严肃。龙局长意识到案情十分严峻，多年的公安工作实践使他的意识深处有了一种强烈的预感：一定会有新的血案发生。找不到张龙和二狗子二人的尸体，那就意味着张龙和二狗子有可能还活着，就不可避免地会对陈老六和少年实施疯狂报复。而且这报复将是暴风骤雨式的，后果将是极其严重和残酷的。换一种思路来说，即使两疑凶真的被陈老六击毙了，雷太平、周子猛一伙狂徒也会很快弄清事情真相，一样要实施血腥报复。他们现在已经不再是一般的自然人了，他们的灵魂连自己都陌生了，已经没有了正常人的理智。

龙局长是个很体贴手下民警的人。他知道全国的公安民警每年因追捕、缉毒、救灾等原因献出生命的不少、累倒的不少，他也知道许多公安民警为了工作长年顾不上家中老人和孩子留下许多遗憾。龙局长虽然知道案情万分火急，但还是拍了拍胡建军的肩膀，问胡建军刚才接的电话是谁打来的，是不是家中有紧要事情，若有的话就先处理一下。“没事，没事！”胡建军生怕关键时刻误了大事，立即予以否认。

龙局长又联想到另一同样严峻的情况：根据公安局以往掌控的资料，咸州市另一黑道头目，诨名叫“二郎山”的歹徒，与张龙是多年的拜把子兄弟，一直称张龙为大哥。他们过去是一个团伙的，后来，因为慑于警方对黑恶势力不断加大打击力度，为了隐蔽和缩小目标，他们才拆伙分开干的。其实，他们暗中仍有往来。“二郎山”一旦得知张龙遭人暗算，被抛尸荒山野岭，很难说不为张龙寻找仇家，实施报复。

“二郎山”手下不少于七八个兄弟，都是从乡村走进城市的。他们在人生的道路上，都分别遭遇过挫折和打击，对社会不满，甚至怀恨在心。他们认为有钱人都不是好人。“二郎山”曾经因为母亲生病无钱医治很苦恼，外出打工又误入传销陷阱，一时间精神备受折磨。后来他就走到邪路上了，到处诈骗，拦路抢劫，无恶不作。他的几个同伙，其中有两个原是开大车跑运输的，本想好好挣几个钱回家建个像样的楼房，在村人面前炫耀一番，没想到遇上了不少磨难。在跑运输途中，他们常常被一些冒牌警察拦住，挣的钱常常落入恶人腰包。另几个则是在外给私人老板打工，但是老板照样难以应对。老板们总是不约而同地以资金周转困难为由，拖欠工钱，一拖再拖，以致他们连饭钱都拿不到手。虽然国务院有明文规定，不许拖欠农民工工资，但老板们不怕国务院的文件。他们说国务院也没给老板拨款呢。他们找老板讨要，却被老板养的保安拦住，甚至被保安用棍棒敲打一顿。人们常说：物以类聚，人以群分。同病相怜的他们，便结成了团伙，干起了盗窃、抢劫、绑票等罪恶勾当。因此，龙局长决定将“二郎山”黑恶团伙一并列在此次抓捕预案之中。

龙局长提醒大家：对这伙亡命之徒同样要高度警惕，一有动静迅速将其捕获，不能让他们一溜了之。胡建军十分赞成龙局长的分析和部署。胡建军的潜意识中也感到这两股黑恶势力如果合到一处共同攻击陈老六和少年，那麻烦就更大了。

按照龙局长、周副局长的行动方案，这次行动一如既往地让刑警队打头阵，由胡建军带领重案组人员负责第一道防线分列几个控制点，在陈老六和那个少年住屋的附近进行秘密设防、布控，张网以待。龙局长还要求刑警队要干得漂亮一些，将歹徒一网打尽，永绝后患。同时，还要求参战民警，既要完成好抓捕任务，又要注意安全，尽量避免受伤！

胡建军点了点头，很坚决地说："请领导放心，保证完成任务，若有伤亡的话，那第一个就是我自己！"

"胡说！"龙局长拍了下胡建军的肩膀说，"对手不只是人多枪多，更是亡命之徒，包括你胡建军在内，不能麻痹大意，不怕一万，就怕万一，不能有丝毫闪失，我和周副局长都参加。"

简直就像士兵面对战火纷飞的战场一样，所有民警整装待发。临出发时，胡建军没有记起自己答应弟弟回去看望母亲的事情，相反，他好像突然有了什么心事似的，把吴小飞拉到一边说："小飞，过几天你就要结婚了，这次行动就别参加了吧！一旦交火，子弹是不长眼的，万一出了事儿，军哥不好和你老爹老娘交差啊！"

吴小飞没有同意。吴小飞说："我结婚的事儿耽搁一下就耽搁一下吧，有啥要紧的！即使出了事，那也是我自愿的，绝不后悔！"

胡建军没能说服吴小飞，就把他安排在第二道防控点上。但吴小飞不同意，非要和他们一起守在第一道防线上。

七　追捕

凌晨的夜，美丽而宁静，早已没有了白日的喧嚣，天地人都安稳地沉睡着。

在城市郊外一处还没有安装路灯的道旁，有一座很漂亮的具有中国特色的三层结构的小楼，平顶，贴有白瓷砖，装有防盗窗、防盗门。四周茁壮的桂花树、樟树和冬青密密匝匝，将小楼点缀得如诗如画，像座大山中的小别墅。“别墅”的后面是一座座小山岗。小山岗上同样生长着茂密的林木，远远望去能看到蒙蒙发亮的青黛色的一线天空，更是将小楼衬托得幽静无比。这就是陈老六的住宅，执行任务的警察们就隐蔽在它的四面八方。

第一天夜晚，平安无事。

第二天夜晚，仍然平安无事。

第三天夜晚，“目标”还是没有出现。

胡建军感觉情况有些不妙，怀疑局领导和自己对这次行动的分析、判断是不是有误。他发短信给蹲守在少年住屋的那边警察，问有无异常情况，回答和这边是一样的，一切正常。又过了一阵儿，情况仍然如此。胡建军有些按捺不住焦躁的情绪，想撤人另作打算。但龙局长没有采纳他的意见，命令他不许变动控制点。

果然，到第五天夜里，预测的情况终于发生了。凌晨1时许，一个长长的黑影鬼鬼祟祟地出现在蹲守人员的视线里。黑影几蹦几跳，如蝙蝠般扒在陈老六房屋背后的窗户上，探头探脑地往屋里瞄着什么。陈老六的住屋后面一共有四个窗户，黑影扒着窗户一个一个地瞄过去，又扒着窗户一个一个地瞄过来，这样反复两次之后，又几蹦几跳地从原路潜回去了。

“这家伙要干什么呢?”胡建军在心里琢磨着。

过了一会儿，又有一个小些的黑影出现在他们的视线里。这个黑影给人一种魔幻般的感觉，仅仅是一闪就出现了，如离弦之箭。

“这是什么东西呢?矮小，根本不像人的影子。”胡建军一时反应不过来。不过，他很快就明白了，后面那个黑影原来是一只狼犬。狼犬仅在瞬间，就发现了守候在四周的警察。它似乎很有节奏地喘息几声之后，就流星似的按原路折返回去了，速度快得惊人。

“这一定是犯罪嫌疑人在利用狼犬进行反侦查。这些家伙越来越狡猾了。”胡建军把情况迅速向两位局长做了报告。

此时，另外一条线上的办案民警发现了雷太平和周子猛正开着一辆黑色小轿车，疯狂地往城外方向逃跑。两位局长命令胡建军带人迅速跟踪，咬住不放，不能让“目标”消失。

雷太平、周子猛一伙人发现有车跟踪追来，知道是警察，拼死反抗。他们一边疯狂地向前狂奔，一边往后开枪射击，子弹不断向警车方向“嗖嗖”地飞过来，但警车没有丝毫畏缩。雷太平、周子猛仓皇逃窜，在荒山野岭中狂奔了很长一段路程之后，眼看还是没有逃出警方的视线。他们心一横，来了个狗急跳墙，把车驶上了一条悬挂在悬崖峭壁上的山路。这条山路九十度的急转弯一个接一个。在这种绝境中追捕，警察也是捏着一大把汗，每个人的心都悬着。但是，再险也不能畏缩，而且警车的车速只能比逃逸车辆的车速快才有制胜的把握。

雷太平、周子猛狂奔一阵之后，险情终于出现了。他们的黑色小轿车在前面往右转弯处，不知是有意还是无意，没来得及急转弯，“哧溜”一下，小车飞出了山道，栽下了二三十米深的山谷，爆发出巨大的响声，随即火光一片，升起滚滚浓烟。令人没想到的是，雷太平居然逃出来了。

这家伙是在小车即将飞出山道的一瞬间逃离小车的。周子猛、老妖、大西牛等人都已化为灰烬，唯有他活着。他拼命地往一片石头山上爬去，躲在一块巨石的背后持枪反抗。不过，他很快就被重案组的人逮住了。他的右腿被胡建军击伤，想跑也跑不动啦。胡建军故意气他说："雷太平，你再跑给我们看看吧！"

审讯时，雷太平说出的第一句话是："你们警方是怎么知道我们要炸陈老六房屋的呢？"

胡建军不无讽刺地笑笑说："这个答案还不简单吗？老天有眼呗！天网恢恢，疏而不漏，难道你没听说过吗？"

雷太平仰起脸来，把眼睛翻了翻，又点了点头说："这真是天意，天意难违啊！"

他们这些黑道上的家伙，从来都是宁死不服输的，只信神，不信人。从他们喝雄鸡血酒歃血为盟时的那一天起，他们就定下了"天意不能违"的信条。作案那天晚上，他们谋划在夜深人静之时，抱着炸药包，从后山上窜出来，潜入陈老六的屋前屋后安装炸药，实施恐怖性爆破杀人，意欲将陈老六的妻子、儿女、老父老母及整座房屋一起炸掉，替二位兄弟报仇雪恨。

事后，根据雷太平招供，在一片石头山的溶洞中，找到了张龙和二狗子的尸体。经法医检验，证实了这两个杀人魔王已被枪击毙。同时，也证实了陈老六交代的口供真实无误。

让领导和重案组感到遗憾和不安的是，没能捕获"二郎山"一伙歹徒。任务等于没有圆满完成，追捕的道路还得继续向前！

八　远征

雷太平、周子猛出动的那天夜里，“二郎山”的人都没有露面，少年住屋的周围也无异常情况。后来，根据公安部传真过来的情报和摸索到的真实情况，才知道“二郎山”的人于几个月前就离开了咸州，到云南边境走私毒品去了。据此推断：张龙和二狗子的遭遇，他们并不知道。

根据重案组掌握的情报，“二郎山”的人是在一个偶然机会经朋友介绍，投奔到一个叫“拐脚雄蜂”的人门下去的。

“拐脚雄蜂”的真实姓名叫陆长海，年近六十。他老家在内地，是一个拐脚退伍军人，20 世纪 70 年代参加过南疆保卫战。“拐脚雄蜂”很有钱，他在云南最西面的边境小城瑞丽开有一家贸易公司，表面上看他做的是正经生意，而且很红火。他一面收购周边国家的热带水果，一面又向周边印、缅等国倒腾国内物美价廉的生活用品，诸如儿童玩具、儿童服装、家用电器等。在瑞丽，他有豪华的私人别墅，手下有十多个马仔。因为有熟人介绍，“二郎山”的几个人很快就成了“拐脚雄蜂”团伙成员中的伙计。同时，“拐脚雄蜂”又因为想扩大“业务”范围，需要人手，对“二郎山”的人到来也是求之不得。但时间一长，“拐脚雄蜂”就有了想法。

“拐脚雄蜂”身边有个谋士，叫“老山猫”。“老山猫”经常在他面前说“二郎山”是个危险人物，此人不可久留，弄不好会有血光之灾。

“拐脚雄蜂”是一个很世故又十分谨慎的人。他听说“二郎山”一伙人是公安部 A 级通缉犯，个个身负命案，此次来云南边界投奔他的主要目的不是挣钱而是逃避警方追捕，他很是震惊。

“拐脚雄蜂”做合法生意的背后，干的却是“白粉”买卖，他那大把大把的钱都是从白粉生意中赚来的。不然，他怎么会背井离乡、千里迢迢来到云南边城呢？众所周知，做白粉生意，等于是拿着脑袋玩命。既然如此，他又怎能收留一伙A级通缉犯，岂不是引火烧身、自取灭亡？

“拐脚雄蜂”一连几夜都睡不好觉。“不行！不行！得让‘二郎山’一伙儿快快走人！”“拐脚雄蜂”终于做出了决定。

再说“二郎山”，他原以为到了“拐脚雄蜂”门下，就等于找到了靠山和保护伞，高枕无忧啦，没想到“拐脚雄蜂”为了自个儿的安全和利益要赶他们走。“二郎山”只好求爷爷告奶奶，一再请求“拐脚雄蜂”容留他们，并表示愿意为“拐脚雄蜂”效犬马之劳，永远效忠于他。假如日后被警方抓到了，就算是死也要死出个人样，决不出卖“拐脚雄蜂”和他的所有兄弟。

“二郎山”的豪言壮语终于感动了“拐脚雄蜂”，他权衡再三，答应暂时留下“二郎山”一伙人，再观察一段时间看看。但世事总是出人意料。后来，因为“拐脚雄蜂”遭遇了一场“赌场事件”使事情有了新的走向。

“拐脚雄蜂”是个超级赌棍。在之后的一次豪赌中，他因为输得太惨又死活不服气便心一横将皮包里厚厚的一大沓人民币全押上了，想扳回一局，结果还是输了。“拐脚雄蜂”认为其中必定有诈，心中十分不悦，可是因为他年岁大了，不好同晚辈们说什么，更不好摊牌，怕失了颜面。关键时刻，“二郎山”露了一手。

“二郎山”一看庄家要收钱，唰地一下，从裤裆里抽出一支短枪，使劲地晃了一晃，恶狠狠地说：“这钱不能收！”

“哪个说的？”

“我！”

“你算老几?”

“我算老几并不重要。重要的是这枪！谁要收钱，我就不客气!”

“二郎山”故意把枪机拉得咔咔响。“不是我们蜂爷不懂赌场规矩，而是你们不仁义，明显地合起来做手脚，黑我们蜂爷的钱。”

他一口一个蜂爷，喊得山响：“多的钱我们蜂爷也不会要，只把今天黑去的钱全吐出来就行了!”

“男子汉大丈夫，顶天立地，敢作敢为，输了就该认输!”

“二郎山”用枪指着庄家说：“放屁！什么男子汉大丈夫，老子今天不做这狗屁男子汉大丈夫了，老子今天就是土匪！就是日本鬼子!”

“二郎山”咔嚓一声，把子弹顶上膛，号叫着：“老子今天豁出去了，看哪个敢动我们蜂爷一根毫毛!”

“二郎山”一边吼叫，一边把赌桌上的钱呼啦一下扒到一个袋子里，拉紧“拐脚雄蜂”，打着退步，渐渐离去。

按规定，任何人是不得带枪进赌场的，“二郎山”为防万一留了一手，居然把短枪藏在裤裆里带进去了。看守人员竟然未检查出来。没想到还真的派上了用场。一屋子的人面面相觑，眼睁睁瞧着“二郎山”把几十万元现金提走，谁也没有反抗和阻拦。

不是不反抗，也不是不阻拦，而是他们确实搞了鬼，输了理!

“拐脚雄蜂”没有想到“二郎山”这么拼命，为他挣足了面子；更没想到，他竟然敢在枪口上玩命，真是血性不凡，亦可见其对自己赤胆忠诚。

“幸亏没有赶你出门，否则，这面子就输大了!”“拐脚雄蜂”搂着“二郎山”大声地打着哈哈。

从此以后，“拐脚雄蜂”对“二郎山”和他的兄弟们刮目相看。“二郎山”自此才真正地跟着“拐脚雄蜂”做起了白粉生意。

直到一年之后，龙局长才得到“二郎山”潜逃的真实情报。于是，他把任务交给胡建军，由胡建军再次率重案组人员直奔云南瑞丽实施抓捕。

可是，当警方到达云南瑞丽之后，抓捕工作并不顺利。开始几天，始终未能侦查到“二郎山”的踪迹，而“二郎山”手下的成员却无一不在，单单就缺了个“二郎山”。怕打草惊蛇，大家也没敢轻易下手。

“‘二郎山’为什么不在呢？难道闻到什么风声独自溜了？这不可能吧？他不会只顾自己不顾其手下兄弟吧？”胡建军想。

“二郎山”是个秃子脑袋，长得很有特点。而“拐脚雄蜂”的全部手下人员，个个都是黑发盖顶，没有一个人是秃子。这是怎么回事呢？胡建军组织大家分析判断，最后形成一致意见。如果“二郎山”没有临时溜走还在这儿的话，那就只有一种可能：“二郎山”一定在脑袋上做了手脚，戴了假发。沿着这条思路，在当地警方的大力配合下，经过周密调查，还真被大伙分析对了，这家伙果然搞了伪装，是老谋深算的“拐脚雄蜂”为他出谋划策进行伪装的。因为识破了他们的鬼伎俩，最终得以将“二郎山”团伙一网打尽！与此同时，瑞丽警方也一举拿下了“拐脚雄蜂”的走私贩毒团伙，两地警方都未损一兵一卒，双双取得了胜利！

九　南国归来

从云南回来之后，胡建军又接到了弟弟打来的电话。弟弟说，母亲已经去世了，母亲临走前不断地喊胡建军的名字。姐姐知道胡建军忙回不去，就骗母亲说，军军回来了，就站在妈妈身边呢。姐姐把弟弟的手当作胡建军的手递给母亲，要弟弟学着他的声音喊母亲，说他就是军军。两兄弟的容貌本来就很相像，母亲的意识已经模糊哪里分得清楚。母亲把弟弟的头当成他的头，摸了几下，头一歪就永远地走了。胡建军听完弟弟的讲述泪水再也控制不住了。

胡建军想到母亲的一生很不容易。父亲因故去世早，一家人的生活担子全落在母亲一人肩上。为了种好责任田，母亲学会了耕田，学会了插秧、播种，学会了打赤脚、挑重担。

母亲几乎没有休息时间，每天早晨天不亮就出门忙去了。而且，她出门之前还要把饭给他们姐弟几个煮好暖在锅里，不让他们早晨起来因没饭吃耽误了读书，天黑一阵儿了母亲才回家。一年四季，寒来暑往，秋收冬藏，风里来雨里去，没日没夜。母亲作为一个女人家，把责任田种得跟人家汉子们的责任田的产量一样高。

先前因为困难母亲的生活很简单，一碗冷饭用开水一泡就能吃，好吃的东西就留给他们姐弟几个。时间长了，母亲的身体慢慢被拖垮了。如今生活好了，姐弟几个也有了工作，母亲却又吃不下了，也不愿意进城，总是说她离不开生活了一辈子的乡村老屋，说老屋周围有山有水、果木飘香。

想起这些，胡建军的泪水愈加止不住了。龙局长知道后，叹息一声叫他坚强一些不要哭。龙局长说，中国的大文豪苏东坡早就说过“人有悲欢离合，月有阴晴圆缺，此事古难全”。龙局长亲自安排给胡建军派了个小兄弟和他一起回去，帮他料理母亲的后事。

胡建军觉得自己愧对母亲，回去后跪在母亲面前大哭一场，一时间大家劝都劝不住。后来胡建军接了个紧急电话，说珠宝店青天白日地被盗了三百多万元的珠宝，全局都行动起来了。他这才一把抹去眼泪，赶紧叫来一部车急急忙忙地要走。亲戚朋友和姐弟没想到他当刑警队队长这么忙，连哭一场的时间都不够用。他们就说，军军你走吧，家里的事儿不用你操心了，你不要挂念了。他赶忙跪在地上，给众人磕头道谢。

回程路上，没料到意外又发生了。车走到六号桥时，被一个拿包的年轻人强行拦住了，对方自称是警察，要去火车站堵截犯罪嫌疑人。胡建军听了感觉很蹊跷：这人肯定有问题。他自称警察，可我居然都不认识他！追捕这么紧急的事情，他竟然带着这么笨重的提包去火车站堵截？他停下车让年轻人上了车，然后把车开进了公安局。

没想到这人就是盗窃珠宝店的犯罪嫌疑人。他是趁老板中午打瞌睡时作案，之后见警方查得急到处布防就想去火车站坐火车逃跑。胡建军的这一“意外收获”，简直让人不敢相信。大家开玩笑说，可能是胡建军在他母亲面前哭得好，母亲在保佑他呢！

吴小飞的婚礼是在医院大会议厅举办的。吴小飞在抓捕“二郎山”时，左肩膀被“二郎山”击中了，正在住院治疗。当时情况很危急，幸亏胡建军身手敏捷，跨了一步一脚将“二郎山”拿枪的手踩住了，没再射击。要不是这一踩，小飞也许就参加不了这场婚礼啦。

吴小飞原本是要推迟婚期的，但他的母亲坚持要按期为儿子举办婚礼。她说看好的日期不能改，改了不吉利。

医院几位领导知道后，帮忙把吴小飞的婚礼办得不同凡响、喜庆热烈。整个医院的大会议厅被装饰得花花绿绿、流光溢彩；男女歌手轮番演唱，像是有意要借这一特殊机会给医院打广告似的。

龙局长和周局长两位领导那是一定要参加这场婚礼的。而且，在这个特殊的婚礼现场上，两位领导用他们最美好的心声发表了激情洋溢的致辞：

“小飞的婚礼意义特别：有你军哥的眼泪，有你身上的热血；这红地毯是用血和眼泪铺成的；人生的境界、警察的忠诚、兄弟的情义，全都在这里面！”

两位领导还没讲完，就被一片突然响起的掌声淹没了！

吴小飞为了表达对队长的感激，便将第一杯喜酒敬给胡建军。他说，军哥在最关键的时刻保护了他，是他的生死兄弟。但胡建军却不领情，还虎着脸骂他：“你这家伙，叫你不要去你偏要去，你若回不来了，我哭都哭不过来，要哭我老娘，还要哭你呢！”

这话风趣，一下子把大家逗乐了。没想到一个南国追捕，引出这么多的酸甜苦辣！

吴小飞的老娘也开心地笑了。她觉得这些走南闯北、风里雨里奋斗的年轻警察挺可爱的。几句话看似平常，却道出了他们对事业的忠诚与热爱：为了工作，他们死都不放在眼里！

喜酒还没喝，胡建军突然接了个电话，之后说他要去北城区处理一起械斗纠纷。大家都不愿意让他走，因为他若走了，这热闹的气氛立马就会冷下去，可大家又不好阻拦他。

关键时刻，龙局长敲门进来了。龙局长听见了大家说的话，就说建军今晚你不用出任务了。我已经做了安排，你就安心参加喜宴吧，气氛一定要热烈。大家见龙局长这样说一下子乐开了花，赶忙给局长敬酒。

吴小飞更是激动异常。他豪迈地唱起了刀郎在电视剧《我是特种兵》里唱的《永远的兄弟》：“来吧，兄弟！凯旋的日子，不醉不归……”接着又唱起了刀郎的另一首歌《永远的战士》：“前方炮火隆，我是你的胸膛；后面子弹飞，我是你的脊背……”

所长与队长

一

星期五晚上。

吃过晚饭之后，胡业伟要去陪市委组织部副部长欧阳胜打麻将，参加的人还有桂花湖开发区主任王来福、副主任马清华，这是几天前就约定好的，地址就选在花园山庄。

花园山庄是香城有名的风景区，坐落在城郊十公里的一处青山绿水之间，风光旖旎、风格独异。一栋栋用玉色或黄金色琉璃瓦勾画起来的亭台楼榭，错落有致地分布在桂花山山腰的斜坡上，既传统又现代，将古典建筑与现代建筑之美完美统一，极具特色。

茁壮茂盛的桂花树及其他珍稀草木，一排排、一片片，将花园山庄的景致点缀得如诗如画，这里是接待外宾和省里高层领导下榻或议事的要地。

若从园中远眺，还可以看到许多平常见不到的壮丽景观。左边是名满京都的向阳湖，粮田万顷、稻花飘香、鱼跃鸥飞、水天一色；右边是绵绵不尽的群山，山高林密、古木参天；对面就是大厦林立的香城城区。再往远处看，仿佛就可以看到云雾中的武汉了。

星期四，胡业伟午睡起来已是下午三时。他晓得自己中午陪客户喝大了睡过了时间（那时公安部还未下戒酒令），赶忙掏出手机"噔噔噔"地按几下，把内勤王小木叫回派出所。此时，王小木和副所长陆骑兵正在桂花湖开发区三工业园花布厂维护治安。该厂的一群女工因为工资问题整个上午都堵在厂门口嚷嚷。接到所长电话后，王小木同陆骑兵打了个招呼就匆匆地赶回所里了。

"胡所长，我们在外面正忙哩，那些女工们吼的吼、哭的哭、骂的骂，闹得不可开交，什么样的节目都有的看。你又有什么紧急事情需我去办呀，情况这么严峻还把我撤回来！"

"别啰唆了，小木。花布厂的事情就让陆副所长一个人去处理，你就别管了。你现在最紧要的任务就是抓紧时间去给我借五万元现金，只多不少，越快越好，明天晚上我有大事要办。"

王小木今年二十八岁，是个退伍军人，身材不高，但长得敦实精干，蓄着平头，还是当兵时留的那种小奔头，长着一脸像刷子一样的胡茬儿，黑乎乎的，把脸遮去三分之一，看上去像《水浒传》里的鲁智深。他的性格很温顺，基本上领导叫他做什么就做什么。在胡业伟眼里，他是内勤的最佳人选。所以胡业伟安排他担任所里的内勤兼管财务账目，他被民警们呼为"钱粮部长"。

王小木没有想到所长叫他回所是要他去借钱，他深感意外。他把眼睛瞪得像小气球，望着胡业伟一言不发。他认为胡业伟不应该把他从"前线"撤回。谁都晓得安全稳定重如泰山，从中央到地方一级比一级强调得紧，尤其是对于群体事件更不能掉以轻心。可是胡业伟为了借钱，硬是急着性子将王小木撤离现场。

王小木知道胡业伟要钱，并非用在派出所的现代化软硬件建设上，大多是拿去作秀的。胡业伟为了攀高枝捞个一官半职，动不动就杀鸡取卵，甚至不惜一切代价运作。这几年所里的家底早已被他弄空了，导致所里经费异常紧张。

让王小木苦不堪言的是，钱借多了，随之而来的麻烦也多了，现在不但借不到钱，反而讨债的人一天天多起来。有的人说王小木诚信度太差，再也不借钱给他了；也有人说王小木借钱不还，将来老婆生孩子肯定长尾巴。大家说得王小木很不好意思，他只好赔着笑脸说："谁说不还啊，一定会还的，只是缓一缓嘛。"

可是，待别人再来讨钱时，王小木还是把这没劲的话又重复一遍。王小木明知自己说的话不知何年何月能兑现，但他又不得不这样说，否则胡业伟就会指着他的鼻子训他不会办事。这些难处胡业伟心里明朗如镜，可是他还是不放过王小木，仍然要王小木去借钱，而且一次比一次借得多，这使王小木真的很为难。

王小木沉默了一阵，告饶地说："所长，你就饶了我吧，我真的没有办法再借到钱了，也没脸去找别人借了。"王小木本能地摸了一下脸上的胡茬儿："所长，要不你自个儿去借吧！"

胡业伟立即把脸拉下来。他把几十元一包的金牌香烟从荷包里掏出来撕开，叼一支在嘴上，然后把整盒烟使劲儿往桌上一拍，扬起头，一边喷雾一边咆哮："我去那我还要你这个'钱粮部长'干什么？你以为'钱粮部长'是那么好当的呀！"

胡业伟那张原本被酒精灼伤得憔悴不堪的面孔，再加之发起火来，让王小木觉得表情十分夸张，让人有一种不真实感。

"好好好，我去借，你别把身体搞坏了，好吧！"

王小木见胡业伟的脸变形得厉害，一时间便没了底气，甚至心里有些发虚。毕竟现在是所长负责制，谁上岗，谁下岗，全凭所长一句话。所长在派出所这个小小王国里，就是国王，就是酋长，他哪敢不听安排。再说，胡业伟整天为自己造势，与很多领导关系紧密，王小木更不敢违抗他了。于是王小木红着脸，马上换了口气答应去借，还反过来安慰胡业伟别把身体搞坏了。

“敬酒不吃吃罚酒!”胡业伟不屑地瞟了一眼王小木离去的背影，把拉得很长的脸松弛下来，眨眨眼睛，然后咕隆一声将胸中郁闷的火气一口吐了出来。他那油光闪亮的面孔，马上由阴转晴。

二

高云飞自从担任110大队大队长之后，回家的时间越来越少，眼下已经有十九个昼夜没有回家啦。实际上，他的家就在香城城区，开车回家也就二十来分钟的样子，即使有什么小耽搁，最多也不会超过一小时。但是，就这一牛尿远的距离，对他来说却是咫尺天涯。

高云飞的父亲对他的这种做法颇有意见。他想儿子即使不回来看看他这个老的，也该回来看看小丽和阳阳吧。小丽是高云飞的爱人，阳阳是他们的孩子。本来父亲一直是很支持儿子工作的，此时却沉不住气了，他要去110大队看看儿子到底在忙什么以致这么久不回家，却被小丽阻拦了。小丽说：“爸，云飞忙就让他忙去吧，家里好好的，又没什么事情等他回来做。您这么黑着脸突然跑到他那里去，会把他吓着的，等会儿我给他打个电话说一下。”老头子一想是这个理，也就作罢了。

一晃十天半个月又过去了，高云飞还是没有回家，老头子又坐不住啦。这一次他不顾小丽的阻拦，提前吃过中午饭就牵着孙子搭车去了110大队。按正常工作时间，已经12点半钟，是该吃午饭的时间了，但110大队楼上楼下却空无一人。他有些纳闷，也不想找人打听，就坐在大门前的长椅上，等待时间给他答复。等了许久，就在他几乎支撑不住开始打盹的时候，110大队的人终于回来了，一个个都是冲锋的姿态，噼里啪啦地往楼道里跑，最后跑进门的就是他儿子。高云飞一眼看见老爸和阳阳坐在门口吓了一大跳，赶忙问："爸，你怎么坐在这里呢？家里出什么事了吗？"

老人见儿子浑身湿漉漉的，一脸的烟尘，什么都明白了，什么话也没说，拍了拍儿子的肩膀说："没事儿，没事儿，快去吃饭，快去吃饭！"说完就牵着孙子走了。老人不想说话是因为在那一瞬间，他见儿子又黑又瘦，不像个人样子，心里有些发酸。

可是，又一个礼拜过去了，儿子仍然没有回家，这下他的火气又回升了。他在心里埋怨自己那天为什么不好好说儿子几句，为什么心就那么软呢？

三

一想到晚上的牌局，胡业伟的脸上就有了喜色。一个基层派出所的所长能够同市领导一起去休闲娱乐，自己得多有面子，虽然他以前也多次陪同过领导，但是现在他依然心花怒放。他明白在二三十名科所队长中，能结识上层的，除了他几乎都非等闲之人，就凭这一点也值得他自我陶醉。

不知不觉中时间已经过去几个小时了，快到吃晚饭的时间了，但是奉命借钱的王小木还没有回到所里。胡业伟摸出手机，一连拨打了好几次都没有反应。王小木的手机虽然响了，就是没人接听。王小木为什么不接听电话呢？这家伙该不是故意玩花招儿吧？就在胡业伟焦躁不安的时候，他的手机响了。肯定是王小木打电话来了！

“喂，是王小木吗？我还以为你失踪了呢！”胡业伟很是生气。

根本不是他想象中的电话，是南城区医院打来的。对方告知新街派出所：一位姓王的警察被摩托车撞了，正在他们医院就诊，要求派出所去人帮忙料理。

原来，王小木自知没脸也没处再借到钱了，可是他又担心万一借不到钱被胡业伟批评。想了想，他就直奔在竹海乡当乡长的姐夫家了。姐夫和姐姐这几年正在筹钱买商品房，王小木想先向他们暂借一下。王小木一番苦水吐出来之后，姐姐和姐夫可怜弟弟的难处，只好立即到银行把准备买房的钱取出来交给了王小木。

王小木是在回所里的路上被撞伤的。当时他怕误了胡业伟规定的时间，拿着钱快马加鞭地去赶班车，转弯时被一辆突然冲出来的三轮摩托车撞出一米多远，倒在地上造成了左手尺骨错位，被三轮摩托车师傅就近送进了南城区医院。

半小时之后，胡业伟来了。看见王小木靠在病床上，胡业伟感觉他并无大碍，就立马打听钱的事情。

“借到钱了没有啊，小木？”

“借到了，借到了！”王小木一边回话，一边把右手伸进内衣荷包，拿出一个大纸包递给胡业伟说，“这是我姐姐筹备买房的钱，没有其他办法了先垫上再说吧。”王小木虽然心里不高兴，但脸上仍然挂着笑容。

“好！”胡业伟立刻笑容灿烂起来，露出一大片银白色的牙齿，笑着说：“大大有功！以后我给你姐姐多算点儿利息！好，好，你安心治疗吧。我走啦，拜拜！”

四

几天之后，高云飞终于回家了。只是他回来得太晚了，父亲已经睡了，好在阳阳立即把爸爸回家的消息告诉了爷爷。高云飞听见父亲喊小飞、小丽和阳阳，他赶忙过去坐在父亲床边，向父亲问好。父亲靠在床头上说："小飞，你好久没回来了，是不是不要咱们这个家啦？"高云飞一笑说："爸，我不是不回家，是暂时不能离开大队。我刚接手 110 大队，工作千头万绪，一时忙不过来。110 大队从根本上来说，就是一个战斗团队，始终处在前沿阵地，随时都在待命，随时都要接处警，一天要接处警五六次，有时候更多，根本没有多余的时间供个人支配。有些接处警的事件，危险性较大，我怕发生不安全事故，所以都是身先士卒抢着上。毕竟队里的成员一个个都很年轻，大多都没有结婚成家，有的连朋友都没谈，他们一旦出了事故，我心里会很难过的。爸您听懂了吗？您要原谅我，我现在的精力也只能放在队里了。再说，家里有您和小丽，我也放心。我猜老爸那天到大队去，一定是看我很长时间没回家有些想法了。"

老头子本想好好说儿子几句的，结果被儿子来了个先发制人。儿子很长时间不回家虽然让他不高兴，但儿子是对的，他是为了工作。而且，听儿子这么一讲，他感觉儿子的压力确实很大，他的心又软了，就说："小飞，你说的这些我都能理解，只是你自己不能不注意身体啊！我看你的黑眼圈都变大了，人瘦了许多。那天我和阳阳从你们 110 大队回来，第二天才听说你差点儿就出事了。"

那天中午 12 点钟，正准备吃午饭，队里突然接到报警：城郊柳家巷子一溜砖木结构的平房发生火灾，请求援助。本来救火是消防的事情，但是他没有推脱，还是带着全队人员赶去帮忙参加救援。他对那个巷子的情况比较了解，知道那巷子路况很仄，消防车不好进，即使慢慢地开进去了，时间也会延误许久。火灾无情，他心里惦记着老百姓的生命和财产安全。到了现场，他一面指挥，一面参战。当时情况十分危急，火已经蹿上了房顶，给抢救人员带来很大难度，但他那时候已经顾不得个人安危了。他听见有哭声从大火中传出，心里十分焦急，冒着生命危险就往火里冲。不进去不知道，一进去吓一跳！一位老奶奶搂着一个五六岁的女孩儿，蜷缩在屋子的墙角处哭泣，一动也不敢动。他扑过去，叫一声老人家不要怕，我们警察救你来了。他一边说，一边抱起小女孩儿就往外跑。他一转身再去背老奶奶的时候，被小陈一把抓住了："队长我去。"

"我去就行了，危险！"

就在这时意外发生了。一根烧断了的横梁，拦在他的面前，他一急，也顾不得那么多啦，就用他血性的肩膀将燃烧的横梁扛起来扔到一边，没想到又掉下来一根，他接连扔出去好几根。老奶奶得救了，但他的肩膀烫伤了；而且，他还差点儿被燃烧的横梁压住出不来。要不是因为他身体强壮、力大如牛，恐怕他难以躲过那一劫。换句话说，若是小陈遇到这种特殊险情，体力不支，很可能就在劫难逃啦！

父亲叹了口气说："小飞，你若出了事，我们这个家就毁了，叫老爸怎么活啊！叫小丽和阳阳往后的日子怎么过啊！"

"不会的，爸，你看我身体多棒，您不用担心，关键是您年纪大了，体质欠佳，要注意休息。"但父亲还是心疼不已，要高云飞挨他近一点儿坐，说要仔细看看云飞。老人家不但看得仔细，还用手摸儿子的脸颊，像摸小朋友一样，然后一个劲地说："我说你瘦了嘛，看看，黑眼圈都大多了。"阳阳笑了，说："爷爷好担心爸爸哟。”小丽也笑了。小丽说：“爸，您别担心他，瘦就让他瘦点儿呗，瘦人身体健康，还有线条呢！”

这时，高云飞的手机响了。老头子趁机故意说：“是不是家里打来的电话？”

高云飞不好意思一笑，说：“爸，您真搞笑，正是大队打来的电话。”

老爸又故意说：“不是你自己设计的吧？”

“不是，不是！”高云飞赶忙解释，“是队里突然有重要警务。来时我交代了的，有情况要第一时间通知我。对不起，爸，我还得马上回去。”

老爸无奈地笑了笑，摇摇头，把手一挥说：“那你就去吧，注意安全！”

小丽端过来一大瓢鸡蛋，要高云飞带上。她说：“这是我刚才煮的，你没工夫吃，就让大家都吃点儿吧。”

高云飞说“好”，然后亲了阳阳一下，又摆了摆手，一转身匆匆地往大队赶去。

一年之后，高云飞离开了110大队，调到局刑侦大队任大队长去了。在刑侦大队大队长这个特殊而繁重的位置上，他一干就是六七年。他一如既往，用自己的忠诚、毅力和汗水，为刑侦大队一次次赢得了荣誉，也丰富了自己的人生。

五

胡业伟事业的起步，始于两年前。这一年，胡业伟先是在七一党的生日这天入了党，几个月之后又当上了香城公安局桂花湖开发区新街派出所所长。他逢人就说：“我现在是新街派出所所长了！”

他这么一说，往往会赢得亲戚、朋友们的一片溢美之声。比他年轻的人就说："大哥高升了，祝贺祝贺！"年长的人就说："从小我们就看出你是个有出息的孩子，长大了果然是个做大事的人呢！"

清明祭祖，胡业伟站在祖坟前，对着他的祖父母也是这样讲。这一年他家的祖坟，修得特别抢眼。村里人不无夸张地说："胡业伟倘若再往上升一级，当个局长什么的，他家的祖坟说不定还会冒青烟呢！"

其实，胡业伟在当上派出所所长之前，是从不回去祭祖的，他不相信这一套。父亲骂他是不肖子孙，姑母斥他是桃李果子树上结出来的。对此他嗤之以鼻，一笑了之，从不放在心上，总觉得父辈信奉的老一套，无足轻重。

如今他当上了派出所所长，这才觉得修祖坟就等于给自己的仕途修路，会给他带来好运呢！

胡业伟的家乡距香城城区近百里之遥。他的青少年时代是在大山里度过的，他深知山里人的不易。他常说，他的家乡是山高石头多，出门就爬坡。因此，他当兵回来之后，坚决不愿意回到山旮旯一样的乡下去了。

胡业伟的父亲是村干部，找乡长将他安排在乡派出所联防队工作。联防队员就是后来的合同警察，现今的协警或辅警。胡业伟很愿意干。他是个闲不住的人，也很热爱这份闲不住的工作。所谓闲不住，是因为干起来不分白天和黑夜，没有时间性。除了协助派出所民警破案和防火防盗之外，还要听乡政府的吩咐。乡政府头头们一旦遇到棘手、头痛的事儿，乡长往往就会把手机从兜里掏出来，"噔噔噔"一按说："派出所吗？叫你们的辅警快点儿过来一下，这里有人扯皮搞事情呢！"

乡政府的官算是"上掌天文地理、下管鸡毛蒜皮"的地方大员，派出所不敢不听。胡业伟干这种事经验丰富，他在部队当过几年拳脚兵，学过擒拿，一出手人家就敬畏他几分。加之他头脑灵光、有文化、能说会道，办起事来往往比别人利索。他常常自我吹嘘说："我如果是个正儿八经的警察，完成任务还会更加容易些。"

他一干就是十年八载，可就是没能转正。几年前的一个偶然机会，他才被招收到新建立的桂花湖开发区新街派出所当了一名正式警察。这对他来说确实来之不易，倘若不是当村干部的父亲朋友多、门路广，即使有这个政策性机遇，面对那么多人的竞争，转正恐怕也不见得就能落到他的头上。

当了派出所所长之后，他走路时头昂得高高的，旁若无人，处处摆出一副了不起的样子。他喜欢攀龙附凤，往官场圈里站；喜欢与有头脸的权贵结识往来。他一味地崇尚上层路线，言谈举止仿效领导人的模样。为了彰显自己，他把社会上的一些贪腐现象，视为时尚而沉湎于其中，试图以此获得别人的另眼相看。

六

晚上七点钟，胡业伟揣上王小木借来的钱，叫小车司机小丁准时把他送到花园山庄。这时几位领导都到了。

下了车，胡业伟把手一挥，示意小丁把车开走；不开走不行呢，写有"警察"字样的小车目标太抢眼，停久了，怕别人看见影响不好。

胡业伟打牌只输不赢，或者赢的比例很小，就是做做样子。胡业伟一心想着如何使领导玩得开心、痛快。他要给他们留下好印象，有意识地把钱输出去。

按照惯例，一般玩到午夜时分，大家停下来进餐一次，接着再玩到凌晨三点，然后就地休息，这些都由山庄老板钱胖子负责。钱胖子的舅兄是当大官的，在其帮助下钱胖子承包了花园山庄。胡业伟与钱胖子是铁哥们儿，经常带人在钱胖子这里消费。

有好几次，王来福主任在酒桌上故意用筷子指着胡业伟对欧阳胜说："欧阳部长，像他这种人，年轻、有活力、有开拓精神，有机会要给他压点儿担子用一用哦。不然的话，就浪费了人才资源呢！"

其实，王主任这样说也只是投其所好而已。王主任知道胡业伟想往上爬，所以有意捧一捧他，让他高兴一下。说白了，领导们邀他去陪玩，不外乎是带个服务员在身边。胡业伟岂能不知！

可是，当天夜晚的牌局铺开之后，才玩了个把小时的样子，胡业伟就接到公安分局龙局长打来的电话，要胡业伟马上回新街派出所。胡业伟舍不得错过和领导在一起的美好时光，想找点儿客观原因留下来，一时又不晓得从哪里说起，用手捂着送话部位将手机递给马清华，要马清华帮忙美言几句，马副主任摇了摇手，示意他递给欧阳部长。

"是龙局长吗？我是欧阳胜。"欧阳部长接过手机笑声朗朗地说，"胡业伟在我这里呢，是不是真有紧急警务要办？真有哇，好，好，那我叫他马上回所里，我正在跟他聊一些治安上的情况呢。"欧阳部长没有说"谈"治安上的情况，这当然是有分寸的。欧阳部长虽然官大些，但他既不是胡业伟的直接领导，也不分管公安战线，所以只能是闲聊。

原来，花布厂的一大群女工还在那里吵吵闹闹，天黑了也没有离去。副所长陆骑兵的老婆也是花布厂女工，也在为工资的事情坚守。陆骑兵以丈夫的名义，多次令她回家去没有奏效，心里十分恼火。陆骑兵在这里整整忙了一天，嗓子喊哑了，衣服汗湿了，已经有两顿饭没有回所里吃了，一气之下他把老婆推倒在地嘴角摔出血了，一件出门穿的好衣服也弄脏了。这样就把事情闹大了，矛头一下子对准了警察，说警察打人了，女工们一个个就闹得更加激烈了。

龙局长从省里开完会回来，得知此事后大为震怒，他要胡业伟亲自去处理。这次省里的会议精神是公安厅厅长再三强调各级领导都要学会做群众工作，学会化解矛盾，强力预防群体性事件的发生和扩大化，特别是各级基层公安局要深度重视，不能掉以轻心。胡业伟不敢马虎，赶忙叫来小车，不情不愿地下山去了。

陆骑兵因为“打人”，局党委研究决定让他离岗接受培训。陆骑兵急得哭了一场。龙局长知道陆骑兵是个优秀民警，重实干，能吃苦，让他离岗接受培训好像不实际，但又不得不为，谁叫他撞在枪口上了呢？此时正是整顿警纪警风阶段，不做出处理，对整个警察队伍没有说服力。可他心里酸酸的，觉得有话要说。于是，他亲自找陆骑兵做工作，叫他振作精神、好好学习、提高认识。

陆骑兵却说：“局长，我没有错呀，我推的是我自己老婆呢，又不是别人！”

龙局长说：“你糊涂不是！看问题都离不开具体时间、具体背景，私下里她是你老婆没错，可在那种特定场合、特殊时间，她是和整体联结在一起的，你能说她就仅仅是你老婆吗？那内涵可多呢，怎么分析都不为过。其实，那种时候你面对的是一个弱势群体，而你又是身着警服的人民警察，老百姓称你警官呢！你看我说得对不对？”

陆骑兵是个老实人，听龙局长指点迷津后他立即认错了：“局长，那我听你的，去学习接受教育，提高执法水平，今后绝不给局长丢脸。”他一边说，一边抹眼泪。

“亏你是警察，动不动就抹眼泪。”龙局长丢给他一支烟说，“回去跟你爱人做检讨。还有，把生活安排一下，家中有什么困难吗？听说你们所还有几项补贴性工资及奖励没有发到位是不是？”

“是的。”但陆骑兵没有勇气把这两个字说出口，怕胡业伟说他在背后说黑话。

“算了，不说我也知道。”龙局长说，“我找胡业伟，叫他把你们的工资发齐。”

陆骑兵说：“局长，工资的事你就别提啦，我能克服。”

“那你把口袋翻过来给我看一看。”

陆骑兵不知道龙局长话里的意思，摸着脑袋说：“局长，我听不懂你的意思。”

“小陆呀小陆，你荷包里空空的逞什么英雄，上个月你交购房预订款时，跟别人借了好多钱是不是？”

陆骑兵没想到局长连这点儿小事都了解得一清二楚，像被人看破了隐私似的很不好意思，苦笑了一下，点了点头转身走了。

七

陆骑兵的爱人叫吴云香，很能干，除了上班之外，还种有几平方米的菜园子。这些园子都是她在厂房周围空地上开垦出来的。厂里女工们常常说阿香不晓得享福，一天到晚忙这忙那。

但阿香再忙，也从不计较陆骑兵，晓得他什么事情都插不上手，也根本没得时间。他除了忙派出所的工作，还经常要被抽到局刑侦大队帮忙协查案件，开展扫黑除恶专项行动。为了支持陆骑兵的工作，阿香也不让他做家务事，说你忙你的，我忙我的，亏待我不要紧，不要亏待了别人。她只希望陆骑兵经常回来打个转，显得他心里还有她和丹丹。

丹丹是他们的孩子，九岁，读书成绩好，功课满百分的比率高。但陆骑兵对孩子的功课并未辅导过，连带孩子到外面好好玩一下都很少。五一劳动节学校放假，丹丹要爸爸带她到桂花公园去玩。陆骑兵没有时间，就说，丹丹，爸爸今天要去抓坏人，改天再带你去玩好不好？可是到了这一天，陆骑兵还是这么说。阿香知道陆骑兵是哄孩子的，因为节假日他更忙，有事无事都要坚守在岗位上，要应付一些突发事件。所以，多数时候都是阿香带孩子去玩的。

大事小事从不计较的阿香，这次因为参与女工们一起闹工资的事，被陆骑兵推倒在地，摔伤嘴巴，弄脏了新衣服，她动真格的了。可是她没有料到，偏偏就是这一次的较真，却给丈夫带来了麻烦。阿香心里很愧疚，认为是自个儿错了，对不起陆骑兵。

晚上，在左邻右舍休息之后，她珠泪婆娑，不断地抽泣，两手不停地捶打着陆骑兵的肩头，既埋怨陆骑兵又埋怨自己。陆骑兵虽然经局长做了工作，心里仍然很失落，但是他还是按照龙局长的嘱咐向妻子做检讨，承认自己做得不对。

“是我错了，阿香你使劲儿打我吧，你打得越重我心里越好受。”

阿香发现陆骑兵的眼里有湿气，但阿香没有吱声，她能理解陆骑兵此时的心情：马爱草原，兵爱枪，警察爱的是上岗！离岗学习肯定使他难过。

她本来想说这伤心的事是你自讨的，谁要你来管这种烂事呢？胡业伟为什么不自己来管？偏偏要你来管，就你能干？但阿香没有说出口，她不想再去刺激陆骑兵。她的心软下来了，只是轻轻地哭泣，什么也不说。她也说不清楚两口子谁是谁非。她认为总根子是工厂，工厂总是在工资上找麻烦，不是扣这儿，就是扣那儿，女工们太气愤了才相约去的。如果不是这鬼事情，一切都平安无事。

“哪有警察打群众呢，你打我吧，我是百分之百的错了。”

阿香仍然没有吱声，她找不到表达的语言。如果她不抽泣，不打陆骑兵几下，也不知道怎样才能平衡自己的心情。

“我这警察不合格，帮不了群众的忙，还打群众!”

“你瞎说！你明明推倒的是我，哪里打群众了啊？你为什么要瞎说？”阿香一开口，反而哭得更厉害了。

我正是你这样想的：“不能推别人，就推推自己老婆吧！可那个时候，你已经不是我老婆了，是工人，是群众。”

陆骑兵的眼泪掉下来了，但他始终偏着头，不肯把眼光递给阿香。

他的心里还有另一种自责：觉得这些年亏欠了阿香，让阿香吃了不少苦。

夜开始平静，满天星斗，月光融融，大街上的汽车越来越少，小城白天窗户下听不见的虫声这时也越来越明晰了。

八

胡业伟很快就出现在龙局长的办公室。他不知道龙局长找他有何贵干，是不是又要训他几句，他心里已然有些不安。

其实呢，每逢过年过节，胡业伟也没少去“探望”局长，毕竟龙局长是一把手，是胡业伟人生道路上最为重要的一道阶梯。问题是龙局长对他一直是“严”字当头，这就让胡业伟的意识中多了点儿敬而远之的心理。

记得有一次，龙局长的儿子要去读研生，胡业伟想表示一点儿心意，去给龙局长送红包。龙局长也不推辞，只是说："你注意一点儿，有眼睛看着呢。"胡业伟吓了一跳，抬头看时，果然发现有人从局长家的一间卧房走向另一间卧房，还朝这边友好地笑了一下。这人是龙局长的弟弟，胡业伟平时没见过，不认识，以为是外人，办这种事岂能让外人知道呢！胡业伟赶忙把伸出去的手缩回来了。过了几天，胡业伟又去给龙局长送红包。去时他用心留意了一下周围及房间里的情况。然而，龙局长仍然说："胡业伟，你注意一点儿，还是有眼睛看着呢。"胡业伟理直气壮地说："局长，你就放心吧，这次绝对没人看见。"龙局长没再接话，一转身离开了。这天晚上，胡业伟翻来覆去睡不着。他不明白一个当局长的人，为什么这么胆小，明明平安无事，硬说有眼睛看着，好像每时每刻都有人在监控他似的。

胡业伟不服气，也不死心，更不相信自己的"红包"就塞不出去，还想最后一搏。龙局长没想到胡业伟办事这么坚决，竟然第三次把红包送来了，就仰头哈哈一笑说："胡业伟呀胡业伟，你真的不怕有眼睛看见吗？"胡业伟也含糊地笑了一下，问："龙局长，眼睛在哪儿？"他还理直气壮地说："不怕！不怕！"可是，他的话刚一说完，局长夫人就笑着走过来了。她说："胡所长，局长说的话你可能没听懂。局长说的眼睛，哪是指人的眼睛。""那指的是啥？"胡业伟猛地一下瞪大了眼，两只耳朵像狼一样警惕地竖起来了。"他指的是你们党员、干部的纪律及规定，还有反腐倡廉的各项规章制度。"胡业伟的"穴"被点了一下之后，傻了眼。他不好意思地笑了笑，一个美好的梦也就此作罢！

龙局长就是这么个人。龙局长常说："当警察首要的一点，就是要有使命感和牺牲精神。"

“你坐下吧，我问你个事呢。”龙局长没做任何铺垫，就直截了当地丢过去一句话，“你所里还欠下同志们多少工资？”

“什么工资都不欠，都按月到位了。”胡业伟言语恳切地笑着说。

“你又在忽悠我，以为我不知道是不是？”龙局长一听就不高兴了，立即拉下了脸。

“局长，所里现在困难，欠大家一点儿工资有什么了不起的。”胡业伟见瞒不过局长，干脆就厚着脸皮叫苦要赖。

“胡业伟啊胡业伟，你要当好家，管好开支；不能只要骡子好，又要骡子不吃草！”

龙局长把手指在桌子上点了点继续说：“像陆骑兵这样的家庭，老婆工资出了问题，本人工资也被欠下不少，他上有老下有小，怎能安置好家庭生活？陆骑兵已经离岗参加培训去了，欠下的工资你抓紧办吧，我没闲工夫跟你磨嘴皮子，你过几天给我汇报。”

在龙局长一再过问下，半个月内胡业伟把工资给同志们补发了一半，余下的一半吩咐大家对外不要说还没发，更不能对局领导说，谁说了谁就是打他黑枪。

九

胡业伟每天夜里回家都很晚，一般在零点之后，凌晨 2 时以前，有时整个夜晚都不归家。胡业伟的老婆叫刘春兰，对他外边的情况不甚了解。不过刘春兰闻不得酒气，胡业伟归来时总是酒气醺醺的，这使得刘春兰很讨厌。

“桂花湖开发区王来福主任派人送来一张请柬，过两天是王主任老娘七十岁生日，你知道不知道呢？”刘春兰从抽屉里把请柬拿出来递给胡业伟。

“知道，王主任已经给我发过微信了。”

“你们所雷天明指导员和陆骑兵副所长接到请帖了没有？是不是一起去？”

“哈哈哈！”胡业伟仰天大笑，“王主任不会请他两个人的。他看不上他们。”胡业伟把话说得异常得意，好像这请帖是他下的，是他老娘的生日呢！

拿着鲜红的请柬，胡业伟就像看见了升官的任命书，血脉中有一股暖融融的东西在蠕动。其实呢，这纯粹是他的一种自我陶醉的感觉。

王来福今年五十六岁了，肥头大耳，大腹便便。但人不可貌相，而且，你很快就会知道他不是个等闲之辈。他引进的外资比谁都多。他身手不凡，工作能力超强。可以说，他算得上是个外丑内秀、经纶满腹的活宝贝。他人丑但工作成绩不丑！没用几年时间，开发区的一座座高楼大厦犹如雨后春笋般拔地而起，个个都称得上是地标性建筑。桂花湖公园也是他亲自引进的投资项目。人们看着桂花湖开发区一年年牛起来，不得不佩服王来福，称王来福确实是个不同凡响的人。在选人用人方面，他更是慧眼独具、说一不二，说要用哪个人就得用哪个人。这一点对胡业伟来说，特别有吸引力。

胡业伟给王来福老娘送去的礼金有几千元，用写有金色“寿”字的红色纸袋装着，于头天晚上独自以派出所的名义送的。按时下之风实在是小巫见大巫。那些重量级的工业园主出手就是好几位数。相比之下，胡业伟深感汗颜。不过他相信王主任不会计较的，新街派出所毕竟不是经商单位，不能同企业老板比，就像人不能同大象比一样。

让胡业伟耿耿于怀的是：他出门的行头太寒酸啦。他去时开的是一部过时的而且只有七成新的“野马”牌小车，几个负责接待的人不认识他，加之他的车不起眼，对他没有表现出特别的热情。同满院停的皇冠、宝马、天王堂、海王星、奔驰等小车一比，胡业伟的“野马”很像一只被烧伤羽毛的公鸡突然闯入凤凰群里。

入夜之后，王主任家爆竹声声，礼花飞扬，一片欢呼雀跃。胡业伟本想多凑一下热闹，却提不起胃口，支吾一阵之后就悄然离去了。在返回的途中，胡业伟对司机小丁说：老子一定要换一台好轿车，至少一百万元以上的。胡业伟说话的口气好像是在给谁下赌注似的。

十

光阴易过，日月如梭，一晃时令到了冬至。冬至一过，离过年就不远了。一直在官场上进进出出，走过风雨、走过坎坷的胡业伟，突然听到一个令他兴奋不已的信息：春节前后，桂花湖开发区公安分局领导班子将要进行一次较大的人事变动。现任领导成员，有的休息，有的淡出“二线”，有的要调换和增加新鲜血液。这信息犹如一声春雷，给他送来了及时雨。这些年他日思夜想的就是进入领导班子。信息的来源是昨天晚上，胡业伟同开发区副主任马清华一起在新世纪酒楼喝酒时，听他私下透露的。公安分局领导班子在桂花湖开发区这一块，除了局长、政委两个正官由上级部门任命外，其余副职开发区领导有敲定权。

马清华与胡业伟同年，他俩交往已久，如今都是奔四十的人了。两人既是酒桌上的好朋友，又是 KTV 的伙伴。

有一次，马清华在桃花池歌楼同黑道头目“狸猫”斗起狠来。在这种场合，玩家们都是以面子为大的，各不相让。但马清华的势力又明显不如“狸猫”势力大，已经被“狸猫”手下的几个马仔推推搡搡扯破了衣服，眼看就到了不好下台的地步。关键时刻是胡业伟接到报警及时赶去帮他摆平的，并要“狸猫”在仙人居酒楼置酒给马清华长脸，为马清华讨足了面子。从此，马清华视胡业伟为心腹至交，以兄弟相称。因此，马清华在第一时间把信息传递给胡业伟。胡业伟当然感动，他赶忙站起来给马清华倒了一满杯酒说：“谢谢庚哥！”马清华比胡业伟大一个月。

马清华是个世事洞明、人情练达之人。他嘿嘿一笑，说：“我告诉你吧，老庚，这件事有戏没戏，全靠你自己玩招儿。我只能点到为止。不是看在你我老庚加兄弟分儿上，我是不会私下违反组织原则的。你要想升官就不能手软，办起事来也不能畏畏缩缩、吞吞吐吐。别看你是派出所所长，社会这本无字天书，我比你读得多懂得多。”

胡业伟觉得自己的竞争对手之一就是高云飞。高云飞是刑侦大队大队长，这几年市里发生的重大入室盗窃案、劫持出租车案、绑架勒索案等，均是他领衔侦破的，他还被抽到省厅刑侦总队破过全国性的大案、要案。高云飞多次受到公安部和省公安厅的嘉奖，几次立下个人二等功和集体一等功。但胡业伟心里明白，在高云飞这样强势竞争对手面前，就像众多在竞技场上举重的顶级运动员一样，大家相差无几，也就一丝一毫之别，谁胜谁负全靠临阵发挥。胡业伟决心“提速”，他施展的手段就是去“跑官”。

胡业伟把自己的想法和对形势的分析做了一番盘算之后，告诉了老婆刘春兰。刘春兰十分有把握地对胡业伟说：“凭你这么多年在一些领导面前的‘感情’投资，应该没得半尺风浪。现在你再把步子挪大一点儿，多跑几趟，把关节打通一下，不就行了嘛！高云飞虽说工作业绩明显，但你们新街所的工作成绩也不是不明显，每年处理的群体性事件还少吗？领导不是常说稳定重于泰山、高于一切吗？按照这一思路，在领导面前，稳定就是最大的成绩。”

“要是你当领导就好了！”胡业伟被刘春兰说得哈哈大笑。

事实上，刘春兰说出了胡业伟的心里话，使胡业伟更加坚定了跑官的信心。

十一

春深如海的五月，阳光温暖着大地，鲜花开遍了原野。在这充满生机与活力的季节，高云飞迎来了新的挑战与机遇。

这一天，正准备吃午饭的时候，高云飞突然笑着对小丽说：“我出去一下，马上就回来。”

“吃了饭再走不行吗，什么事情这样紧要？”小丽做的菜已经端上桌了，然而高云飞还是出去了。

高云飞出门是临时生出的主意，他看见小丽炒了一桌子菜，像过节一样，心里一动，猛然意识到今天好像是小丽生日。于是，他急急忙忙要去外面的花店买一束鲜花回来送给小丽。他俩成家已经好几年了，作为丈夫，他为家庭付出的确实太少了。高云飞调任局刑侦大队大队长之后，还是和在110大队当队长一样忙，总是早出晚归，有时一连几天都忙得不能归家。家中的大事小情全靠小丽一人挑着，她还要照顾年迈的父亲和年幼的孩子，确实苦了她。所以，他要借此机会向小丽表“爱意”，祝她生日快乐。

高云飞买完花在经过附近的桂花广场时，在摩肩接踵的人群中，他猛然发现有个熟悉的身影闯入了他的视线。尽管那人的头发长长了，胡子蓄深了，鸭舌冒压得很低，但高云飞还是认出来了。

尤其是那家伙一双大大的、带有凶光的眼睛和那有着一长溜刀疤的下颌，给高云飞的印象十分深刻。那人就是他们刑侦大队通缉的重案疑犯，外号叫“刀疤脸”。刀疤脸身负命案，外逃多年。

高云飞再也顾不上向小丽送生日礼物和回家吃饭了。他将鲜花托付给一位做小生意的老太太，请老太太抽空送给他爱人。随即，他一面迅速向疑犯靠拢，一面用手机向大队其他领导及重案组传递了信息、方位和地点。

高云飞完全没有想到，这个通缉了几年，踏破铁鞋无觅处的疑凶，突然在这里与他邂逅。无论如何不能让这家伙再溜掉。然而，刀疤脸在溜到广场出口处时，发现有人在跟踪他，特别是在两人目光对接时，明显察觉到了一种可怕的东西在威慑他。他慌慌张张，准备大步溜走。说时迟，那时快，高云飞赶上前去，从背后一个扫堂腿，将他扫倒在地，接着一个饿虎捕食猛扑过去。

刀疤脸并不甘心束手就擒。在高云飞扑向他的同时，他呼地一个滚身，仰面朝天，拔出匕首，刀光一闪，刺向了高云飞。后来才知道，这一刀已经接近高云飞的生命禁区，生死就在瞬息之间。然而，高云飞并没有感觉到自己已经受伤。或许他是过于专注，过于聚精会神；或许是强大的意志及神圣的职业感所致，才没有觉察到被刺带给他的生命危险，自始至终没有任何懈怠。在围观群众的帮助下，他取下随身携带的手铐，将刀疤脸铐住。

可是，高云飞眼看就不行了……高云飞后来是怎样活过来的，他自己是不知道的。当时他的情况非常危急，差一点儿就救不过来了。是市委书记、市长亲自给医院打电话，让不惜一切代价全力抢救，才留住了他三十六岁的生命。

小丽是在两个多小时之后，被接到医院的。其实，这天并不是小丽的生日，而是高云飞自己的生日。小丽的饭菜是为高云飞做的，一直在等他回家吃饭。结果呢，左等右等，就是不见他的人影。饭菜冷了又热，热了又冷，反反复复热过几次还是不见他回来。按小丽的说法，高云飞脑子里装的全是案子和工作上的事情，家事和个人的事他从不用心去记。

在场的领导和民警们听了小丽的诉说，全都感动了。局长："支持丈夫工作的女士们劳苦功高，我们的民警不会忘记，年终总结的时候局里给你们戴大红花。"

十二

这是一个不寻常的城市之夜！

这天夜里，市政领导在人民广场举办国庆盛会，灯山火海，烟花烂漫，观看的市民涌动如潮。高云飞按局里的指示，安排大家执勤去了，自己则带着马小强在刑侦大队办公室赶写破案报告。

此前，高云飞带着战友们经过很长时间的苦战，历尽坎坷终于在千里迢迢的辽西山区的一家个体煤窑将一名潜逃多年的重案嫌疑人缉拿归案。按惯例，对重大案件的侦破过程，要向市局领导及市里分管的党政领导做书面汇报，目的就是总结经验、表彰先进以利再战。这也是刑侦大队侦破大案、要案后一贯的做法和主张。

可是这天夜里，高云飞出意外了。他腹部突然剧烈疼痛，一时间大汗淋漓，古铜色的脸膛霎时间变得雪白如纸。马小强见了吓得赶忙将他扶到沙发上，帮他把平时吃的胃痛药服下去，然后准备叫车送他去医院就诊。可是，待局领导接到马小强的报告急急忙忙赶来之后，高云飞已经恢复正常，病痛来得急去得快。可能是药物起了作用，他已经完全不痛了，看起来就像没生病一样。

高云飞见几位领导带着关切和惊讶的目光突然出现在刑侦大队

办公室的灯光下，他不好意思地笑着说："我已经没事了，估计是晚饭没吃好，胃受了刺激。现在好了，请领导放心，不会耽误明天的汇报。"

龙局长平时对高云飞关爱有加，现在看他和好人一样也没在意，就严厉地说："云飞，领导不是担心你的工作任务完不成，是要你注意身体，身体就是资源，就是生产力。今后局里还有好多工作等着你们去完成呢！过完十一黄金周之后，公安部要召开全国公安战线英模工作表彰大会，省公安厅领导点名要我们局安排你去参加，这是全国性的会议，既是荣誉又是压担子，马虎不得！"

"真的？"马小强听说之后，喜得蹦起来了。

"公安部的这次表彰会开完之后，省公安厅还要接着开。"龙局长接着说，"局党委已经研究了，决定还是由你去参加。"

高云飞往年去北京参加过这类大会。他曾经想过，若再有这种机会，就让刑警队其他同志参加，或者其他科、所、队同志参加。既然省厅领导做了安排，他也就不再说什么了。

次日，有人告诉高云飞一个消息：公安分局领导班子在春节前后要调整，提示他有时间去几位领导家争取一下。其实这个消息高云飞已有耳闻，但他除了工作、破案、抓捕，不会把这种事放在心上。

十三　派出所所长

由于所里根本没钱，不但没钱，相反还欠下许多债务。针对这一情况，胡业伟只好下决心着手筹措资金。他把所里的工作交给指导员和重新上岗的副所长陆骑兵暂时负责，他自己去了一趟深圳。

胡业伟有个要好的同班同学叫张子雄，在深圳开了一家建筑公司，自己出任总经理，年收入在六千万元以上。得到这一确切消息之后，胡业伟就打定主意要去一趟深圳。

深圳是我国沿海地区一座新崛起的大都市，高楼大厦如林如海，灯火辉煌日夜不分。踏上南国的这块热土，胡业伟立即激情如潮，感慨万千。就这一趟，张子雄给他解决了二百万元。这令他大感意外，他没想到张子雄这么够朋友。

胡业伟的好心情延续了好长一段时间，以致新街派出所整个辖区的群众都察觉到胡业伟从深圳回来发了点儿小财。

这天吃早饭的时候，一位曾经借过钱给新街派出所的女人对她丈夫说："六福啊，听说新街派出所的伟哥，最近从深圳一位朋友那里给所里借回了二百万元，心情蛮好，很好说话，你去把我们借给他们所的几千元钱讨回来，行不行？"

"讨不到的！他们所欠的债多，浑身都是蚤子。"

"伟哥那人也真是的，这钱还不知道要等到什么时候才能要得回来。他还说给我们算高息呢，鬼晓得他将来给不给利息啊。"

"当初我就叫你不要借钱给他的，可你就一心想着他给你算高息，我说你是白日做梦吧！"

"哪里晓得他这样不诚信。"

收拾碗筷的时候，女人还是不甘心地说："六福啊，我看你还是去一下吧，快过年了，讨一个算一个，无非就是多说几句好话，看伟哥怎么回答。你把他们所的借条带在身上，注意不要弄丢了。"

按照人之常情，快过年了，胡业伟是应该给借派出所钱的人多少还一点儿的，但胡业伟权衡再三，他不敢在还账上动用张子雄给的二百万元，那是他要拿去办"官"事的啊！他懂得在官场上行走的人，出手一般都比较大。他还想留一点儿余地，万一没钱用怎么办？面对债主，胡业伟已经无计可施。他拿定主意：对来所讨钱的人，只有一律采取说服的办法，这也是他的强项。

六福是上午 10 点钟走进派出所大门的。来早了他怕胡业伟不高兴，说他一早晨就来讨钱不吉利。他只好在人民广场转来转去，抽了五六支烟之后才一步步走来的。其实六福来得已经晚了，8 点多钟派出所已经陆续有人来讨钱，男女老少都有，都是冲胡业伟那二百万元来的。现在，坐在派出所接待室的人已经有七八个了，王小木的姐姐也在其中。胡业伟正在笑眯眯地给他们做思想说服工作。

“这钱是准备筹建派出所办公楼的，用不得，用了，办公楼就建不成了。新街派出所才成立两三年时间，基础建设很差，没有哪一样是达标的。”说到这里，胡业伟哈哈一阵大笑，“为了把办公大楼建起来，我巴不得你们这些人再借点儿钱给新街派出所呢。”

大家一听，心就凉了，但又觉得伟哥说得也在理。

六福来时，连话都没说一句，不声不响地挨着别人坐了下来。如今他像接受了一场思想教育似的，心里凉了一阵之后，立即又回暖了、感动了：原来胡业伟是个好人，是个很有事业心的人，原来他借钱是为了筹建派出所办公大楼。派出所是我们大家的派出所，各项建设要合乎上面要求，不能拖后腿。

“办公大楼一旦建起来了，对你们所有人都有利，你们都是我辖区的服务对象，办什么事就方便多了。大家说是不是呢？”

“胡所长说的话是个理，派出所建办公楼是好事，我们应该支持。不过，那我们这些人的钱，什么时候才能还呢？”

问话的人是王小木的姐姐，她的钱已经讨过好几次了。当初他弟弟去借钱时，说过几天就还，她买房子急需这笔钱。

六福听了很高兴。他也正想知道胡所长什么时候才能还钱，希望能给他交个底。

“请大家放心。现在我说不出还钱的具体时间，不过我绝不会让大家的钱白白借给派出所的，到时候我会按原定的利息，给你们多算一些作为回报。”

话说到这个份儿上，再磨嘴皮子也是枉然。谁能保证今后没有事情找派出所呢？这些债主多少对老胡还是有些了解的，得罪他等于得罪派出所。只是不知道胡业伟说的话是真是假，大家半信半疑。最后，一个个抱着希望而来，带着失望而去。

胡业伟非常欣赏自己的鬼心眼儿，他把跑官的钱，说成是筹建派出所办公楼的钱，立即赢得了债主们对他的信任和支持。特别是六福，一回到家里，就在他妻子面前表扬胡业伟：“他是个好人，一心在创业，一心想为派出所建办公大楼呢。”

十四

时间很快就走进了腊月。过年的气氛逐渐浓郁起来了，人们的脸上都有一种期待的痕迹滑过，大家乐呵呵地开始准备过年物资。胡业伟也开始了高速运行，把日子挂在高速挡位上。他自驾小车，东进西出，筹备物资。然后，再去领导家中闪亮登场。胡业伟把带给领导的东西，做了精心打理，采用了“变通”术。胡业伟的这一变通手法，是因为他以前连续几次给局长送红包时，局长总是说注意一点儿有眼睛看着呢，弄得他莫名其妙。后来经局长夫人指点才知道局长说的眼睛指的是党的干部纪律。因此，这回胡业伟把要办的事情，做了技术性处理，既使自己安全，也使对方放心。当然，他也担心送去的东西又被主人送出去了，那就真是竹篮打水一场空。所以，他再三嘱咐主人，东西只能留给自己。

这段时间，胡业伟或许是过于疲劳，常常深更半夜回到家中，连手脸都没洗，就倒在床上呼呼大睡。刘春兰说他不讲卫生，把床铺弄脏了，推他搡他，他竟然一无所知，睡得像肥猪一样沉。功夫不负有心人，他的“官事”办得顺风顺水。在欧阳胜家中吃晚饭时，欧阳部长说：“胡业伟，你以后就不要像无头苍蝇一样到处乱飞乱跑了，免得旁人看见说三道四，反而弄巧成拙，影响不好。你是派出所所长，工作实绩也有许多亮点，提拔起来当个副手，也不是多么大不了的奢求。再说了，年轻人不挑革命重担，谁个来挑呢？”

欧阳部长倒也幽默，将一个严肃的话题说得这么轻松，把胡业伟都逗笑了。

“到时候，我跟开发区王来福主任及你们分局龙局长打个招呼。关键是上去之后要再接再厉，更好地做出实绩。提拔干部本身也是对干部的挑战，你说对不对啊？”

胡业伟不断地点头。胡业伟一高兴就又加上一句：“欧阳部长，我拿来的茶叶，一定是要留着自己喝的啊！”

王主任的家，胡业伟已经去过几次。王主任给胡业伟吃的定心丸，同欧阳部长的定心丸是一样的。王主任和欧阳部长二人或许交换过意见，统一了口径。因此，王主任也是叫胡业伟好好工作，不要四处乱撞，领导心中有数就行了。

其实，在领导们的眼里，多提拔个把副职是小菜一碟，算不得什么大事，乐得做个顺水人情。下面的副局长撑死了也就是个副科或正科。一个单位，副科或副科级多几个并没有什么害处，相反，还能调动人的积极性。老百姓早就说过：“乌鸦”变凤凰，只要背后有人，也不是很困难的事情。所以，话都说得豪迈亮堂，让胡业伟听了情绪高涨、热血沸腾。

末了，胡业伟又拉着花园山庄的王胖子经理一起，到王胖子当副市长的舅兄家跑了一趟，把事情办得牢上加牢、万无一失。唯有龙局长家里胡业伟没有去。胡业伟认为：有了欧阳部长和王来福主任出面做工作，龙局长不会反对。胡业伟觉得要办的事情已经大功告成，就像生意人拿到了提货单一样，只等人事变动的那一天到人事部门去提货。胡业伟似乎已经看见闪烁在前方不远处的灿烂前景，他美好的心情仿佛一下子又回到了刚开始当派出所所长时的那阵子。还未见到任职通知，他就对一些熟人、朋友说他马上就是副局长了！

这年年底，公安分局自上至下忙着评比和筹备年终总结大会。办公室张主任拿着起草好的总结报告找龙局长批阅，其他副职和政委也都分头到各科所队协助搞总结评比去了。一时间，全局上下搞得轰轰烈烈十分热闹。可是就在这个忙忙碌碌的日子里，局里连续发生两件意想不到的事情。一是胡业伟出车祸了，二是高云飞病倒在追捕归途中，而且这一天还是人事部门下达公安分局副局长任命书的日子。

任命书是上午 10 点钟发下来的。当时，胡业伟恰好在分局办事，他以为是自己的任职通知下来了，心情一下子激动起来。可是，当胡业伟读完任命书之后，立即心如死灰。那叫人日思夜想的任命书上，只有一个人的名字。那名字不是胡业伟，是高云飞。

这时他才觉得：在要找的人挨个“跑过”之后，梦想仍在远处。在远离山水的人间；在深山密林的古刹钟声之后；在没有杏花烟雨的山坡任狂风飘忽。剩下的，只有心灵的疲惫，斑斑点点的伤痕！来日，看他人升官，看朋友任职，看自己一个人坐在傍晚的河边枯树下望冷风残月……

胡业伟开着所里新买的小车，就上了大街，谁也不晓得他要开往哪里，更不知道他要干什么。或许胡业伟什么也不干，只是释放一种失落的情绪而已。可是，他出车祸了。他因为心情不好而精神恍惚，失去自控力，导致车身不稳，一时快，一时慢，结果“轰隆”一声巨响撞到路边水泥杆上去了，立即车毁人伤。幸好是午后1点钟左右，街上行人稀少，总算没有伤及无辜。

后来才知道，胡业伟的庙堂之梦是被他自己的朋友捅破的。他们听说胡业伟要提副局长觉得不妥，就向人事部门点了“水”，反映胡业伟是“牛皮袋子”“玩家”，等等。胡业伟在梦中为自己搭建的海市蜃楼，顷刻之间轰然倒塌，成为一片废墟。

十五

就在胡业伟发生车祸的同一时间段，高云飞也出事了，他倒在追捕归途中，离大家而去，让领导和战友们心疼不已。

高云飞是几天前去大理追捕逃犯的。他接报，称失踪了一年多的重案犯罪嫌疑人艾文通，近日在云南大理露面了，暗中仍然做着贩卖毒品的勾当。艾文通原是雷非洲毒品走私案中的“二号头目”。整个案件侦破之后，五名犯罪嫌疑人已有四名到案，唯有艾文通漏网，一直潜逃藏匿在外。机不可失，高云飞立即请示领导前往抓捕。临行时，局长一再嘱咐他把胃药带上，记得吃，身体不能出问题。

见高云飞点头说带了，龙局长又语重心长地说：“艾文通是个亡命之徒，身藏枪支，心狠手辣。你们要高度警惕，能捕就捕，不能捕暂时别惊动他。去了之后，一定要获得大理警方的支持，方能行动。”最后，龙局长还要他们四人个个活着回来见他，缺一个就要拿高云飞是问。

“请领导放心！保证完成任务！”四个警察高大威猛，一齐立正敬礼。

云南大理一带地形、地貌十分复杂，流动人口较多，狡诈的艾文通就是利用这些条件巧妙地隐匿自己。艾文通行踪诡秘、居无定所，很难掌握他的真实栖息窝点。高云飞四人同大理警方联手，一开始的几天，实施了几次夜间秘密行动均扑空了。随后，艾文通还在他们的视线里失踪了两天。不知道这家伙是察觉到警方的行动了，还是另有蹊跷，大家一时摸不着头脑。高云飞十分着急，好在两天之后，这家伙重新露出了水面。后来，是在一家酒店的赌场里将其抓获的。应该说，这次远征还是很顺利的，任务完成得也很出色：没响一枪，没损一员。

遗憾的是，在凯旋途中，在回到自己城市的家门口，高云飞突然在车上呻吟起来了，叫“胃痛”。他可能有了什么预感，慌忙拿出手机给局长打电话。

“龙局长，我是云飞，现在向你报告：艾文通抓到了，带回来了，我们四人也都回来了。”

“云飞，你们辛苦了！”可是，龙局长才说了这极其简短的一句，高云飞就坚持不住了，汗珠如雨点般从额头上淌下，铺天盖地。他已经坐不稳了，开始在座位上左右摇滚，病情同十月一日深夜的情况很类似。马小强慌忙把警车停下，从队长身上拿出特效去痛片帮他服下，希望能像十月一日深夜一样有个奇迹出现，药到病除，立马就好。然而，这次药物失灵了，奇迹始终未能出现。眼看队长的病快不行了，大口大口喘气都很困难，几个警察被吓住了。马小强当机立断，叫小赵用手机赶快向局长、政委报告，自己则以超常的速度将高云飞送到人民医院。可是，这时的高云飞好像已经不行了，前后也就二十几分钟的样子。一同归来的几个警察，看着与自己走南闯北、并肩战斗的队长的生命即将结束，一时泪如泉涌，失声痛哭起来。

为了求得高云飞生命中的最后一线希望，局领导、市领导赶来之后，仍然请医生不惜一切代价进行施救。但是，救死扶伤的医生们采取了各种救护措施，都未能将高云飞留住。高云飞还是未能看一眼朝夕相处的领导和战友以及亲人，就永远地合上了眼睛！

什么原因使他走得这样急迫？即使胃出血也不可能啊！医生确诊不了，高云飞的家人和亲戚、朋友更是感到万分震惊。高云飞才三十多岁，是个血气方刚、身强体壮的铁血警察，从未听说过他有什么大病。然而，一个年轻鲜活的生命怎么就戛然画上了句号呢？而且走得如此匆忙。是不是陡然间染上了什么无法确诊的急病、怪病呢（那时还没有什么新型病毒一说）？是不是中了什么人的圈套，或是被人暗中陷害了？一时之间，众说纷纭，百思不得其解。

龙局长只得将这一情况报告给省市两级领导。省政法委书记、公安厅厅长获悉后，同样震惊不已。“一定要弄清高云飞的死因。”厅长在电话中指示：“否则，对不起他的亲属，也对不起组织和高云飞本人！”

市委书记也做了同样的指示：“一定要给他的亲人、组织以及高云飞本人一个说法！”

别无选择。唯一的办法就是解剖！

其实，高云飞生命即将走完，他本人已经预感到了。“胃痛”只不过是他长时间坚守的一个“秘密”。

一年前，高云飞因为经常“胃痛”悄悄地看过医生。医生给他做过B超检查，报告单上已经清楚地写明了高云飞肝部患有肿瘤，属于不治之症。但是，高云飞把这张B超检查报告单不声不响地锁在自己办公室抽屉里，悄悄地把重大病情隐瞒起来了。

他没有把自己的痛苦告诉父亲和小丽，怕的是一家老小为他担惊受怕，为他到处借钱治病。同时，他也不忍心让一家老小因为自己的病遭到无法忍受的折磨与打击，父亲年迈、妻子年轻、儿子年幼，他不忍心在他们的头顶上笼罩死亡的阴影。他也没有对朝夕相处的领导和战友们讲，怕领导安排他住院，怕花国家大笔钱财；就连亲戚、朋友也没有告诉，他怕拖累所有人。他把一切的压力全扛在自己肩上。而且，他还一直带着重病在顽强地坚持工作，直到这次倒在岗位上。

倘若不是通过解剖，高云飞的死因仍然是一个无人知晓的迷雾。更加让人揪心的是，他人走了，还留下了许多因购房借下的债务。这个结局让公安局上下领导和战友们心酸不已，大家几乎无法想象这位铁血警官是在用怎样的毅力坚持工作的。

最痛苦的人是小丽。小丽没法接受这个现实，她伏在高云飞身上哭得死去活来，一时间谁都劝不住。她是如此爱她的丈夫，爱他结实强壮的体魄，爱他吃苦的精神，爱他的毅力与恒心，爱他的纯朴与善良，爱他公而忘私的情怀，爱他人生的每一个片段、每一个细节。可是，她现在失去了他，她的心被丈夫带走了。

整个夜里，她一直守候在高云飞身边。她坐在那里，原本是醒着的，却又不断地在做梦。她梦见自己带着阳阳和丈夫手牵着手，在月光流淌的桂花园中散步，月光如银，桂花飘香。她梦见高云飞又立功了，手捧鲜花站在领奖台上，如一株青松般巍然挺立，她和孩子在台下为他鼓掌，笑盈盈地，一脸阳光。她把高云飞的警服挂在床前，她感觉小飞仿佛就是出差去了，要等他重新归来！

这之后，组织上专程拜访了高云飞七十多岁的老父亲。老人家抹着眼泪一面回忆一面说：“小飞在家时有好几次深更半夜才回家，我发现他悄悄地站在我床前，也没有开灯，好像有话要跟我讲。待我完全清醒过来之后，问他是不是有什么事情。他说没事，只是看看老爸的被子盖没盖好，说完就走了。好几次都是这样。现在回想起来我才明白，小飞那是晓得自己日子不多了，见我老了，有些放心不下啊！”

老人拿来一张写有字的材料纸，是小丽在清理衣物时，在高云飞警服口袋里取出来的。纸上写的内容：一是叫父亲不要哭；二是叫家里不要向组织叫困难，想办法还清他遗留下的购房债务……

关于提职的事高云飞还不知道，因为局领导没有打电话告诉他，同志们也没有打电话告诉他。大家有一个共同的心愿就是等高云飞凯旋之后要当面给他一个惊喜，只是大家没有想到这份惊喜成了一个遗憾。

十六

经过医生几个昼夜的抢救，胡业伟总算从阎王爷那里被拉回来了，让他从昏迷中睁开了眼睛。但是，躺在病床上的胡业伟记忆出现了断层，好大一阵他都不知道自己身处何方，更不知道自己怎么成了这个样儿。他流露出来的眼神，依然是在急迫中等待、在迷茫中渴望。

胡业伟听说高云飞虽身患重症依然远途追捕，最终在完成任务后倒在了工作岗位上，永远地离开了战友们，得知这个消息后他震惊不已。他长吁短叹，感慨良多。他知道自己同高云飞相比，虽然处在同一起跑线上，却不在一个等量线上，他与高云飞的差距很大。高云飞的突然离世对他触动很大，他意识到自己缺乏一名人民警察应有的思想境界和奉献精神，每每想起这些就十分难过、自责不已，他觉得自己有辱“警察”二字的使命。

一个休息日的夜里，胡业伟把自己关在家中，独自抱着酒瓶喝得酩酊大醉，然后双手抓住头发伏在桌上一顿哭泣，骂自己当初为什么那么虚荣。他的内心仿佛经历了一场暴风骤雨式的袭击，使他躁动不安。从头至尾地想一想，他突然感觉自己仿佛做了一场噩梦，笑自己幼稚、荒唐、不自律。梦醒之后，他终于从阴霾中走出。

他开始重新设计自己的人生道路，他要向高云飞学习，重新起步，从零开始。他立志不活出个人样来，就像项羽一样不见江东父老。从此，他不再为那点儿“官事”到处奔波，找人疏通。他见案子就上，处处做出所长的表率。严打期间，局里给所里下的追捕任务难度很大，但他眉头都不皱一下就把任务接下了。那段日子，他带着全所民警走南闯北、内查外调，一起蹲坑、一起守候、一起吃方便面；他还因感冒体温逾 40 度也不休息，拼死拼活地硬是圆满完成了任务，第一时间受到了局长的表扬。

他的烟戒了，酒也戒了，天天上班第一个到岗。他简直如脱胎换骨般地换了一个人。更加让人想不到的是，他为了逃离过去，改造自己，居然挑战自己的生命极限。

事情发生在一次抗洪救灾中。面对狂野不羁的滔滔洪水，他仗着自己的水性好，一次次地冲进激流险区，接二连三地背出好几名被洪水围困的孩子和老人。他显得十分坚定与顽强，每经历一趟成功的救援，他苍白的脸上就会绽放出白菊花一样的团团笑容。不幸的是，他后来被一股强大的浪头给卷走了。

对于胡业伟的死，大家都很伤心、难过，而且还有一点儿惋叹与惊讶。起先，为了进局领导班子，他脸皮那么厚，到处花钱找人开路，让人看不起他。可是，后来在高云飞精神的感召下，胡业伟发生了如此大的转变，现在出现这样的结果怎能不叫人伤心呢？他的生命是定格在抗洪救灾中的，他死得其所、死得光荣。

后来，龙局长跟大家说："我们每个人可能都会有误入歧路的时候，也难免有过失和做错事情的时候，但是，能知错改错就是好同志、好警察，胡业伟就是这样知错改错的好警察。"

龙局长说得对，他是个知错改错的好同志，同样是我们警察队伍里的抗洪英雄！总之，他用实际行动改写了自己的人生，终于同高云飞一样，用青春与热血，在共和国人民公安的史册上写下了最具灿烂色彩的一笔！

警察笔记

一 “黑山风”

三县（市）九岭治安联防工作会议，整整开了一天，散会之后，时间就不早了。

太阳快要落山时分，派出所单所长才走到芦家山，离他的驻地公安局桂花岭派出所还有十七八里山路。单所长说好叫民警张小东开车来接他的，可情况突然有了变化，局里发生了大案，因追捕紧迫，人和车全都被统一调用了。单所长一时没有更好的办法可想，只有步行了。

这一带，山高林深，大树参天，沿途阴森森的。而且，过了芦家山，别无村落，加之单所长是单身外出，且处在毗邻县境，因此，他想在天黑之前走过桂花岭界山的分界线。过了分界线，虽然还是无边无际的茫茫群山，但那已经是自己的辖区了，一切都是熟悉的。

“呃，那不是桂花岭派出所所长老黑嘛！”刚出村口，不知是哪个对单所长嚷了一声。

单所长，叫单雄信，与《隋唐演义》中的单雄信同名。有出京戏叫《锁五龙》。戏中的五龙就是好汉五哥单雄信，为人特别仗义，贾家楼与之结拜的兄弟个个喜欢他。就因为与戏中的五哥同名，邻县几个村庄的村民除了办事时称他单警官或单所长外，平时的日子便直呼他“五哥”，尤其是一些比他小的年轻人。五哥是一种戏称。当然，这与人们喜欢《隋唐演义》中这一历史人物是分不开的，虽说是戏称，但听着倒也亲切，时间一长大家也就习惯了。而眼前这个人，却大大咧咧地呼他“老黑”，听上去有些怪怪的。

“什么老黑？是我脸黑，还是我心黑啊？哼，管得狠一点儿，就说我黑！”单所长低语。

一个三十多岁的汉子，挑着一担粪桶站在单所长右前方的坡地上。坡地上长满了各种各样的庄稼，青黄不一，飘着花的香味。

他瞪着两眼望着单所长，那眼睛像探照灯一样闪着。另外，除了一群“哇哇”乱叫的“乌鸦”在山谷中盘旋呼唤夜幕以外，四周只有这一个人。

这伙计身板粗壮，浓眉小眼，嘴巴被一圈胡子包着，说话喉音重。他可能正在往园里挑粪。

“黑所长，你真是稀客哩！”他像是长时间在留意或等待某种机会的到来似的。见了单所长，他赶忙丢开手里的活儿几步奔下坡来，背着手堵在单所长面前丈把远的地方。他脸色铁青，表情复杂，却显得十分得意。

“你是芦家山的吧，你想要干什么？”从他眼里的目光来看，单所长立即明白他来者不善。单所长也很慎重地投去了警惕的目光。“你想要干什么？”单所长又重复了一遍。

“太平洋的警察，管得挺宽哩！”他猛一挺胸，洒脱地一笑，做出山里汉子无拘无束的野蛮劲儿，意思是说单所长是外县的警察，不应该跑到他们通阳县来。

“警务在身你都不懂吗？有什么事情你就明说吧，不要这样拿腔拿调的，天快黑了，我还要赶路呢！”

“我就是有事！”

“那你就讲，不必张牙舞爪！”

他跨前一步，用一种气势汹汹的目光，在单所长身上扫来扫去，好像要在单所长身上搜寻什么似的。

糟糕！单所长的心猛地一下子拉紧了。这伙计万一抢他的枪怎么办？他能鸣枪吗？恐怕不行吧！一瞬间，单所长察觉到了问题的严重性。虽然手中有枪，但是他绝不能射击。因为对方明显是个农民，枪口岂能对准农民朋友呢？“瞧他那么得意，那么一副居高临下的样子，到底是什么事呢？”单所长想。但单所长一时也想不明白，特别是对方那瞪得圆圆的眼睛，让单所长强烈地感到在被人挑衅。单所长有点儿毛了，很想发一顿脾气，但单所长立即明白：这里不是自己的辖区，他也不属于自己的管理对象，自己是在人家的地盘上。单所长心里很是生气，但又不想多理他，准备抬脚赶路。“本来天色就已经晚了，还偏偏生出这等麻烦。”单所长想。

“嘿，你想走？”单所长刚一起步，这伙计一个箭步跨过来，想将他拦住。

单所长迅速闪到路的一边，以防万一。

“请你把五百元钱退还给我！”他并没有动手，只是把“请”字说得重上加重。单所长明白这是故意捉弄人的口气，是在讽刺呢。

“这五百元钱是你杀黑杀去的。我为什么喊你老黑，这不明摆着嘛。你忘记了，可我记着呢！”

单所长终于想起来了：“这小子叫芦大柱。”

芦大柱的外号叫“黑山风”。

所谓“黑山风”，是一种令人生畏的对树木庄稼摧毁力很强的山风。他提出的问题已经是几年前的事情了。

那年隆冬，一个雪后初晴的日子，芦大柱独自一人在大龙山山窝偷砍树木。

当时，单所长、张小东、廖一飞三人办案归来，正走在大龙山的林间小道上，突然听见有锯子摩擦的声响，立即明白了是怎么回事。

单所长他们对偷树的人很恼火。由于这些人的乱砍滥伐，给森林资源、林区生态造成了严重的不良后果，好多珍稀苗木已经遭受到了程度不同的损害和流失。

“小心，不能让他跑了！”单所长对身边的两个民警说。

大龙山距杉树窝只有二三百米距离，听见锯子沙沙的摩擦声，他们赶忙散开，从三个方位包抄过去。一刹那工夫，单所长他们就来到了盗树现场。

但芦大柱一点儿也没有察觉到自己已经被包围了。“沙！沙沙！”他仍然在忙着呢。旁边雪地上已经放倒了好几棵大杉树，还在锯个不停。

“好啊，老兄，你胆量不小，竟然敢来这山上动锯子！”张小东和廖一飞，突然出现在他面前，“黑山风，你真是名不虚传啊！砍这么多？恨不得把一座山都搬回家去吧！”

“娘哇……”芦大柱因猝不及防，吓得大叫一声，差点儿倒在地上。

深更半夜，在这荒山野岭、万籁俱寂的森林王国里，他因受到惊吓发出的叫声一下子传得很远很远。

“罚款一千元，还要写认识。”回到所里，单所长向他宣布。

可是，芦大柱不吱声，低着头默默地站着，一副颓废丧气的鬼样子。

“限你三天之内交罚款，听见了吗?”廖一飞说，“偷树那么大的牛劲，现在变成熊猫了?”

芦大柱仍然不吱声，盘弄着手指，呼吸粗重，鼻孔像塞上了什么东西。

“黑山风，你一次偷那么多树，路途又远，得多长时间运得出山啊?难道你一整夜都不打算睡觉吗?难道你老婆不管你吗?”小张问他。

但是芦大柱还是不吱声，过子一阵子他才说：“所长啊……我……我不想活了，你们一枪崩了我吧……”

“为什么?”单所长说，“你盗几棵树，因为怕处理，就不想活了是吗?你的命那么不值钱吗?再说了，按照《治安法》和其他有关法的规定，你是应该被罚款的懂吗?而且，你也不是第一次了，你是一犯再犯的人!”

芦大柱还是不吱声。他沉默了很长时间，才结结巴巴地说，他喜欢赌博，输了好多钱，赢家找他要钱，不然就要“做”了他。他被逼得实在没办法了，才斗着胆子来干这种事，已经同买家说好了，没想到还是被抓住了。

“看你说得多好听啊!输得太多了，哪个要你赌博的呢?再说了，你也不能总是这样吧?”单所长批评他。

他不好意思再说什么了，眼泪在他的眼眶里滚来滚去，三十多岁的人像个大木瓜，没有一点儿灵气。

当然，不管他输多输少，还得处罚。不过根据他的情况，单所长给他减到了五百元，算表示一下。这已经是最够意思的了。

芦大柱有一点点感动，第三天下午，在规定时间的最后时刻，他把钱送来了。

“你是要找我的麻烦吧，大柱？”单所长说。

“不是。”

“不是那是什么？”

“真的不是。”

芦大柱摇了摇头，不承认是要找单所长的麻烦。他说：“我一个满身泥巴的老百姓，哪敢跟你这样拿枪的人找麻烦，嘿嘿，那不是拿鸡蛋往石头上砸嘛！我就明说了吧，我要你把那年罚我的那五百元钱退还给我！”他笑眯眯地抽着烟，瞄着单所长，看单所长怎么说。

“为什么？”单所长没多理会他，心想现在依法办案，有错纠错，还可以向上反映，“当初，本可以从严处罚的，看你认错态度还算好，又反映了些问题，才处罚五百元的，也没拘留你。如今你还有意见，真是狗咬吕洞宾，不识好人心！也太不仗义了吧，大柱？”单所长理直气壮地反问他。单所长以为芦大柱会一触即发，没想到芦大柱反倒冷静下来了。显然，此时的芦大柱已经不是几年前的芦大柱了，从衣着到精神面貌都大大变了样，他说话大咧咧的，好像满有底气似的。

“我不是那个意思，不是说你罚款罚错了。”他晃了晃头继续说，“现在同样还有人偷树，同样有人乱砍滥伐，若不处罚，山上的树木再多也会被偷光；林业资源再丰富，也会流失。”

“呵呵，说得这么好听还记着我的旧账，逼我退罚款呢！你可真是能耍啊，大柱！”

“你要知道，我是警察，依法办事是我的职责。我不能无原则地向一个胡乱扯皮的人让步，懂不懂？在我们林区，我的职责就是保护森林资源，懂不懂？哪个叫你毛虫吃过界，偷到我们管理的地盘上去了呢？”

“应该退钱！”芦大柱张开鳄鱼一样的大嘴巴，又洒脱地一笑说，“你不要老是问我懂不懂，我猜想你自己有些事情都不一定了解呢。我再明跟你说了吧，现在山林的使用权变了，你可能还不知道，我曾经偷过树的那座山在落实林权改制、林权到户政策时已经分给我家了，山上的树不论大小统统是我家的了。我那年偷的树，也算是自己偷自己家的树了吧，对不对？所以，你应该把那年的五百元罚款退还给我。”

芦大柱说的事情单所长多少知道一点儿，是关于林权改制、林权到户的问题。这是个新问题，比较复杂。为了有利发展林业生产和方便管理，他们芦家山的山林土地，要划到单所长这边的桂花岭林区；桂花岭林区有的山林土地，要划到芦家山那边。上边有精神，只是没料到实施得这么快。

“有这么巧的事情吗？”单所长说。

“就是有这么巧的事情呢！”芦大柱说，“古人说得好，三十年河东，三十年河西。”他一边说，一边笑，还打哈哈，好像这是飞来之食，让他高兴死了。

“你莫喜过头了，大柱。这次落实林权改制、林权到户政策的目的是更好地发展林业生产懂不懂，不是叫你借机扯皮的。”单所长提醒他。

天黑了，像要下雨。风把所有的树木摇得呼呼啦啦响个不停，崖边上的歪脖子树，有的已经翻倒在地，有的倒挂在崖壁上。

天幕上看不见星星。云越积越多，尽是一团团争先恐后、亡命奔跑的乌云。虫声唧唧，一时收敛，已经这么晚了，芦大柱还缠着单所长不让走。

“你应该退钱给我，不然天再晚我也不会让你走的。”芦大柱开始耍赖。

一阵儿之后，风停了，大山中像海浪一样归于平静。

村民组长得贵叔听见声音走过来了，他不知道发生了什么事情。得贵叔是位老村民组长，他和单所长挺熟的。他们一起处理过山林纠纷，一起喝过酒。他一看是芦大柱冒冒失失地拦着单所长不让走，就不高兴地说：“大柱，你往地里挑粪的人，把人家桂花岭的单所长挡在路上干什么呢？有什么天大的事情非要在路上说吗？你知不知道这样做不礼貌啊！”

“我是找他退罚款哩，嘻嘻！”

“你要退的是什么罚款呢？”

芦大柱没有吱声，只是嘻嘻地笑了一下。

得贵叔可能明白了什么，就说：“你个男子汉年纪轻轻的，怎么能这样对待事情呢？单所长在我们这儿也算是老熟人了，左邻右舍，一岭之隔。赶紧让人家所长走路，天不早了！你以为人家是在玩吗？没事吗？告诉你吧，派出所的事情一天到晚都有，耽误了人家办事，你可要负责任的啊！”得贵叔黑着脸，把他吼了一顿。

芦大柱这家伙还是很听得贵叔的话的，一瞬间就变好了，连忙望着单所长眯眯笑。他一边摇头晃脑，一边转过身吹着口哨挑粪桶去了，一副若无其事的样子。

单所长向深山里走去。“路真黑，有月亮就好，没得月亮有星星也好，可是，什么都没有。”单所长想。

单所长摸了摸枪，“嗨”了一声，总算没出什么大乱子，只是现在时间晚了点儿。山泉的声音挺悦耳，山花的幽香也挺好嗅，青山绿水的气息令人沉醉。可是，单所长顾不上这些了。因为天黑，他仍然担心路上不安全。入夏之后，有一种蛇白天躲在山上，一到夜晚就喜欢跑到路上来乘凉，踩着了，咬你一下，算你走运啦！弄根棍子吧，单所长只好用棍子一边拨弄一边走。这是他儿时就晓得的土法子，叫打草惊蛇，挺保险的！

快上桂花岭了。上完岭，这十几里山路就算走一大半了。单所长一高兴，《老警察》的歌曲也随之溜出了口——

那一年，进警营你一身阳光。
为梦想，你有使不完的力量。
跟师兄，学业务生龙活虎。
觅踪迹，追逃犯走遍四方。
你风里来，你雨里去，
不怕艰险，努力拼搏，奋勇向前。
节假日，家人团聚你仍在上岗。
你常说，万家欢乐你才欢乐。
你常说，万家平安你才安详。
老警察啊！老警察！
你把咱老百姓的平安与幸福总放在心上。

你如今，两鬓飞霜一脸沧桑。
秋风来，梧叶落减少了阳刚。
转瞬间，青葱岁月已成过往。
但你说，为了平安那又何妨。
你风里来，你雨里去，
咱老警察，更要站好最后一班岗。
但你说，奖金和奖状你不稀罕。

头上警徽，才是最好的勋章。

人民满意，才是最好的奖赏。

老警察啊！老警察！

这就是你一生的追求与梦想。

……

可是，他还没有哼完，就被噎住了。原来，在桂花岭的出口处，透过朦胧的天光，有个人影在晃动，嘴巴里还不停地在吼：“啊嗨！啊嗨！啊嗨嗨……”

那声音十分浑厚，被沉沉夜色抛得很远很远，跌进山谷后传来隐隐回音。单所长一想到山里人喜爱闹鬼的事，立即毛骨悚然。

单所长想：“可能是偷树的人在打暗号吧！”他停下来想观察一下到底是哪个，在干什么。他看了一阵儿却没看出什么名堂，那影子还是那么晃着、吼着，山谷还是传来隐隐回音。

“谁？”单所长终于忍不住了，提着枪，警惕地摸了过去。

“是我。”影子吓了一大跳，“是信哥单所长吧？”

又是芦大柱这家伙，他竟然抄近路将单所长劈头拦住，还喊得这么亲切动听，他真能装啊！

“大柱，你是不是太过分！”单所长的心一下子又拉紧了，声音无形中加大了，“你到底想要怎么样？”

“嘻嘻！信哥，我不会将你怎么样的。”

他说得好听死了，还叫起信哥来了，但单所长并没有放松警惕。“都这么晚了，你还在大山上拦着我干什么呢？”

“放心！我不是来拦你的。”

“那是拦谁呢？”

“我……我……”他吞吞吐吐起来。

“到底拦谁呢，大柱你说啊？”

“是来送你的！你不要把山里的老百姓看得太坏啦！”

“嗬！你看你说得像百灵鸟一样动听，好像是我的不是呢！”

想不到芦大柱眨眼的工夫嘴巴变得这么甜，但单所长还是没有一点儿轻松的感觉。

“是村民组长得贵叔叫我来的！他说桂花岭附近夜间有野物出没，不放心，怕你一个人万一遇上了，就麻烦了！”

“我什么野物都不怕，就怕你芦大柱这只大野物，懂不懂啊！”

“不相信，你以后问得贵叔。”

“你那么听得贵叔的话？”

“当然听！得贵叔是村民组长，他管我们，他说得对呗。”

“那你就不怕野物吗？”

“我是猎手，会打猎，不是吹牛的，你看！”芦大柱把铳枪拿在手上一晃。

他要不说，单所长还以为是一根长木棍呢。

“铳枪不是收缴了吗，你怎么还有铳枪呢，不是私自藏下的吧？”

“你看，你总是把山里人想得那么坏。告诉你吧，是乡政府最近发下来的，说野猪太多了，多得不计其数，为了保护庄稼要取猎一部分，到了规定时间铳枪还要收缴的。”

“说得有理，不过，那你在‘啊嗨，啊嗨’地吼什么呢？”

他不好意思地一笑说：“吼夜呗，吓唬吓唬野猪。野猪把林地里的庄稼侵害得十分严重，特别是玉米秸子，差不多被它们吃光了。我们这里的山民经常到山上来吼夜！”

“啊，我懂了，原来如此！你不是要我退罚款吗？”

“不退啦，闹着玩的，就算儿戏一场吧！”他说，“你不是已经看见得贵叔把我吼了一顿吗？还要你退款的话，就不会来送你啦！我是看见一些偷过树的人，这几年，林权到户之后就找各种各样的借口缠着村干部把以前处罚过的钱要回去了。所以，我也想找你哼哼呗，捞一个是一个。其实，我心里明白着呢，这是横扯筋！”

“这是你的真心话吧？”单所长见芦大柱还算有诚意，心里也释然了。

“是啰！”芦大柱一顿笑。

“要不是村民组长得贵叔看见了，批评了你，你还不知道要在路上把我拦多久呢！”

“哈哈，不会，不会！”

“你不恨我了？”

“说哪里话呢，不恨，不恨！现在林权改制、林权到户，今后我也许有好多事情还需要你们派出所帮忙呢！”

“行！我今天参加召开的《三县（市）九岭林区治安严防工作会议》的主要精神就是要求各方联手，大家一致做好防火防盗等工作，共同维护三县（市）九岭林区生态资源和林区发展工作，让山更青、水更绿、天更蓝、人更美！”

“那太好啦！”芦大柱一阵高兴。

这时，云开月朗、山月如水、遍地清晖，山清水秀的绵绵群山显得分外寥廓、广袤和空旷，树木山岩朦朦胧胧，如浸在江南如烟的雨雾中。蓦地，不知何处传来几声猫头鹰的呼唤，显得孤寂、惶然。单所长和芦大柱在桂花岭上，各有一段路程。单所长怕他不安全，没让他打转，拉着他一起回到了桂花岭派出所。

转天早晨吃过早饭，临走时，芦大柱伸出鳄鱼爪般的大手，拽住单所长的手说：“所长，其实你是好人，是我自个儿把利益看得太重想当然了才胡说八道的，对不起，请你原谅。”说完，他肩膀一抬，扛着铳枪一溜烟地走了。

望着他远去的背影，单所长突然觉得山里汉子虽然鲁莽了一点儿，但人的本性还是善良的！

二　“过山虎”

“过山虎”的真实姓名叫高山虎。他小时候，父亲看他长得虎头虎脑，就给他取了这个乳名。他是个天不怕、地不怕的山里汉子。

他力大如牛，一次能扛三百多斤重物，一个晚上能从这座山头跑到那座山头来回“做事”。所以，山里人干脆就叫他“过山虎”或“爬山虎”。但是，彪悍的“过山虎”的性格又有温柔多情的一面。“过山虎”的老婆叫曹阿丽，聪明伶俐，漂亮贤淑。下面就是他们夫妻二人演绎的故事，却把派出所所长信哥也带入角色，成了故事中的另一个主角。

那天，信哥去他们家的时候，曹阿丽正在门前的草坡上缝被子。

她的住屋比较偏僻，在村子侧面一隅的山谷，单门独户，离整个村子还有近百米距离。

草坡上青草悠悠，绿意茸茸的，风光秀丽。曹阿丽见了信哥，她莞尔一笑。

“信哥。”

“嗯？”

“你来了，又在查案子啊？”

“是的，刚同村主任一起在枫树湾处理纠纷。虎子呢？”

“他去县城了。”

“那你忙吧，我走啦。”

她下意识地往四周张望了一下。

“信哥。”

“嗯？”

“帮我把被子抱进屋去呗？”

“行。”

当时，太阳还有四五丈高的样子，村子一片宁静。干活儿的人们还没有收工。四周除了闲散的、嬉闹的鸡、鸭、鹅群以及山雀子啁啾的声音外别无声响，有一种鸟鸣山更幽、蝉噪林逾静的自然之美。她大概觉得这个时间是极妙的，在信哥将被子抱进屋之后，她便顺手将房门插上了。信哥一怔。

“你要干什么？把门打开，被人看见了，多不好意思啊！”信哥说。

“不要紧，我们山里人谁也不会管这种闲事。再说，他在外面做得，我也做得。”

“你想报复虎子？”信哥曾耳闻过虎子的一些花边故事。

“是的。我就是想报复他！”

“你不能跟他比。他是男的，你是女的。男的喜欢吹牛，喜欢斗狠，嗨，喜欢的项目还多着呢。可你有这么多的喜欢吗？不可能！所以，你不能跟他比。”

“那才怪，女的就该死吗？”

“当然不该死，不过这类事儿我也说不清楚，反正我觉得社会上的人就是这样说、这样做的。”

“不！他做得，我也做得。妇女能顶半边天，男女平等，这话是毛主席在世的时候就说过的!”她搡了信哥一下,“信哥。”

“嗯?”

“到里屋去呗!”

“不能对不起虎子!”信哥知道她要干什么。

“哼!是他对不起我,还是我对不起他?他心里明白呢!”她仍然这样坚持。

信哥说:“我是警察,警察是不能违反纪律的,更不能踩‘红线’。‘红线’,你懂吗?”

“你尽吓唬我!什么红线、绿线,这能有多了不得的事呢?我看贪官们的身边女人一堆一堆的!他们为什么不怕踩‘红线’,你怕什么?”

她口齿伶俐,一边说一边推搡,仿佛没有任何顾忌似的。

但信哥仍然坚持说:“我是警察,警察不能踩‘线’,‘线’就是纪律,不能违反纪律。”

“你不是男人。那你走吧,走吧,快点儿走吧!”

她终于不高兴了,转过身去,“哇”的一声,发出了夜莺般的啜泣。

当理智重新回到现实的时候,夕晖已经褪去,鸟声渐渐平静,青烟一样的暮霭在山谷中缭绕,夜色开始徐徐降落。

打开门,信哥正准备离去的时候,发现“过山虎”坐在门口的石板上抽烟。他低着头,左肘倚着膝盖,用手腕托着下巴撑住脑袋,显示出一种极度疲倦的沉重感。

见信哥从房里走出来,他并没有抬头看信哥一眼,丝毫也没有要看信哥一眼的意思。他静坐如初,像一个几百斤重的大青石放在那里。他仿佛早已料定出门的人就是信哥,无须再用视力去加以验证。

“这下可糟了，黄泥巴落在裤裆里了。”信哥想。信哥吃了一惊，羞涩立马爬上心头。伸出门的脚，是往外抬还是往回缩，一瞬间有些茫然。你能想得出信哥当时状态该有多么尴尬。信哥只好硬着头皮走过去，给“过山虎”递烟。

但“过山虎”仍然稳坐如山，他根本不接，看都不看一眼，心情沉重得像压着一块大青石。

“虎子！”信哥想说点儿什么，此时却又一言难尽。信哥一转身，默默地走了，留下了一个无法弥补的空白。

“信哥！”见信哥走了，走远了，“过山虎”才骤然站起来又将信哥喊住，“你走哇？”那声音像失去了什么，又像要询问什么。

夜色已经完全落下，山野一片模糊，只有很远的地方才露出一溜天空的亮色。第一批星星已经出来了，闪亮闪亮的，周围显得越发宁静。

信哥转过身，立住脚：“我走啊，上山！”

“太晚了吧。”他说。他徐徐向信哥走过去，站在与信哥咫尺之远的地方，默默地望着信哥。

“信哥，天太晚了，明日早晨天一亮再走吧，啊？”

古人说过：近水知鱼性，靠山识鸟音。信哥知道他的心事。山高路远，四野漆黑。“过山虎”担心信哥孤身夜途，怕山路上不安全，发生意外。

“过山虎”一直很喜欢同信哥打交道，一直把信哥当成他的兄长。

“信哥。”每次见面，他老远就随着一声亲切的呼唤照直向信哥走去，在信哥身上摸上摸下地觅烟抽，憨憨地笑，毫不局促。而信哥对“过山虎”也似乎存有一种特殊的感情，任何人找信哥要不到的东西，若是“过山虎”拿走了，信哥也只好抿嘴一笑无话可说，天晓得这是什么原因。或许这就是人们说的人与人之间的缘分吧！

缘分，也许与古人说的不打不相识有关。话说这已经是一年前的事情了。

一天夜里，“过山虎”为了做成一笔生意，不惜翻山越岭偷砍了别的农户家山上承包的十几株大杉树，这当然是违法的。慑于法律的威严，他十分害怕，不吃不喝，很是后悔。他要信哥从宽处理，给他一个悔过自新的机会，他愿意赔偿人家的损失，愿意挨村挨组上门道歉，接受处罚，保证今后决不再犯。加之村主任和村支书帮忙做工作，当事人又愿意接受和解，最后，信哥终于对他作了赔偿和罚款处理。这本来也没什么不妥，没想到却因此引出了后来的许多麻烦……

时值盛夏，清风悠悠，明月当空，繁星满天。那天夜里，信哥带着“过山虎”上门给当事人赔礼道歉。回家路上，已经晚上11点钟了。他突然立住脚，笑嘻嘻地同信哥搭讪：“信哥。”

“嗯?”

“你一个人在这大山中搞工作，很长时间回不去一次，不想老婆哇?”这家伙竟同信哥耍起了玩笑。

上山不久，信哥就听见不少关于“过山虎”的花花事儿。他在这山里是个很典型的野猪公。据传，他当村民组长的时候，夜里如果村民会开得晚了。散了会，他就趁机往一些他喜欢的女人家里跑，很随意，仿佛算不得什么稀奇事。

还听说，一些疯婆娘偏偏又非常喜欢逗他玩。她们一群女人，常常约到一块，一咬耳朵，就把他掀倒在地，把裤子扒下来高高地挂在树枝上让风去吹。随着山风，飘出一串串的笑声。

这在大山村里面，属于一种古老风俗习惯，开心快活，无拘无束，没有人说不文明，更没有人说不应该。万一有哪个男人说了，或许这种事情很快就会落到他的头上，她们会趁机也把他的裤子扒下来挂到树上让风去吹。

“不想哇。”信哥一笑说，“工作都忙不赢哩，哪还有工夫去想乱七八糟的事呢，对不对？”

“我不信，你说的假话！”

“想也没得用啊！不能跟你们比。”

“嗯哈……”他扑哧一笑，递给信哥一支烟。

“信哥。”

“嗯？”

“坐一下吧，抽支烟再走吧。”

“要得，你累了？”

“嗯嗯。”

他们正走在一个山坡上。两边青石块很多正好歇脚，随处便可就座。而且，还可以欣赏一下不远处的山坡上跳动的磷火。一闪一闪的，像流动的星星。对于这种磷火，一般女的还是害怕的，但男的就无所谓了，他们知道这是一种自然现象。

山区之夜，别具风情，清风悠悠，山月满天，流萤闪闪，泉水淙淙，四野空旷。

“信哥。”

“嗯？”

“你不说话肯定在想老婆吧，跟我一起到我家去睡！”

他像个小山娃子，喋喋不休，说了一遍，又说一遍，笑嘻嘻的，脸两侧又粗又密的大络腮胡子扎在信哥的耳根上。

“你是在胡说八道懂不懂？”信哥重重地搡了他一下。

这还是最初的事儿。一个月之后的夜晚，“过山虎”找了个借口，要信哥到他家里去喝酒。去时，信哥根本不知道他在耍阴谋。他用一片盛情将信哥劝醉之后，要把信哥弄到他老婆的床上去睡觉。信哥大吃一惊，酒都吓醒了一半，猛然醒悟过来，一掌将他推开说："虎子，你、你在搞什么名堂吧！信哥是警察你懂不懂啊，要信哥犯纪律是不是，真是胡搞！"信哥不告而别，连夜归山。

"过山虎"也连忙赶出门来，一把将信哥拽住说道："信哥，这算不得么事哩。别见笑，我是心疼你，山里的哥们儿都是这种野性子，好逗好玩呗！"

"我听说你是最好开玩笑的，别人说你跟野猪公差不多，老远都能嗅到你身上有一股子臊腥味！"

"嘻嘻！""过山虎"不好意思地笑一笑，不再作声。

这事虽然是闹着玩的，却无形中让他老婆对信哥产生了好感。后来，她一直把信哥放在心上。有时信哥去村里工作，她总要趁机躲开别人的目光，把一些好吃的土特产给信哥带上山去吃。她曾悄悄地对信哥说过，"过山虎"背着她经常在外面拈花惹草，她不服气。她觉得自己面容姣好，鲜花一朵，不比别的女人差，希望信哥同她有这样的来往，她要以此报复"过山虎"，但被信哥拒绝了。

信哥终于走了。"过山虎"一直站在原地，久久地凝视着信哥离去的方向。然后又追上前来，望着信哥的后背，悠长地喊了一句："信哥，路上小心一点儿呗！"

实际上，"过山虎"将信哥送上了半山腰才打转身。

夜风悠悠，树叶沙沙，村子很静，远处一只猫头鹰在叫，令人毛骨悚然。

山月朦胧，一片苍白。

这件事至此本算了结，应该说，只不过是一场小儿戏而已，纯粹是逗着玩的，也未造成任何不良后果。但是，由于“过山虎”的野莽、粗鲁，却惹出后来一连串的麻烦事。

“过山虎”望着信哥被月光淹没之后，回到家中，不问长短，不分青红皂白，一气之下把曹阿丽吼了一顿，说她不该在他背后做手脚，没把他当人。

这可能就是世上一部分汉子们的逻辑：男人们可以为的，女人们绝不能为，尽管他们心里知道这不公平。

她因为信哥的推辞本来就生着闷气，加之又被“过山虎”大吼了一顿，一时很难过。于是，在“过山虎”睡死之后，她借着夜色的遮掩悠悠地哭泣起来。

这件事的结果就是坏了信哥的事情，信哥很快被调离下山。

天一黑，“过山虎”就顶住月光出门了。他听说信哥今天要走，急忙赶上山去送信哥。

一路上，“过山虎”连走带小跑，生怕出山的早班车来得早没赶上。

月亮还很明亮，还没落下去，透过枝丫叶片，在他身上晃来晃去，把他分割得斑斑点点。等走完三四里山路时，“过山虎”已经累得汗流浃背、气喘不止。

此时，信哥背着背包，正站在山梁上的路口处，等待出山的长途早班汽车。晨雾中他看见“过山虎”突然匆匆向他奔来，怔了一下之后赶忙转过身去，将目光投向远处的山峦。山峦正好在晨雾的包围中上下沉浮，呈现出漫无边际的云海奇观：它们波起云涌、瞬息万变、如诗如画、蔚为壮观，令人神思飞越、浮想联翩，仿佛进入了梦幻世界。

信哥没有理他，也不想理他。“信哥。”“过山虎”察觉到了信哥装作没看见他的样子，在一两丈远的地方立住了脚。

“信哥，我是来送你的，听说你今天要走哇！”他说。

信哥没有吱声，也未转过身来。但信哥听清了他说的话，心里觉得好笑。“世上竟有这种人：当面叫大哥，背后使小刀。”一阵之后，信哥才将目光移过来，热辣辣地落在“过山虎”的脸上。“虎子，你说你是来送我的，真是这样的吗？”信哥故意呛他。

“过山虎”听得出话中的意思，很有些窘迫和难为情，立于原地不知所措。人贵有自知之明。他晓得信哥在埋怨他，晓得一切都是他自己导演的，自己也觉得有口难言。如今他与信哥已经有了手足之情，信哥走了而且又走得这般突然，既于心不忍又依依不舍。

“信哥，不是我不仗义，这事不能怪我，我并没有向任何人说过什么……日他爷的，不晓得是哪个乌龟王八崽子做的好事，日后我知道了，管他红道黑道非整他不可！”

“胡说！你想以身试法啊？”

“不是，不是！我是想给哥哥出口气。”他厚着脸求过来给信哥递烟。

信哥不接。信哥说：“相混好几年了，你不是一直在我身上寻烟吃吗？今日何必这样客气？你来送我是什么意思？”

“过山虎”是个粗鲁汉子，只会说偷鸡摸狗的粗话、丑话，文进文出他不摸门，动了几次嘴皮终于吐不出“象牙”。过了一阵儿，他才结结巴巴地说：“信哥，山里山外隔得远，以后难得见到你了。”

天已经亮了很多，晨雾也渐渐褪去，山雀子开始了新一天的歌唱！

信哥的心终于颤抖了一下：“你回去吧，我不怪你！”

阿丽见信哥走了，心里也有些难过，晓得信哥是受了他们夫妻俩的牵连，心里非常气恼。此时，她躺在床上，面如风雨中的落花泥土，长长的黑发乱蓬蓬的，如野坡上一蔸枯萎的被山风掀乱了的丝茅草。

一看这光景，“过山虎”的心中又添了一层凉意。他挨坐在阿丽床前，心里乱糟糟的，十分复杂，既忧着女人又虑着信哥。他说，信哥是他最好的朋友，这一走使得他心中很不安。

“过山虎”坐了一阵之后，端来一盆热水，细心地给阿丽擦洗，轻轻地对着阿丽的耳根说：“这事都怪我，是我一时糊涂，不该把气给你受，你起来打我几下吧，打了气就消了，心里就好受些了。”

阿丽并不吱声，一阵之后她才长长地叹了口气，呼地一下坐在床上，在“过山虎”的肩头上一顿拳打。“过山虎”是个扛得起三百多斤重的人，还怕她那四两重的拳头嘛。她一边用拳头打一边骂：“你这忘恩负义不识好歹的东西……呜呜，人家不像你这个骚猪公……呜呜……那日是我找他，我要报复你，可是信哥说他是警察，不能做对不起你的事……呜呜……呜呜……”

“过山虎”垂着双手，神情木然，任阿丽怎么打来打去全不挡架，让她打够、骂够。阿丽的话如麦穗一样，扎在他沉重的心头上，使他越发不安。

“古人说，君子不欺朋友之妻！信哥是真朋友，我错怪了信哥！”“过山虎”在心里默念着。

三秋是个小忙的日子，好多的农作物要往回收。“过山虎”在山上挖红薯回来，突然听到一个不好的消息，说信哥出事了，有生命危险，住在人民医院抢救。他吓了一跳，赶紧约阿丽一起去医院探望信哥。

此时，阿丽还在气头上，就说不去。“过山虎”一下子急眼了，跺着脚说：“阿丽，你、你还不去啊，听说信哥出事故了，人都快不行了，还不知道治不治得好！”阿丽的脸一下子吓白了，气都出不匀了。更不知道信哥到底出了什么大事故，怎么一下子这么严重。

其实，这些天，他们两口子本来还一直惦记着信哥，很是放心不下，总觉得对不住信哥。此时，他更是心慌意乱。于是，两口子急忙出山到医院去。临行前又带了些花生、香油、黄豆、绿豆之类的土山货，把个硕大的篓子装得很是结实。

为了信哥，两口子恨不能把两颗心也搭上。

原来，信哥那天下山之后，背着行囊行走在乡镇的街道上。阳光热烈地照着，鸟儿啾啾地吟唱。美好的自然景致让信哥的心情非常舒畅。此时，他想放松一下自己，什么也不去想了，只是把眼光放到很远的地方，看明丽的山色，听清脆的鸟鸣。

就在这时，信哥的眼光突然一亮，发现前面有一头受惊了的黄牯牛疯奔而来，吓得小街上的人惊呼不已，纷纷逃离街面。唯有一位拄着拐棍，一走一点的老太太，一时慌得六神无主，双足一软，瘫坐在地，眼看就没救了。

“我去救她！”在这千钧一发之际，信哥想到自己是警察，应该冲上去保护老人。

信哥扔下行囊，飞也似的向黄牯牛冲了上去，用自己的身体和肩膀把黄牯牛狠狠地猛顶了一下。那情景，犹如宇宙间的阴、阳电极接触，爆发出了巨大的火花。

一瞬间，人牛相斗，人牛分流。黄牯牛从斜刺里狂奔而去，而信哥被黄牯牛重重地撞倒在地。老太太安然无恙地得救了，信哥却摔成了重伤，流下了一摊殷红的鲜血。

这一结果，当然是“过山虎”和阿丽夫妻二人无论如何也无法料到的。

在各级领导的关怀下，经过医生们几天几夜的抢救，信哥才算脱险，人也基本苏醒过来了，但还不能说话。

当“过山虎”和阿丽站在信哥病房前看到他浑身缠着白色绷带时，心情十分难过，眼泪都流出来了。尤其是“过山虎”，心情十分沉重，不知如何是好。之后，每隔一个礼拜，他两口子就出山一次，到医院看信哥。

几十天以后，“过山虎”坐在信哥病床沿上，用鳄鱼爪般的大手握着信哥的手说：“信哥，你把我和阿丽快要吓死了，你要是活不过来的话，我也过不好的啊，总觉得欠了你的，你知道我俩多难过啊!”

信哥说：“虎子，信哥这不活过来了吗？你和阿丽一起好好过日子，莫胡思乱想，记住我是警察，警察是为人民服务的啊！古人说，不打不相识，往后我们还是好兄弟!”

听信哥这么一说，他夫妻二人的脸上才有了久违的阳光。

后来，“黑山风”芦大柱和其他村民也知道了，他们陆续到医院来看信哥，也带来了一些土特产。这让信哥非常感动。

三 “洋鬼子”“老山龟”“铁拐李”

在桂花岭林区，像“黑山风”“过山虎”这样莽撞的山里汉子，还有“洋鬼子”“老山龟”“铁拐李”。他们也都是盗窃过树木，违反过治安，被罚过款、进过号子的狂人、狠人。尤其是“洋鬼子”，不但偷树，连楠竹、桂花、苗木都偷，山上生长的东西几乎见什么偷什么，越是珍贵的品种他越要偷。他心狠手辣，所以，桂花岭一带的山民叫他“洋鬼子”。不过，他们后来慢慢地有了新的转变。

在信哥重新回到桂花岭派出所工作的日子里，他们常常帮信哥和派出所维护桂花岭林区治安，成了信哥和派出所的好帮手。有一次，“老山龟”和“铁拐李”还主动帮派出所抓捕一名持枪潜逃的重案犯。老山龟也因此被歹徒刺伤。整个过程回忆起来让人触目惊心。

那是秋后的一个傍晚，信哥和张小东、廖一飞三人，步行从大竹岭查案归来，快到苏家坪时，老远就发现三岔道口上，有个陌生的汉子在那里东张西望、左右徘徊，好像摸不着方向似的。他仿佛想从桂花岭那边进山，又仿佛要往大竹岭方向去。他大约二十五六岁的样子，穿一身半新半旧的军装，左手拎着一个黑色小提包。

“远山横落日。”当时，天色已经偏晚，红红的太阳行走在西边的山坡上，成群的“乌鸦”不停地在低矮的空中盘旋往返，鸣叫声四起，黄昏即将来临。这么晚了，此人为何还在这里徘徊？他要到哪里去，又要干什么呢？他的行为立即引起了信哥他们的怀疑。凭职业敏感，他们觉得此人可能有问题，或者说，他的身上很可能有“故事”呢！

前些日子，信哥接到市公安局转发下来的、省公安厅有关某某人涉嫌盗窃枪支负案在逃的紧急《通缉令》，因此，对外来可疑人员就得要多长一只眼睛或多个心眼。联想到此，信哥他们对眼前这个突然冒出来的陌生人顿生疑云，而且越琢磨越感到此人可疑。同时，他们也很兴奋。平常日子里面对《通缉令》大家总是盼着能逮条“大鱼”，显示一下自己派出所的能耐，现在机会好像真的来了。

信哥他们抱着一种期待，即刻快步赶了过去。由于当时信哥他们几个均未着装，那人也不知道他们是山上的警察，故意装聋作哑，不管问什么一概不回答。而且，他还显得十分敏感。他左右旁顾一下之后，把手伸到提包内，想要拿什么东西。这个动作来得非常突然，也很可疑。

当然，信哥他们也一直处在高度警惕之中。为了防止万一，信哥叫张小东、廖一飞二人分别扭住了那人的两只胳膊，不让他掏包。

这家伙个头不算小，年轻体壮，奋力抗争，但终于还是被制伏了。幸亏信哥身边的两个民警比对手更壮实、更孔武有力，动作也很熟练、利索。两个民警曾经在市公安局举办的擒拿格斗学习班学习过擒拿，功夫还算拿得出手，逮捕个把歹人不在话下，否则对付起来还真有难度。然后夺过包来一看，好家伙，他包内装有一支短枪和一百五十余发短枪子弹。再一搜身，又是吓你一跳。他内裤裆间的兜里，还藏有一支短枪呢！

这家伙原来是个负案外逃的亡命之徒，胆子真够大的。若是麻痹大意，让他拿出了手枪，结局无疑就是血腥的。这样想来，信哥的心就有点儿发虚，身上的血液也无形中加快了流动的速度。“有些事情，成败得失往往就在一念之间。”信哥想。

一波未平，一波又起。在将这个家伙带到桂花岭派出所做进一步审查的路上，险些让他跑掉了。这家伙表面上看很老实，其实不然。走到大山腰，他突然发力，挣脱双臂，紧接着一个猴子翻身，朝路边近百米高的大斜坡上滚了下去，企图逃跑。为了逃跑，他竟然把命都豁出去了。斜坡上有很多巨石、悬崖、荆棘和树桩等，若是平时，谁敢这样玩命啊！随便碰到什么地方，都会头破血流。

信哥他们几个人一看，急红了眼，也顾不得什么了，哧溜、哧溜地，跟着滚了下去。

此时，情况十分不利，夜幕开始降临，山风渐起，树木沙沙，四周雾霭袅袅，视线模糊，难以捕捉目标和听到动静。说句老实话，当时信哥他们一个个心里十分着急，万一让他钻到树林里面去那就完蛋了，空欢喜一场不说，还会留下很多严重的不安定因素。

“再逃就开枪了!”信哥大声地喊他站住。但他就像没听见一样，继续往山的那边拼命地奔跑。古人说，无巧不成书。危急之时，被“老山龟”和“铁拐李”遇上了。

“老山龟”和“铁拐李”，正好就在大斜坡的下面挖草药。天晚了，他们二人扛着锄头准备回家。听见信哥他们几个警察的喊叫声、枪声，知道是有人逃跑了，他俩立即警惕起来。二人瞄准之后，丢下锄头，几个箭步冲上去，将那家伙搂腰抱住，一齐滚倒在地。

他二人当时并不知道被抱住滚倒在地的人是持枪逃犯，就那么抱着，未加防备，等待信哥他们去捉，其他的他们也没多想。

谁知，那家伙并不就此甘心，像变魔术一般，不知从哪里拔出一把小匕首，白光一闪，扎进了“老山龟”的腹部……

歹徒抓住了，但“老山龟”却伤得不轻。住了很长时间的医院才恢复健康。

幸运的是，当时抓住的人正是《通缉令》上通缉的那个重案逃犯。倘若不是“老山龟”和“铁拐李”见义勇为出手相助，这家伙或许就逃脱了，甚至还会发生难以想象的凶杀案或其他流血事件。

“洋鬼子”这人则更有特长。“洋鬼子”的口技吹得不同凡响，模仿力超强。他制造出来的声音真假难辨，仿狗像狗、仿鸡像鸡，学什么像什么，可以以假乱真。

有一天，他听信哥说起桂花岭玉龙叔的儿子国林保经常躲到山窝石洞里押宝。押宝就是赌博。派出所对他处理过几次，没什么效果，他仍然偷偷摸摸躲到外面照赌不误。

“洋鬼子”说他有办法。他说：“信哥，我有法帮你把国林保治好，你信吗？”

信哥说：“你有什么新招儿只管说，我愿拜你为师！”

“洋鬼子”说：“当老师不敢！不过，我用什么办法，信哥就不用问了，你只管等着看效果就是。有了效果，你请我吃一顿酒怎么样？”

“请你吃满汉全席都行！”信哥一下子来了劲儿。

其实，信哥也是半信半疑。“洋鬼子”除了吹口技，还能有什么妙招，平时怎么没见过呢？事后，他并没有放在心上。结果有一天，“洋鬼子”摆弄的奇迹还真的见效了。

那天夜里，信哥和夏至北二人从市公安局办案回来，走到“死人窝”时，突然听到一串嘶哑苍凉的哭声从窝底悠悠传来，二人大吃一惊，感到毛骨悚然。

信哥曾听山民们讲过，“死人窝”原先是个住着一百多户人家的大村庄。20世纪，日本鬼子入侵中国那年，为了捉拿共产党人，宁可错杀一千，不愿放走一个，把全村男女老少统统逼进“死人窝”一齐枪杀了。一时间，尸横遍野、血流成河，“死人窝”也因此得名。这地方白天也少有人走，到了夜间更是有些怕人。

四周山上，老树昏鸦，藤萝倒挂，夜风一吹，林涛声声，所有树木都会怒吼起来；一些不知名的夜游动物借着漆黑的夜幕趁势出动，尤其是猫头鹰，十分喜欢在夜间扑腾，这里叫一下，那里叫一下；高高的树杈上，不时地也会传出一些沉重的断裂声或动物跑动时造成的杂乱声响，无不使你毛骨悚然。

磷火像星星一样，飘飘荡荡，闪闪忽忽，蹿上蹿下，速度有时快得惊人。呼啦一下跑得无影无踪，呼啦一下又出现在你面前，说是磷火，实际上山里人都称呼为鬼火。

夏至北扯着信哥的手臂，一时想走前面，一时又想走后面。走前面怕鬼拦他，走后面怕鬼拽他，经常踩脱了信哥脚下的鞋跟。

起初，那哭声信哥还弄不清楚来自何方，仿佛就在前面，又仿佛就在后面，时远时近，有时好像又在身边。

"往回走吧，可能是鬼在哭，吓死人啰！"夏至北拢住信哥的耳根，悄悄地嘀咕。

信哥压低声音说："你别说话，莫怕，这种时候只能进不能退，更不能胆怯。俗话说，人到急时须放胆，现在只有硬着头皮豁出去了。"

恰在这时，又刮起了更大的山风，呼呼地响，树林里传出的声音更加怪异，更加让人惊恐莫名。转过一道山梁，信哥猛然发现哭的人是桂花岭的村民玉龙叔。玉龙叔看见信哥二人，立马背着站在山的转弯处。

信哥说："玉龙叔你是哪样了啊，出什么事了，大黑夜的，一个人跑到山窝来哭什么？"

玉龙叔先是不吱声，后来回话时，含含糊糊，听不太清楚，过了好一阵才弄明白他要说什么。

原来，玉龙叔是在找他儿子国林保。国林保又和一些不三不四的人躲在山洞里赌博，他要把儿子找回家去。信哥"啊"了一声说："玉龙叔你回家去吧，今后我们帮你管一管国林保，你别太伤心了！"可是，不管信哥二人怎么劝，玉龙叔硬是不肯回家。

第二天，信哥和夏至北去桂花庄办事，正好碰到国林保在禾场上晒谷。他看见信哥，咧嘴一笑说："两位领导又下来视察啊！"

信哥说："你这家伙，今后少赌一点儿吧！你爸昨夜是在什么地方把你找到的？"

国林保本来弯着腰在干活儿。听信哥一说，赶忙伸直腰，瞪着两眼望着信哥："你莫说鬼话吧，我爸死几天了，你未必不晓得啊?"

信哥大吃一惊说："不晓得啊，这些天我们到县城办案去了，没来村里，昨天夜晚我俩才回派出所。"接着信哥就把头天夜里遇到的事情，从头到尾认认真真说了一遍。

起初，国林保听得津津有味。末了他连连摇头，一点儿也不相信，相反，还说信哥在故意吓唬他。

信哥说："世上真有这样奇怪的事吗?昨夜我和夏至北从县城回来时，确实是看见你爸站在'死人窝'的山路上哭，说是在找你，叫你今后不要躲到山上押宝了。我还劝了他一阵子，叫他回家，不要哭，莫把自个儿弄出毛病来了。可他就是不肯走。不信，你现在就当面问问夏至北吧!"

夏至北是市里派下来的扶贫工作队员，对玉龙叔不熟悉，加之这几天又不在村上，玉龙叔死没死也不知道。他莫名其妙地点了点头说："事情就是这样，没有撒谎，谁又愿意和你撒谎呢?"

国林保还是连连摇头："这不可能，绝不可能!"不过国林保又说，他爸死后正好就埋在"死人窝"对面山坡上。

"要不现在我和你一起再去看一下吧?"为了把事情弄明白，信哥提议。

"去就去!"国林保点了点头。

"死人窝"是个很长的大山冲。从山上往山下走，越走越深，阴气逼人；从山下往山上走，越爬越高，日光明亮。他们两个人是从山下往山上去的，爬过几座山梁又绕过几个山嘴之后，就到了昨天晚上的地头。国林保抬手往对面坡上一指说："那座新坟就是我爸的墓地。"

信哥"唔"了一声，说再往别处走一下吧，仔细看看。话音未落，信哥骇然发现坟边树下坐着一个人，见了信哥，呼地一下立起身，蹒跚地走过来了。

信哥吓了一跳，赶忙说："国林保，你爸的坟边上有个人向我俩走来了！"

国林保说："你尽吓唬我。"

"不信你仔细看一下吧。"

国林保半眯起眼睛，透过阳光看了一下，揉揉眼睛又看一下，然后一声狼叫："娘呀……"他转头就跑，一边跑一边喊信哥也快些跑，说他老爸真的诈尸了。

所谓诈尸，是远古时代民间一种迷信的说法，延至今日仍然有人信服。意思是：死去的人在一七之内，遇到某种动物，或老鼠，或猫狗，或蛇虫，或雷、电、霹雳等物质刺激，又突然活过来了。这当然很吓人！

信哥和国林保往回跑的时候，还听见玉龙叔在背后喊："国林保啊，你不要怕，我不吓唬你哩，往后只要你不躲到山上赌博就行了……"

这下国林保算是彻底信服了。他亲眼所见，无法不信，至少相信他爸显灵了。为了安抚父亲的亡灵，从此，他金盆洗手，一心一意在家种田。

事后才知道，这死了又活了的玉龙叔，其实就是"洋鬼子"模仿的。

"洋鬼子"还真是个"人物"，一出手，果然就把信哥和国林保都给蒙了！

四　当过协警的农民工

农民工叫陈猛子。陈猛子原本是个老实本分的年轻人。他干活儿卖力，说话和气，心地善良，可就一桩不好，三十多岁了仍然贪玩，像个大小孩儿。打麻将、玩扑克、押宝等，他都不是很会，却是很喜欢，一有空就趴在牌桌上不走。虽说玩的金额不算大，但长年累月合计下来，输赢数字还是有点儿斤两的，他也因此欠下一些赌债，落了个“赌博佬”的笑话。理所当然地受到了老婆刘彩霞的指责和埋怨、父母的唠叨、赢家的讨要，以及派出所的批评教育。因此，他只好借打工的名义一跑了之。

打工一事，在当今来说，再寻常不过，真不值得一提。但是，陈猛子不同，他打工打出了名气，连中央电视台的记者都采访了他，报道了他的事迹。当然，这一光荣事迹，陈猛子事前并没有想到，他只知道自己打工不容易，吃了许多苦头，经历了许多曲折和磨难。

他是在南方一家建筑工地上做搬运工作。老板给他定的月工资是三千元，超时超额另有计酬，合起来一个月有四五千元的样子。他认为，自己一个种田的农民，什么手艺都没有，每月能挣这么多钱，自己已经很满足了。

“要是早几年出门打工就好了，说不定早发了财。”他一时陶醉在想象中。

可是，一晃半年过去了，陈猛子并未拿过一回工钱，这使他的自豪感受到了很大的打击，甚至有点儿上当受骗的感觉。陈猛子找过老板几次，要求多少领一点儿工资，但是老板没答应。老板温文尔雅，说话和风细雨，从来不生气，更很少发火，看上去是个好老板，只是一跟他要工资就说没钱。老板经常挂在嘴边上的一句话就是资金短缺、周转困难，叫陈猛子先在他这存着，待有了钱，保证给陈猛子结清，一元一角一分都不会少他的，让他放心好了。

“那就再多等些日子吧。”陈猛子安慰自己。陈猛子没有想到外出打工会有这么多麻烦，竟然这么长时间领不到工钱，连吃饭的钱都是找爷娘寄的，老婆刘彩霞不愿给陈猛子寄钱。刘彩霞怀疑陈猛子说假话，把打工的钱拿到牌桌上输了。

“不过，我还是有信心把钱要到手的。”陈猛子不断安慰自己。他似乎很有自信。

来时，陈猛子是向派出所的信哥作了保证的。他豪情满怀，信心十足地说过，一定要混出个人样回来见信哥！另外，陈猛子也想到外面多挣些钱，弥补一下“玩牌”输掉的和小商品店被盗的损失。陈猛子家开有一个小商品店，就因为陈猛子忙着打牌去了，忘了守店，被盗一空。为这事，刘彩霞急得大哭一场，差点儿喝农药寻了短见。因此，陈猛子还想给老婆一个满意的交代，也想博得爷娘的高兴。但陈猛子不知道理想与现实之间的差异这么大，他本来可以去找有关部门反映一下，但又怕得罪老板，更不给他开工钱。陈猛子宁可另想办法，而且他相信自己一定会有办法把工钱要到手的。

这天中午，张老板吃过午饭，悠闲地靠在工地办公室黑色皮椅上喝茶、抽烟，随手翻着报纸，读着香港近日有人闹事的新闻，同身边的人说着闲话。就在这时，农民工陈猛子找来了。陈猛子是来请假的，说他母亲病了，想请假回家看看。

当时工地上事情不多，不是很忙，临时走个把人并不碍事。另外，按规定，不管是谁请假，本月工钱就免了。因此，老板一边翻着报纸，一边爽快地把手胡乱一挥说：“行，你回去吧。这里的规定你也知道，到时候别找我扯皮就是啊！”

“谢谢老板！这个我懂，决不会找你麻烦的。”陈猛子赶忙作出回应。

但陈猛子谢过之后并未走开，仍然犹犹豫豫地望着张老板，讨好地说：“张老板，我家乡有蛮多土特产，比如桂花酒、桂花蜜、桂花糕、桂花糖，还有雷竹笋、小香油、干山菇等。我回工地的时候，想给你带些来，不知老板喜不喜欢吃啊？”

“哈哈！”张老板夸张地仰脸一笑说，“有钱还怕买不到好吃的东西嘛，不要不要，你快走吧！”想想又说，“这些东西有什么特别好吃的吗？还值得拿这么远来给我吃？”

“那……”陈猛子吞吞吐吐，一时不知说甚好。

陈猛子出门久了，本来就想家，加之领不到工钱，早已心灰意冷。

更让陈猛子一想起来就窝心的是：二十几岁时，陈猛子在派出所当过好几年协警，而且一直干得很开心，很有成效。这期间，他也一直梦想转为正式警察，但几次招考都没考中。他父亲见他年龄一年年大了，转正无望，命他回去结婚，然后在家种田。陈猛子原本不同意，还想再干两年，等机会再考，但父亲不同意，母亲也不主张。母亲还说当警察危险，她不放心。

结果就在他走后不到一年工夫，机会又一次来了。而且他始终认为，有了前几次的报考经历垫底，一定能考上。他悔恨死了，说父亲害了他，不然的话，他早已梦想成真当上了警察，不会在家种田，更不会跑到南方来打工。那时他就赌气说过，将来一定要送儿子读公安大学，把自己未实现的警察梦，让儿子去实现。

此时，陈猛子很想回去种田算了。现在，国家对“三农”政策越来越重视。不但把田税全免了，相反还实行资金倒贴。更加鼓舞人心的是，国家年年发放新的多层面的补贴政策。种田的前景已经很好了，可是，陈猛子知道自己出来打工已经把脚陷进去了，想走也走不成。如果不干，就这样一走了之，老板肯定不会给他工钱，那这半年多的时间就白搭了。无奈之下，陈猛子只好硬着头皮忍耐着。但陈猛子的心已经是“人在曹营心在汉”，始终安定不下来，总想把工钱弄到手一走了之。

张老板把眼睛从报纸上移开，抬起头来说：“你还有什么事情要说，那就快点儿说吧，我可要午休啦！”

“好吧，你休息吧，我不会影响你的。但我不相信你就没有钱给我发点儿工资！”陈猛子想。

陈猛子鼓足勇气，添油加醋地说：“老板，我们山里的女孩子，个个水灵秀气，像岭南的紫荆花一样漂亮，我回工地的时候，想以招聘的名义带两个来，不知老板喜欢不喜欢呢？”

“什么？你说什么？”张老板一听，先是眯着眼睛像看怪物一样看着眼前的农民工，想从他的眼里看出他的内心世界，结果看了一阵之后，什么阴谋诡计也没发现一丁点儿，倒觉得那眼睛是真诚的、善良的。然后他才“扑哧”一笑，精神倍增，瞪大眼睛说：“这还差不多。我正想托朋友物色几个还未出过山的小姑娘。既然你有这份爱心，那你再来时，就挑好的带两个来吧！”他倒口气又说，“想不到你一个打工仔还有这种心眼儿。好好！行行！”

受了表扬，陈猛子乐得合不拢嘴，就说：“老板，我办事，你放心，包你百分之百满意！”

“好好好！”喜得张老板脸上的表情像一片盛开的紫荆花。

见张老板心情大好，陈猛子眼睛一亮，趁机说：“张老板，我老娘已经七十来岁了，病情严重，估计活不了几天了，能不能让我把这几个月的一点儿工钱领了，一旦需要用钱时也好应急呢！”

张老板一想，这也在理。因为高兴，未加考量，就满口答应了，并立即安排财务人员把工钱如数算给他，另外还多给了一千元的“选美”费。但陈猛子没要，只要了他的工钱。

陈猛子说：“张老板，这一千元钱暂时放在你这儿存着，待我把人带来了，你满意了，再把钱给我也不迟，你说好不好呢，张老板？”

张老板觉得面前这个打工仔，还真不简单，一言一行蛮在理的，一高兴也同意了。张老板还说：“到时候只要我满意，多给你两千元我也舍得。”

陈猛子拿了工钱，这才喜滋滋地走了。可是，他刚走出门口，又被张老板叫住了：“你等一下！”

陈猛子吓了一大跳。说老实话，陈猛子当时的心还是挺虚的，毕竟说的都是些胡编乱造、无中生有的假话，是哄老板的，连“美人计”都用上了。张老板这一喊，吓得陈猛子的心都差点儿蹦出嗓子眼。

“莫不是老板看出了我的心思？”一瞬间，陈猛子拿不准，差点儿乱了方寸。

“不会，老板吓不倒我！我是当过几年协警的，在大风大雨中历练过，相信我有这个应变能力。”陈猛子想。

陈猛子立马镇定住，然后堆着笑脸，转身迎过去，甜甜地叫了一声：“老板，您还有么事情要吩咐？”

“路上小心一点儿，挣点儿钱不容易，不要被盗了！”

“我的妈哟！早不说，晚不说，偏偏在我转身要走时说。”陈猛子心上的一颗石头这才落下地。至此，应该说陈猛子的目的已经达到了，没留下什么可疑痕迹。

然而，好景不长，事情还是节外生枝了。

约莫过了两个小时的样子，待张老板午觉醒来之后，有人跟张老板进言说："那个叫陈猛子的农民工为了把工钱要到手，肯定说的是谎话，他这一走，估计不会再来了。"

张老板听了，一摸脑壳，恍然大悟，大叫上当。他立马安排几名保安，迅速赶赴火车站，想把陈猛子找回来。

此时，陈猛子已经购好了回家的火车票，正坐在候车厅内候车，根本没有想到张老板会派保安来抓他。他认为这钱是他应得的工钱，不管用了什么手段，张老板可以计较，也可以不计较。

陈猛子是无意中一抬头看见保安的，这也是碰巧。当时，几个保安已经出现在候车厅大门口。陈猛子吓了一跳，立即意识到情况有变。危急之中，陈猛子缩着身子疾步溜进厕所，躲在最后一个大便厢内。几名保安在人山人海中窜来窜去，像警方搜捕犯人一样，仔仔细细地搜查了一番又一番，也没搜到他们要找的农民工的影子。而且，一个个累得额头冒气，浑身流汗。

现在，大都市的火车站不像往日的小火车站一览无余，在地上掉枚针都能寻得到。现在的火车站，南来北往的旅客就像海潮一样涌动，要想找个人并非易事。几名保安正准备撤走的时候，突然有个保安站在候车厅的厕所旁边叫了一声说："去厕所检查一下吧！"

这句话恰好被陈猛子听到了。"老天保佑！老天保佑！"陈猛子紧张极了。

其实，陈猛子蹲在厕所的大便厢里，一直尖着耳朵在听外面的动静，吓得魂都快出窍了，他把蹲着的身腰压得更低了。幸运的是，其他两名保安不愿意进去。

"拉倒吧，厕所那么脏，说不定还有传染病哩。再说他也不一定是骗老板。若是骗老板，那老板多给他的一千元钱他为什么不要呢？即使他真的欺骗了老板，那也是他应该得的工钱，抓到了，放他一马都不为过。”几个保安这么一想觉得对，就走了。陈猛子这才躲过一劫。

这段不寻常的打工经历，陈猛子后来对信哥说过，不过这也是后话。

人一旦受到惊吓，一时三刻难以平静。

几个保安虽然走了，但陈猛子的心再也平静不下来了。离上车时间还有一个多小时，陈猛子担心保安杀回马枪。为防万一，陈猛子找了一个既隐蔽、视角又好的位置坐下来，目不转睛地盯着门口进来的人。但陈猛子盯了很长时间，并没见到那几个保安的影子。陈猛子想，是不是自己太胆小了，反而弄得自己这么累。陈猛子焦急地等待着，希望火车能提前到站，更怕火车晚点。就在陈猛子心惊胆战地胡思乱想之际，意外真的发生了，而且是个非常令人恐惧的意外事件。

猛然间，陈猛子看见两个手持长刀的歹徒闯进了候车厅，不由分说，见人就砍。

候车厅的旅客一下子吓得像小鸟一般四散逃窜，陈猛子也逃离了座位。可是，紧挨着陈猛子坐的一位老妈妈，因为年龄大，行动不便，被人挤倒在地。陈猛子心疼不过，赶紧跑去扶她。不知是心慌还是过于焦虑，一没留神，陈猛子被扑过来的歹徒砍了一刀。幸亏那刀砍偏了，砍在陈猛子装有钱的背包上，“哗啦”一下，钱飘落一地。

“你也太疯狂了吧，青天白日，拿刀砍人，还有王法没有啊？”

陈猛子气红了眼，大吼一声，使出当协警时的本领与招式，飞起一脚，将歹徒手中的刀踢得像雪片一样飞出老远。趁歹徒弓腰拾刀时，陈猛子又朝歹徒的侧身飞起一脚，将歹徒踢翻在地，连打几个滚。陈猛子还想再飞起一脚将歹徒踩在地上，但闪电般冲进来的警察将歹徒们一个个押走了。

“好险呀，若不是我学过擒拿格斗，有两下子功夫，早见阎王了！”陈猛子长长地舒了口气。陈猛子赶紧跑去找自己的工钱。那钱就是他的命，甚至比命还金贵呢。此时，钱在老妈妈手上。老妈妈晓得是这位年轻人救了她，也晓得这地上的钱是年轻人背包里飞出来的。她伏在地上，一张张地捡起来，捏在手心，送到陈猛子面前。

她老人家十分心疼地说：“孩子，其实你不用管我，我已经老了，没得几多日子活了，死不足惜。你年轻，人生的路还长着呢！以后遇上这种恶人，可要跑快一点儿，千万不能同这种人面对面地斗啊！刚才我都吓得快背过气了，浑身打战，站都站不稳啦，生怕你又被他们砍着了！”

陈猛子知道老妈妈是在关心他，就说：“老妈妈，我是当过协警的，有武功呢。再说，我不能见死不救呀！我们中国人历来就爱助人为乐。我看过《水浒传》这本书，也看过《说唐》，那上面的林冲、鲁智深、李逵、秦叔宝等英雄好汉，个个路见不平一声吼，该出手时就出手。您老人家年岁大，腿脚不便，我保护您，这也是天经地义的啊！”

陈猛子把胸脯一拍，非常自豪地说：“我是打工仔，壮实得很，有的是力气。老人家，你看看我的拳头、腿脚吧。”他故意伸一下拳头，踢一下腿，“像铜锤铁棒一般，这些就是我的盾牌。老虎我都敢打，还怕他们几个歹徒不成！”

陈猛子的话把老妈妈说得哭笑不得，眼泪都流出来了。

这件事情很快被传得沸沸扬扬、满城皆知。张老板听说有个歹徒是被一个在火车站等火车回家的农民工给制伏的。这农民工身体很壮实，长着一脸络腮胡子，穿一身迷彩服，估摸着就是他工地上的农民工陈猛子。他工地上的那个叫陈猛子的农民工，就是个天天穿迷彩服的人，而且，他今天正好是在火车站等车回家。对照一下这几个特征，非常相像。

“是他，一定是他！”张老板非常肯定地说。

张老板没有想到他工地上的农民工还能做出这样见义勇为的壮举，感到十分荣幸和自豪，就有意想奖励一下他。张老板想，这样做也是自己的荣耀，或许他一生中也难遇第二次呢！张老板不愿意轻易放弃与自己人生事业息息相关的这份荣耀，于是立马吩咐几个保安，带上五千元现金，前往火车站找农民工核实情况。一旦查证无误就把钱给他，就说是张老板给他的奖金。张老板说他太了不起了，太勇敢了，给他工地上所有农民工争了大光！

此时，火车就要来了，陈猛子正在排队准备检票进站。关键时刻，没想到他工地的几名保安突然出现在他面前。陈猛子大吃一惊，第一个念头就是想逃跑，可是已经来不及了。陈猛子只好哀求说：“保安大哥，请你们行行好吧，放我一马行吗，别再把我抓回去了！火车马上就进站啦，不然这车票就作废了！”

“农民工大哥！”保安叫了一声，“其实，你不用担心什么。我们只是想找你核对一件事：新闻里播的那个制伏一名歹徒的人是不是你，请告诉我们一下好吗？”

陈猛子不明白保安问话的用意，更不明白保安为什么一而再、再而三地找他，说不准就是为工资的事情来的。他同时又不想张扬自己，就说：“不是我，不是我，真的不是我，不要弄错了。我哪有那种本事呢！”

保安见他好像心事重重，就说明了来意。旁边排队检票的人听说保安是来给他送奖金的，都为他高兴，就说：“是他，是他，真的是他！你们把奖金给他吧，我们作证呢！”

但陈猛子还是说，不是他，真的不是他！死活不要。当所有人夸他，说他了不起的时候，陈猛子才红着脸承认，但陈猛子还是不收奖金。

“我是当过协警的，制伏个把歹徒小菜一碟，谈不上见义勇为！主要是想去扶那位老妈妈，那老妈妈年龄大需要帮助。再说，遇到这种十万火急的险情，估计人人都会出手帮助，并非只我一人。”陈猛子说。

一阵之后，陈猛子终于等来了回家的列车。“好了，我终于可以走了。”

因为怕又发生意外，他赶忙上了列车。然而，麻烦事再一次发生了，陈猛子想躲都躲不脱！

就在陈猛子登上列车，不由得转过身来看一眼的时候，猛然发现保安又找来了。“今天真是有鬼！”陈猛子在心里嘀咕了一下，赶紧往车厢深处溜。可是陈猛子哪里还走得脱呢，几个保安怕列车启动，为抢时间不由分说地就把陈猛子拽下了站台。火车很快就启动了。

这下陈猛子可就火啦，气愤地指着保安说：“今天真是有鬼了！你们为什么一而再、再而三地缠着我呢？知不知道你们的行为给我造成了多大的伤害啊？”

“你们第一次找我，是不是怀疑我说了谎话，冒领了工钱，要我把钱退回去呢？你们说是不是呢？难道我不该领工钱吗？告诉你们吧，我就是说的假话。哼，叫他等着吧，今年等到明年吧！我不会再来了。为了不让你们看见，我只好躲在厕所最后一个位置里，吓得我出了一身冷汗！”

几个保安这才明白他们当时的分析还真是对的，陈猛子果然躲在厕所里。

“第二次，你们说是来给我送奖金的，谁知道你们是不是黄鼠狼给鸡拜年？”陈猛子说。

“张老板既然那么好，为什么半年都不给我发一回工资？你们晓不晓得我这半年过的是什么日子啊？还有一件事，说出来不怕你们笑话，我原来上厕所用的都是买的手纸，就因为手头紧，后来用的都是捡的废报纸，是别人丢的那种。这像人过的日子吗？”

陈猛子把自己磨破的两边肩膀拍了拍给保安看。“保安大哥，请你看看我的迷彩服破成什么样子了。为什么这么破还穿在身上？就是没钱买呗，只好就这样穿着，要是有钱买的话，我早丢了。”陈猛子越说越生气，“就算我见义勇为，也是我一个当过协警的人应该做的事情，关乎不着老板什么事，要老板给我发什么奖金？你们说我说的对不对？现在你们又来找我，而且我已经上了火车，还把我从车上拽下来，你们这样做不觉得太过分了吗？”

陈猛子的脸气得乌黑，几乎要打人了。不过，陈猛子还能管住自己，一切行为按当协警时的要求在办。

就在陈猛子把话说到这份儿上的时候，被旁边一位着警服的年轻警察给拦住了。警察递过来一张警官证说：“找你的人是我，他是给我带路的。我们警方要请你配合调查一下，情况属实的话，当然要给你发奖金，这是国家有规定的，不是什么人随便一想的。”

天哪，又是奖金！陈猛子说：“警官同志，我要的是回家，不是奖金。你们一个个不要搞错了，不要以为我做点儿好事就是为了钱。以前，雷锋做了那么多的好事也没要过别人一分钱，可雷锋仍然在做好事，对吧？”

警察说：“农民工大哥，你说得当然对。但是现在不好意思得耽搁你一下，你的事迹各级领导都知道了，而且都很重视。”

陈猛子这下没话说了。“人家是在执行公务呢!”

一路鲜花，一路掌声。

在奖金、鲜花、掌声面前，在领导、记者和公众面前，陈猛子满脸通红，一双手不停地搓着，连说话都打磕巴。这太出乎陈猛子意外了。

陈猛子始终觉得自己当时去扶老妈妈，根本来不及想什么，太多的只是一种本能，或者说是一种传统文化和为人民服务思想的影响。老妈妈年纪大了，需要被保护；见她倒在地上，心中不忍；更因为自己是当过协警的，会擒拿格斗，对付一两个歹徒不成问题。

陈猛子一再表明：“这是我一个当过协警、学过擒拿格斗的人应该做的事情，我做的这些微不足道。如果实在要表扬我、奖励我的话，那就表扬和奖励我们老家的桂花岭派出所吧！是派出所所长信哥和所里的民警教我学擒拿格斗的！又是信哥他们教我学雷锋做好事的!”

陈猛子越是这样说，采访的记者就越发觉得陈猛子思想境界不一般，越发要他多讲几句。

张老板也开着老板车赶来了，带来了鲜花与奖金。他微笑着和陈猛子握手、合影，说陈猛子这下光荣啦，他也跟着光荣啦!

张老板当着公安局领导的面兴高采烈地表示：要不远千里亲自开着“路虎”，把他工地上这位见义勇为的农民工兄弟送回家。

这让陈猛子感动得不知如何是好，一再鞠躬作揖，一揖到地，表示感谢。但张老板的这一壮举让陈猛子在心里也有些好笑。陈猛子觉得，其实这一切的连锁反应都是张老板一手导演的。张老板要是给他按月发工钱，他就不会请假回家；倘若不请假回家，他也不会有这些遭遇；更不会因为害怕保安抓他躲到厕所里，张老板也不会发善心执意要来送他，给他送鲜花、发奖金！世上的事情真是奇妙，一个连着一个地冒出来。可张老板这样做到底又得到了什么呢？陈猛子想不通。陈猛子只知道，这么多年若不是信哥的关心、派出所的帮助教育，自个儿也不会有今天的表现。世上还是好人多，只要你做了一点儿有益于他人的事情，大家都会记着你！

这年年底，公安局年终总结，召开先进工作者表彰大会时，局长要信哥介绍经验。

信哥说，从“黑山风”“过山虎”“洋鬼子”“老山龟”“铁拐李”和打工仔陈猛子等人身上折射出来的变化，让他明白了一个人生哲理，那就是：对于思想落后的人，只要坚持教育与感化，做到永不放弃，就一定能改变一个人。在处理群众关系上，要辩证地看待问题，即便是立场不同的双方，矛盾也是可以化解的。通过努力，可以将“仇人”转变成你的朋友；将后进改造、帮扶成先进；帮助迷途者找到正确的人生方向，等等。他说，这就是他的经验！

信哥的发言赢得了全局民警的一片喝彩！

辖区悬案

一

一早晨跑到桂花岭派出所报案的人，是桂花庄村民唐古拉山的父亲张老汉。张老汉说儿子家的小商品店昨夜被盗了，东西被偷光了，儿子还跟没事一样，连案子都不想到派出所报一下。他气得不行了，所以才急急忙忙地跑到桂花岭派出所来的。但张老汉并没有料到的是，他报案之后，反而给唐古拉山惹了不少麻烦。他儿子不报案，是另有原因的。这原因就是与“押宝”有关，但老汉根本不知道。老汉一生为人忠厚纯朴，省吃俭用，勤劳善良。现在，家里虽然富裕了，但老汉对钱物的丢失仍然很心痛。

派出所的警察张小东、廖一飞，看他心急火燎的样子，带着办案用具立即跟随老汉下山调查。

唐古拉山是张老汉儿子的乳名。张老汉年轻时在唐古拉山当兵，给儿子取这个乳名为的就是留个纪念。实际上，唐古拉山身份证上的名字叫张铁汉。这名字也有由来。当年大庆油田有个王进喜，是共和国的“铁人”，受全国人民爱戴。张老汉非常羡慕，希望自己的儿子也能像王进喜一样成为“铁人”，所以就给他取了个“铁汉”。虽有一字之别，意思却是一样的。但老汉又习惯喊儿子的乳名，不过他后来为了省事，就直接喊拉山。

张铁汉家的小商品店开在村头路边的桂花树下，已经有好几年了，一直平平安安。这次被盗主要是张铁汉自己大意造成的。

头天下午，张铁汉的爱人李玉梅在小店忙活时，接到娘家托人捎过来的口信，说她父亲病了，要她回去一趟。遇到这种事情，李玉梅不敢马虎。但她把店看得重，平日农活儿再忙，她也要忙里偷闲，想方设法把店打理好。店虽小，但处在山岔道口上，往返山民多，生意还不错，平均每月收入少则七八百元，多则千元以上。这对一般山里人家来说，已经是一件很开心的事情了。因此，她临走时想嘱咐铁汉一声，要他把店照看好，不能出意外。

正是收割完晚稻谷的日子，张铁汉在村前不远处的畈上耕田。他一边耕田，一边唱着顺口胡编的山歌：

对面的女子穿一身花哟，
犁田的大哥，你莫要叽叽喳喳哟。
哥想跟你说句悄悄话哟，
你是黄鼠狼不安好心哟。

上山的妹子去做么事哟？
妹子上山去摘花哟。
摘花回来送一朵给哥哟，

猛一抬头，发现前面田塍上有个穿花衣的人向他走来。他好奇地瞄着，一直等那人走到近前才看清是李玉梅。

“玉梅，你跑到田畈上来干什么呢？哇，你还穿得蛮新蛮漂亮呢，准备走亲戚啊？”

“算你说对了。铁汉，我要马上回娘家去一趟，就是专门来畈上告诉你的。”李玉梅说。

“走得这么急，是不是有什么紧要事？”

“是云泉叔在街上卖菜碰到了我娘家人，说我老爸病了，要我马上回去一趟。”

张铁汉啊了一声说：“那你就快去呗，估计还有个把小时天就黑下来了。要是你爸病情不怎么严重，你明天就回来，家里忙，我也没人做饭。要不要我用摩托车送你一下？”

“不用，不用。都是山路，上上下下车不好走，还是我自个儿搭车去吧！”

“好好好，那你还有什么事情，就快点儿说，别耽搁了！”

“我就是放心不下路边店。你一定要把店守好，晚上就在店里睡，一脚都不能离开，出不得事故的，小伢读书的钱及其他杂七杂八的费用，每月得好几百块活动钱，全靠这小店。另外，还有更紧要的事情，晚上9点钟，记得到学校去接阳阳。”

阳阳是他们的儿子，十三岁，在中学读书，老师要他在校上晚自习，也就是晚托的意思。张铁汉说：“好吧，照你说的办就是，莫啰唆，快去吧！”

可是，当天夜里还是出了麻烦。

二

晚上7点钟的时候，张铁汉半躺在店内床铺上看电视剧《乡村爱情》，不时发出哈哈的笑声。张铁汉的笑声被过路的牛小二听见了。

牛小二隔着墙壁在外面喊："拉山哥，今夜是你在守店啊？"

张铁汉没有听见，仍然看着电视剧中的人物在嘻嘻哈哈。牛小二候了一下，见店里没有开门的动静，就拍着门叫："拉山哥，把门打开，我要买东西呢！"

张铁汉这才听清是小二在喊，一跷腿赶忙从铺上溜下来，把门拉开一条缝问："小二，你要买什么？"

牛小二神秘地把嘴巴凑到张铁汉耳朵边："今晚桂花桥有一伙人在'押宝'，听说还是大黑在坐庄。我俩一块儿去玩几盘吧？大牛、竹鸡、花狗几个人早就去了。我到处找你没找到，正准备一个人去呢。路过这里，听见你在里面哈哈大笑。要不是听见你笑的声音，差点儿就找不到你的人了。"

"押宝"，就是赌博。

"你怎么不早点儿告诉我呢？"

"我以为是玉梅嫂在守店，不敢惊动她，怕她七问八问漏了风声，惹出麻烦。"

"又是大黑坐庄？他胆子还真够大的呢！"张铁汉说，"前两年，他们一伙人经常躲在长岭山、野猪窝'押宝'，派出所罚过他款的，还警告过他。"

"是的，这事我知道。"牛小二说，"不过大黑说他不怕，警告就警告，罚款就罚款呗，吓不倒他！"

张铁汉刚过而立之年，身板壮实，膀阔腰圆，加上一脸胡茬，看上去像个铁打金刚。其实呢，他却像个大小孩儿，爱凑热闹，一天到晚乐呵呵不知愁滋味。因为玉梅给他下达了命令，他不敢随便离开。

“我今夜去不成，要守店，晚上 9 点钟还要去学校接儿子。”

“这店又不是东西蛮多，怕什么呢？把店门锁了，耽搁一下，玩几个回合就回来，不要紧的！”

“不是你的店，你当然不要紧！”

张铁汉的嘴巴虽是这样说，心里早就痒痒了。他一年四季就喜欢赶这种热闹。即使他不参加“押宝”，只在一旁帮人家助个兴，叫嚷几句，也是无比快活的。但他还是有些犹豫，不敢走。

“你玉梅嫂给我下了命令的，不让我离开。说店里没人，怕强盗。万一被强盗偷了，你玉梅嫂还不真要我给她下跪呀！”

“跪就跪，那有什么了不起的，又不是给人家老婆下跪怕丢人！”牛小二一边说一边笑。

“嫂子今晚不在家中正好，要是她在家呀，你想去都去不成了。再说了，强盗又不是等在这里，你前脚一走，他后脚就来偷，世上没有这么巧的事情。拉山哥，你说我说得对不对？”

张铁汉抵挡不住牛小二的诱惑，哈哈一笑：“是的，小二你说得对，哪有这么巧的事情呢！走，我跟你一起去打个转身，马上就回来接儿子。”

他搓搓手，一拍屁股，锁上店门，嘻嘻哈哈地就跟着小二走了，毫不犹豫，大步流星。

李玉梅走到娘家门口时，太阳已经挂在了大山的松枝上，要不了多久，暮霭就会袅袅升起，黄昏就会降临。玉梅的母亲一天都在忙忙碌碌，早已做好了晚饭，只等玉梅回家。此时，她站在门口禾场上，迎着落日的余晖，手搭凉棚，朝田埑上张望。见有个人过来了，估摸着是玉梅，便蹒跚地走了过去。

“娘!”玉梅的声音立即传了过来。

“玉梅，算你来得早，太阳还没完全落下山去呢。”

“太早了也不行，我还要忙店里的生意。”玉梅拉住了母亲的手问，“娘，我爹病了?”

玉梅的老爹听见玉梅的声音，跨出门口，接住话说：“哪里是我病了呢，是你娘念你不过，说的假话。”

玉梅笑了：“娘，我爹说的是真的?”

“你弟弟两口子出门打工去了，长期不在家。你也忙，不这样说你还不回家呢，早把我和你爹忘记了！你白天没得空闲时间，晚上也没得空吗?店就叫铁汉守呗，还有他爹娘也可以帮忙!”

“铁汉跟小孩子差不多，心太野了，一有空就找人打牌，就记得玩，把店交给他看护，等于是交给茅草人看。我就是放心不下，刚才来的时候，我是嘱咐又嘱咐了的。”

“铁汉除了贪玩一点儿，其他事都还不错，做事卖力，又能吃苦，人也随和。玉梅，你莫老是把他挂在嘴边上说呗，也莫要人在福中不知福。有的男子汉一天到晚东游西荡，田地不种，甚事不干，还要抽好烟喝好酒！两口子经常吵架，你应该见过！铁汉总不是那种人吧?”

“玉梅，你娘说的话是对的。常言道：金无足赤，人无完人。铁汉是贪玩一点儿，可他勤劳、聪明能干，农活料理得响当当的，挑不出甚毛病，你就马虎一点儿!”这是玉梅的爹在帮她老娘说话。

走进屋，玉梅发觉爹已经把煮熟的一钵炖鸡汤端上了桌，这才明白娘为她回家还弄得这么隆重。

“娘，鸡为什么不留着下蛋呢?”

“鸡喂得多，不能都留着下蛋吧！下回就叫铁汉过来吃，你就不来了，在家看店。”

玉梅抬头笑了笑说：“我就知道爹娘总是护着铁汉，把我当恶人。”

“也不是。”玉梅的爹说，“只是希望你们和气生财，互相理解、支持，不要相互埋怨，把日子过好。”玉梅的爹停了一下又说：“听说你俩明年想承包山林?这事依我看能行。现在国家的惠农政策一年比一年好，不仅田税都免了，还不断在实行倒贴。只要手脚勤快，肯动脑子，乡下人的日子就会越来越有奔头。”

“是铁汉有这个打算。他想承包两千亩荒山，种桂花苗和楠竹。他说桂花苗五寸围粗的，一株可以卖四五十元；一尺围的，一株可以卖近百元；再大些的更贵。楠竹主要是生长快、周期短，要不了几年就可以受益。我怕铁汉一个人忙不过来，还没定下来呢。”

“到时候我和你娘过去帮你们看管。”

玉梅点了点头：“那我明天回去，就叫铁汉把这事抓紧定下来。”

三

桂花桥是个小村庄，坐落在大山深处，很偏僻。从路边店往里走，大约一千三四百米的路程。

桂花桥前面有条碧水如练的小溪，溪上有一座直径不足三十米的小石拱桥，桥两边是一长溜有水的稻田。除此之外，四面大山环抱，山高林密，树木参天，藤萝倒挂。从自然生态环境方面说，其实就是个“斜阳外，寒鸦万点，流水绕孤村”的优美去处；往偏僻冷落方面讲，其实就是个“熊罴对我蹲，虎豹夹路啼”的洪荒之地。

正因为偏僻、封闭，来这里押宝的人不易暴露消息，一有风吹草动立马就会人去场空、踪迹全无。

张铁汉和牛小二两人，一前一后，连走带跑，仅十来分钟就到了。张铁汉一声乐呵，连说带笑地嚷道：“好哇，你们‘押宝’都不约我一下，看不起我哇?”

“嚷什么嚷?你一年四季，日出而作，日落而归，忙完田地忙生意，哪有闲工夫和我们一起‘玩’呢?再说了，你也舍不得荷包里的那几个小钱啊！”人堆里不知是谁冲张铁汉嚷了一声。

庄家大黑听见张铁汉大叫大嚷，也昂起头来冲他说：“唐古拉山，你以为‘押宝’光荣吗?你要押就押，莫嚷！莫嚷！让桂花岭派出所几个‘老虎’知道了，大家就搞不成了，弄不好还要罚款、进号子，你晓不晓得啊?”他把桂花岭派出所的警察戏称为“老虎”。

张铁汉原本只想看看热闹，不打算出手的，听众人和大黑这么一唱一和一刺激，加之荷包里还有几个子儿，劲头猛地一下就升起来了。他一边掏钱，一边叫：“大黑，你说得对，不嚷，不嚷！我押！我押！”

人们常说：人在江湖，身不由己。张铁汉就是如此。他一动真格的，就把玉梅下达的口令忘到了九霄云外。

他还没过足赌瘾，却已星移斗转，几个小时不知不觉地就溜过去了，身上的钱输光了，找别人借的几百元也输了。输了就输了呗，可他还赖着不走，还想把输的钱重新赢回来，但又没人借钱给他，他就只好在人堆里不停地叫嚷。直到凌晨两点来钟，他才猛然记起自己身上肩负的使命，本能地大叫一声：“糟了！糟了！”接着，他就赶忙往回跑，弄得大伙像丛林中的惊雀般惶然四顾，以为是警察来了。可是，他已经回来晚了，麻烦已经发生。

凌晨1点多钟，几个小偷前来小店光顾过，把店里的一些好烟好酒以及锁在小桌抽屉里的几百元现金都偷走了。剩下的是些读一二年级的小孩子用的铅笔、写字本、奥特曼图书、植物大战僵尸卡、泡泡糖、儿童小玩具；再就是清明节祭祖用的纸钱、牙膏、牙刷、洗衣粉等，一张钱可以买一大抱的玩意儿。而且，店内所有东西均被翻得东倒西歪、七零八落，连床铺板都被搬动了，被窝、垫絮掀满一地，凌乱不堪，一片狼藉。张铁汉一看，立即傻眼了。他骂牛小二狗东西不该约他去桂花桥“押宝”，害得他连输带被盗，损失好几千元。更糟的是，儿子因为没人接，在回家的路上受到一只流浪狗的惊吓，连摔几跤，小脸碰破皮了，嘴巴也在流血，让他心痛不已。

四

一个绰号叫“老乌鸦”的中年汉子一清早来店里买东西，见没开门就胡乱敲了几下、喊了几声问有没有人。张铁汉因为店被盗了，不好意思开门。过了一会儿，他又谎称没工夫开门，要出门进货。但“老乌鸦”不管这些，还是一个劲儿地说要买东西。张铁汉这才不情愿地把店门打开一条缝，不耐烦地对着“老乌鸦”吼：“你要买什么鬼，还有啥东西好买的啰！”

“老乌鸦”比张铁汉大几岁，一听火了。“拉山，你是不是一清早就喝醉酒了，说些不吉利的话？我今天要是有不顺心的事儿，那就要找你赔损失的啊！”然后，他走进店里一瞄，吃了一惊，“你这是怎么搞的，拉山，你跟玉梅吵架了？”

张铁汉耷拉着脑袋，瞟了“老乌鸦”一眼，没好气地嚷：“是吵架了！”他立即又骂起来，“你那‘乌鸦’眼真是不中用，看不清楚啊，这像是吵架吗？”

“你两口子没吵架，那这些东西怎么被掀得乱七八糟，又没发生地震？要不，就是你发酒疯掀的！”

“昨天夜里被盗了呗，死‘乌鸦’！”张铁汉不好意思地嚷一声，又侧过脸去哑笑，连口水都喷出来了。

“老乌鸦”再次吃了一惊说：“你这店昨晚怎么没人守夜？”

“我昨日耕田累了，夜里睡觉睡死了，强盗进来不知道。”

“我不信，晓得你跑到哪里疯去了。”

张铁汉还想说点儿什么，一抬头，看见牛小二从桂花桥颠颠地走出来了。他赶忙闭了嘴，跑出门去，将牛小二堵在路上，大声地吼叫：“你这个龌龊东西，我说不去押宝，你非要我去。我家路边店昨夜被盗了，儿子也摔伤了。”

“我不信，你莫吓我，世上还有这么凑巧的事情吗？”

“你不相信，难道我还无中生有编个故事骗你不成？你自己进屋去看看就知道了。”张铁汉连拖带拽地将牛小二拉到店门口，大声说：“你自个儿看看，自个儿看看吧，是不是我在撒谎？”

牛小二站在店门口，转动着脑袋左右一瞄，跟“老乌鸦”一样大吃一惊，直翻眼睛。但牛小二不相信世上还有这么巧的事儿，狐疑地质问张铁汉：“一屋东西搞得这样乱糟糟的，吓死人哦，真是强盗来了，拉山哥？”

张铁汉见牛小二不相信，嗓门就大起来了：“那你说是谁搞的？小二，你说，你说啊！”

牛小二一时接不上话，就一个儿劲地念叨：“真是奇怪！真是奇怪！”念了几句之后，他突然大声地冲张铁汉喊：“是你自己故意弄成这个样子吓唬我的！”

“狗东西，你就喜欢胡说八道！”张铁汉一伸手将牛小二搡了个四脚朝天，倒在地上。

“老乌鸦”站在一旁哈哈大笑，牛小二却是哭笑两难。他鼓足勇气吼了一声：“唐古拉山，你的路边店要是真的被盗了，也不关我屁事吧，冲我发个什么火呢？是不是以为你力气大，打得赢啊？”

“我要你赔！”张铁汉说，“还有我儿子的医药费也要你赔，是你这个龌龊东西要我去押宝的。”

牛小二是个一人吃饱全家不饿的人，天不忧，地不忧，还怕你唐古拉山？他立即从地上爬起来，一边拍屁股一边说：“呸呸，羞呀！羞呀！是我要你去押宝的，真是说得比唱的还好听呢，不要脸呢！”牛小二越说劲头越大。

张铁汉的父亲富荣叔牵着一头水牯牛，朝路边店走过来了。他看见儿子跟牛小二在争吵，站住脚，吼了一声：“拉山，你为什么一早晨就与牛小二吵得脸红脖子粗，嗯？”

牛小二像有了靠山似的，赶忙跑到富荣叔身边，指着张铁汉说：“叔，你叫拉山哥自个儿说，自个儿说吧！”

张铁汉不吭声，偏着头抽烟。牛小二接着说：“叔，拉山哥的小商品店昨夜被盗了，与我毫不相干，可他硬是拉着我不让走，还说要我赔，你说他是不是蛮横不讲理？”

富荣叔吓了一跳，赶忙走过去一瞄，果然店里像是出了事儿，立马火了。富荣叔指着儿子大发脾气：“拉山，你这狗东西，你的商品店叫强盗偷成这个样子，还不快点儿去公安局桂花岭派出所报案，还在这里打嘴皮官司做什么呢？牛小二是个什么样子的人物，你难道还不知道吗？市委书记的小轿车他都敢拦的人，你敢吗？再说了，你的店被盗了，怪牛小二屁事？是他偷的，还是他把强盗引来的？”

小二见富荣叔冲儿子发脾气，还把他捎带着，就不高兴了，但又不敢同长辈顶嘴。而且，牛小二听富荣叔说要报案，立马紧张起来了，害怕张铁汉真的去桂花岭派出所报案。一旦惊动了山上的警察，查出来是因为“押宝”造成被盗的，那就麻烦了。那就会牵扯所有参与“押宝”的人，都可能要倒霉。那人家就会怪牛小二，恨牛小二。

牛小二知道事情的严重性，厚着脸皮跑到张铁汉面前低声说：“拉山哥，不能去山上报警。警察一旦来了，麻烦就大了，提起葫芦根又动。派出所还不把所有参加‘押宝’的人‘一网打尽’，一个个捉去罚款啊，弄不好，还真有人去坐牢。到时候，所有‘押宝’的人，都要恨我们两个。拉山哥，你好好掂量掂量吧，看我说得对不对呢？”

富荣叔不明白小二怎么同儿子又好起来了，说起了悄悄话。他心里一烦，就又吼起来了：“小二，你这狗东西搞什么名堂呢？说话还怕老子我听到了啊？”

“叔，您放心，我没说什么事，只是叫拉山哥把店快点儿收拾一下，别耽搁了生意。”

“狗屁胡说！”富荣叔一听，火气又升起来了，冲着牛小二吼道，“公安局的人还没来，收拾什么家伙？你这不是成心捣蛋嘛。拉山，你这狗东西，别听他瞎说，快点儿去报案，还站着做什么呢？”

张铁汉不好跟父亲明说，就意味深长地叫了一声“爸”……

富荣叔从儿子的叫声中，感受到了儿子不想去报警。这下他更火了：“我早就看出你们这两个王八蛋子心里有鬼，不敢明说。好哇，你这狗东西不去报案，我去报案！”

张铁汉一下子慌了，红着脸，又悠长地喊了两声“爸——爸——”，想让父亲从他的喊声中意识到自己的难处。

富荣叔不高兴。他听得懂儿子喊声中的鬼名堂，愤愤然说：“拉山，你喊什么喊，你不去派出所报案，我替你去报案还不中啊！”

富荣叔把牛系在店旁边的小树上，风风火火地就到桂花岭派出所报案去了。

张铁汉和牛小二两人拉都拉不住他！

五

李玉梅是在派出所的张小东、廖一飞两个民警勘查路边店现场时回来的。

李玉梅看见店里有警察在忙活，不知家中发生了什么事情，一时摸不着头脑。围在旁边看热闹的“老乌鸦”眼尖嘴快，哈哈一声大笑说：“玉梅，你回来得正好，你家路边店这下出彩了，连警察都上门来了。”

李玉梅听得一头雾水。

张铁汉的老娘金妈，怕儿媳妇回来大哭大闹、没完没了，赶忙走过来拉住李玉梅的手，冲“老乌鸦”连说带骂：“你这个砍脑壳的东西，你要不开口说话，哪个还说你是哑巴呢！”然后，她压低声音对玉梅说：“玉梅，你放宽心，路边店昨夜被强盗偷了，损失不是蛮多。”

李玉梅顿时花容失色，她像塌了天一样，不等阿婆再说什么，就“咚”的一声坐在地上，大哭起来，骂张铁汉是猪是狗不是人。金妈劝李玉梅不要着急，还有几个女人也在帮忙劝她莫要太着急了，损失不是很大。

看热闹的男人可没这么好心肠。他们反其道而行，嘻嘻哈哈地嚷："骂得好！骂得好！光骂还不中，还应该让铁汉给你下跪，夜里也不要让他挨着你睡，更不能让他动手动脚。"

本来很伤心的李玉梅，被他们说得连哭带笑，忍俊不禁。

金妈也忍不住笑了。"你们这些剁脑壳的，就喜欢幸灾乐祸、借风起浪，说不定哪一天强盗也会偷到你们家里去呢！"

闹了一阵儿之后，金妈和几个村妇就把玉梅弄回屋去了。

张铁汉躲在路边店的背面，厚着脸皮嘻嘻地偷乐，因为心中有愧不好意思露面。可是，看热闹的那些汉子不会饶过他，要拽他去给李玉梅赔礼道歉。张铁汉只好一个劲儿地给他们发烟，他们还是不肯放过他。

张小东、廖一飞看见了，就说等一会儿再闹吧，还有事情需要调查他呢。

警察问："你叫张铁汉？"

张铁汉："是叫张铁汉呢。"

警察："你这路边店平时有没有人守夜啊？"

张铁汉："有人守夜的。"

警察："有人守夜还被盗了？"

张铁汉："我昨晚大意了。"

警察："什么叫大意？"

张铁汉："就是忽略了呗。"

警察："说具体一点儿，怎么个忽略法？"

张铁汉因为心里亏得慌，不敢说"押宝"去了，只好不作声。

警察："估计被盗多少东西？"

张铁汉："抽屉里几百块钱被偷走了，二十几条十元一包的红金龙香烟被偷走了，两大箱五六十元一瓶的好酒被偷走了，还有一些其他的东西，加起来六七千元的样子。"

警察："幸亏没把你人偷走呢！"

张铁汉看警察批评他，不好意思地说："以后不敢大意了，麻烦你们派出所帮忙调查一下吧！"

警察："那还用得着你说吗，我们不调查还有谁来调查呢？不过你以后要多加注意，否则再被盗了东西，就让你自己调查！"

张铁汉见警察要走，假惺惺地朝警察嚷一声："两位警官吃了中午饭再走吧！"

"你老婆骂你是猪是狗，看样子，你自己中午饭都没得吃，哪有饭给我们吃呢？"他们笑了。

警察一走，李玉梅再度来到路边店。她问张铁汉昨夜干什么去了，张铁汉不知道怎么回答才好，一阵才嬉皮笑脸地跟李玉梅求和，说他错了，玩去了，把她下达的任务给忘记了。

张铁汉没有明说去玩什么，他不好意思说。李玉梅一旦知道他是因为到桂花桥"押宝"去了，路边店唱了"空城计"才被盗和没去接儿子的，又要大哭大闹。但张铁汉一想，不如趁热打铁把话挑明，免得心里总压着一块石头。

犹豫了一下后他说："玉梅，我昨夜到桂花桥'押宝'去了。"

其实，这已经不是什么秘密，村里人都知道了，警察也知道是哪些人在赌博。警察已经开始着手调查，只有李玉梅还被蒙在鼓里。玉梅懂得"押宝"就是摇骰子赌钱。

李玉梅一愣，半信半疑地望着张铁汉，像没听懂似的又问："你说什么呢？'押宝'去了？"

"真是'押宝'去了。"张铁汉回答。

"那你告诉我，是和哪些人一起在'押宝'？"

张铁汉红着脸不敢作声，怕牵连别人。

李玉梅的气果然又升起来了。她一边骂张铁汉是猪是狗，一边要找棍子打张铁汉，一时找不到就抓起地上一根二尺长的草绳，呼啦啦地冲过来，就往张铁汉的背上一顿乱打。站在一旁的牛小二哈哈大笑："嫂子，你这是在哄哪个哟？一根草绳能打着他吗？"

"老乌鸦"不知从哪里找来一根大竹棍举在手上，大声嚷："玉梅，给，用竹棍打，你那草绳是做儿戏呢，连皮都伤不到的。"

李玉梅丢下手上的草绳，真就跑去把"老乌鸦"手中的竹棍接过来了。不过，她不是打张铁汉，而是冲"老乌鸦"和牛小二两人嚷："你们这两个龌龊东西，肯定是你们约他去'押宝'的。我不打铁汉，我要打你们两个人！"

吓得"老乌鸦"和牛小二狼狈而逃。

六

中午，金妈叫儿子和玉梅上她那边吃午饭。李玉梅说她不饿，没有去，张铁汉就一个人去了。李玉梅的气消了一点儿，她知道店子只有这么大，东西只有这么多，也不怎么值钱，就是偷光了也值不得万把块钱。同时，她又想起了爹娘的嘱咐，爹娘总是说铁汉好，人勤快，吃得苦，轻活重活都能干。张铁汉还打算承包山林，大干一场。最让她生气的是丈夫玩心重，不折不扣是个大小孩儿；一说"押宝"，什么事情都忘得一干二净。李玉梅在店里一边收拾一边想，一抬头看见张铁汉端着一大碗饭站在她面前。

"我没有叫你给我端饭，我不吃。"

"你不叫我端饭我就不端了？赌气归赌气，吃饭归吃饭，莫把自个儿饿坏了。"

"我就是想不通，你站着一道墙，坐着一座山，这么大个人，为什么就守不好一个路边店。再说你都三十多岁的人了，还跟小朋友一样贪玩，店被盗了，儿子也摔伤了！”

“你吃饭吧，我今后改，再不改就真对不住你啦。”张铁汉嬉皮笑脸地说。

“你每次都说得好听，谁知道你什么时候改得了！”

金妈也过来了。金妈说：“玉梅，不要收拾了，先坐下来把饭吃了吧！”

玉梅还是说她不饿不想吃。

“莫瞎说，闹了一上午，哪有不饿的道理。你爹的病好些了吗？”

“我爸没有生病，是我娘把我骗回去的，说她想我呢。”

金妈就叫她往后多回去一点儿，莫光想着自己的事情多，爹娘年纪大了，心里牵挂呢。

“铁汉这么贪玩，往后我更加不好回去了。”

“我叫他改。”金妈说，“他老爹说了，今后他要再去‘押宝’，就拿扁担揍他。你莫急得太狠，偷走的东西以后补得回来。吃完饭，快些把店收拾好，重新开起来，还得给山上山下人家一点儿方便。”

金妈从荷包里拿出一大把钱递给玉梅：“给，这是五千块钱。你爹叫你们两人拿去先进一点儿货再说，不要耽搁了人家买东西。”

“我跟铁汉没有什么东西孝敬爹娘，哪好意思用你们的钱呢！”

“不要说你的我的，铁汉没有兄弟姐妹，就他一个孩子，他爹晓得你们两人一时拿不出多少现金。去年刚刚盖了新房，欠的一点儿账还没还清呢，加之阳阳读书每月还得好几百元，哪有闲钱放在家里躺着呢，拿去吧！”

玉梅还是不好意思从婆婆手上把钱接过来。

张铁汉扔下扫帚，拍了拍手，走过来说：“娘，把钱给我吧，下午我就骑车去街上进货。”

金妈一转身把钱交给铁汉。“铁汉，往后懂事一点儿，人过三十不年轻，可你都三十多岁的人了，还贪玩。玉梅天天忙忙碌碌，不要老是让她生气。这回虽然损失的钱财不是蛮多，但人啊，跟小白菜差不多，经不住几场霜冻，一打就都蔫了的。”

“娘，我记住了，别说得我心里发慌。你回去吧！”

七

收桂花的季节到了。村前村后，山上山下，繁花似锦，一片金黄。一棵棵桂花树就像一簇簇巨大的花团，更像一片片连接起来的彩色云霞，在艳阳的照耀下，花光闪闪，夺人眼目。整个桂花庄，日日夜夜沉浸在芬芳的海洋里，此时此刻，到处忙碌着收花的山民。他们拉着宽大的布篷，攀上树枝，手持竹竿，敲敲打打，摇摇拽拽，花絮飘飘洒洒，如冬日的雪花般纷扬而下。小鸟五颜六色，上下飘飞，鸣声四起，呈现出一片欢乐的山村景象。

张铁汉一家人，正在屋背山桂花林忙碌的时候，村支书大贵带着派出所的张小东、廖一飞找来了。

张老汉知道村支书和警察来肯定是找他儿子的，不等他们说明来意，就朝着站在桂花树上的儿子吼了一声：“拉山，你下来吧，快点儿！支书和派出所的警察来了，是找你的。”

村支书是个老同志，与张老汉平辈，小老汉几岁。他说：“哥，耽搁一下吧，派出所的小张、小廖是来传拉山去派出所做笔录的，要拉山把在桂花桥‘押宝’的事情交代清楚。”

张老汉这才猛然醒悟过来：难怪昨日早上我叫那狗杂种去桂花岭派出所报案，牛小二一个劲儿地同铁汉嘀咕着什么，铁汉又一个劲地喊爸，果然是心中有鬼，见不得人。

老汉黑着脸没好气地说："叫那杂种去吧！没有他，我和他老娘、玉梅，照样把花收回家。"

张铁汉从桂花树上溜下来，红着脸把竹篙递给李玉梅。"你慢慢爬上树去敲吧，小心一点儿，别摔下来了；爸年纪大了，不能让他上树敲花呢。"

张老汉听儿子这样一说，赶忙瞪大眼睛，又吼了一声："你这龌龊东西，还晓得疼你爸吗？你要是早晓得疼老子的话，就不会一次次地偷着去赌博，强盗也不会偷了你的路边店；阳阳也不会没人去接！"

张铁汉希望父亲能原谅他，不再唠叨，又悠长地叫了一声"爸——"，想用叫喊声把父亲的嘴巴堵住。

李玉梅没好气地接过竹篙说："你越喊爸越生气，你快点儿走吧！"

张铁汉走在前面，两个警察走在中间，支书走在后面。一行人刚刚走出两丈远的样子，金妈蹒跚地跑过来，一把拉住支书的手说："大贵啊，你跟派出所的同志打个招呼，叫他们千万不要打拉山啊！"

张老汉讨厌金妈说这种没骨气的话："那种人要打要骂也是活该！"

张小东、廖一飞听了，就对金妈解释说："您老人家什么时候听说我们派出所打人了？你放心吧，我们从不打人，我们要文明执法！"

"绿荫不减来时路，添得黄鹂四五声。"一路上，鸟儿叫得越发热闹了，以为是什么喜事呢！

桂花岭派出所的小会议室里，挨着墙壁，有一长溜沙发，坐着牛小二、大黑、大牛、竹鸡、金狗、猛子等一伙人。张铁汉走进去，一眼就发现了这些“赌友”。他不好意思打招呼，只是肩膀一耸，偷着乐了一下。张铁汉的偷笑，被正在给他们开会的派出所所长信哥看见了。信哥问张铁汉：“你笑什么？你以为是跟你闹儿戏玩的吗？告诉你吧，你如果不把赌博的事情一五一十交代清楚，保证今后不犯，小心我把你们一个个关到猫儿山去。猫儿山就是市公安局专门关人的地方，知不知道？”

听所长这样一说，张铁汉的脸上立即泛起一层狼狈神色，闭紧嘴巴，不再作声。

一个小时之后，张老汉挑着满满一担桂花往山下走的时候，身子一歪把脚崴了。金妈扶着老汉坐在地上，给他按摩。玉梅只得放下手上的竹篙，捡起张老汉的扁担准备挑花。铁汉不在，她就是家中主劳力。

正好这时，村支书又返回来了。支书这回是来帮忙的。支书估计张铁汉去了派出所，张老汉家人手不够用。他一眼就看见金妈在给老汉按摩脚趾。

“哥，你脚崴了？”

“是呐。”金妈笑着说，“你这富荣哥呀，真是老没用了，挑一担花，没走几步，就把脚给崴成这样。”

支书说：“不着急，我就是来给你们帮忙挑花的。”

张老汉没让村支书挑花，花让玉梅挑，他要大贵把他背回家去。他的脚恐怕一时半会儿恢复不过来。

下山时，张老汉又要村支书把村里的这帮年轻人管紧一点儿，莫让他们再“押宝”了。

他说：“旧社会都不许赌博，现在是文明社会了，依法治国，还能允许赌博啊？”

村支书说："哥，你说得对，派出所这回动了真格的，要抓人的！"

"抓得好！第一个就把拉山那狗东西抓去，好好教育教育。这股歪风，不刹不行！"张老汉这阵子的心情好多了，说话的口气也不一样了。

次日，天气晴暖，风和日丽。村支书在村头桂花树下召开村民大会。

派出所所长信哥在会上宣布了处理决定："大黑因为几次受到治安警告、罚款，这次又聚众'押宝'，属一犯再犯，决定给予行政拘留十五天、罚款一千元处理；决定给张铁汉、牛小二、大牛、猛子等人治安警告和罚款五百元处理。"

大黑没有想到桂花岭派出所、村支书，这次抓得这么认真，多少有些出乎意料。走上警车之后，大黑转过身来望着所长说："所长啊，再放我一马吧，以后我坚决不赌了。"

"大黑，你不要说了，你不是一次、两次犯错误了，你的脸皮到底有多厚实，你自己心里应该明白！而且，现在正是扫黑除恶期间，你竟敢聚众赌博，你眼里还有国法没有？"信哥一席话说得大黑哑口无言。

大黑知道木已成舟，挽回不了了，就转换话题说："所长，那我拜托你一件事情好吗？"

"你说？"

"我家明天收桂花。我走了，我老婆明天没人做帮手，她会哭的。她脾气不好，急狠了，什么傻事都做得出来。请你同村支书找两个人帮她一把，好不好？"

"就这事？"

"就这事。"

“好，我答应你。你安心去吧，在拘留所好好学习，出来变个人样！”

“所长，那我就感谢你了！”

“谁要你感谢！快走吧。”

信哥把手一挥，停在桂花树下的警车“嘟嘟”几声，就沿着山道一路下山，把大黑送到拘留所。随着拘留所铁门沉重的咣当声响过之后，大黑的身影就被高墙吞没得无影无踪了。

八

傍晚，张铁汉坐在家门前的石凳上抽烟，看下山的夕阳。夕阳又圆又大，彩霞飞放，仿佛燃烧的火球。倘若平日，张铁汉就会大声嚷嚷：“玉梅，你过来看啊，这落山的日头，真是红得亮爽，烧红了半边天呢。”但他今天没了这个兴趣，情绪十分沮丧。派出所虽然没有拘留他，但他还是和其他人一样被警告了，交了几百元罚款。玉梅一直在叽叽咕咕抱怨他。

此刻，他自知心亏，只是默然无语地抽着烟。

李玉梅在厨房做饭，将一盆用过的水泼过来，洒在离张铁汉不远的地方，溅开来的水珠将铁汉后背上的衣服洇湿一大块。张铁汉转头瞄了玉梅一下，又转头瞄了一下说：“玉梅，你要是还生我的气，就过来打我几拳吧，打了你的气就消了，心里就好受些了。”

“我一天到晚忙完家里忙店里，做完农田种菜园。而你的心里就装着‘押宝’、打牌的事。”

“这回派出所罚了款，关了人，动了真格的，往后不会有人再敢去‘押宝’的，你放心。”他抽了一口烟又说，“要不，我明年到南方打工去，免得你看着我总生气。我也想到外面去见见世面，一举两得。”

次日，张铁汉的岳父岳母听到消息放心不下，赶了过来，并照直来到了他们的路边店。

这会儿张铁汉正在店里收拾。他脸皮再厚实，一时也难以让玉梅不生气。见了两位老人，他红着脸搓着手，很不好意思地叫了两声亲爹、亲娘之后，下文就不知道怎么说了。若是平常日子，他就会搬椅子、倒茶、递烟、拿好吃的东西，还会笑嘻嘻地说蛮多好听的话，让岳父、岳母高兴。岳父、岳母也知道他聪明、幽默、勤劳、厚道。不论在什么地方，只要有他在，那一定是欢声笑语不断。而且，他说出来的话都是四言六句，既押韵又诙谐，总是逗得大家捧腹大笑。

其实，他文化不是很高，也就高中毕业，但出口成章的能力即便是学文科的大学生也难望其项背。他人之初、百家姓，从头至尾都背得；《三国演义》《水浒传》《隋唐演义》《西游记》他也讲得头头是道，而且还夹杂着一些正经书上没有的情节。最出彩的是他还打得一手好算盘，加减乘除都很流畅，随着口里念的口诀，食指和中指把算盘珠拨得呼呼地响。别人用计算器，他用算盘，速度丝毫不差。不知道他是跟谁学的。

所有农具只要经他的手整理一下，怎么都好使，无论是镰刀还是锄头。他修的猪圈，哪些要宽一点儿，哪些要窄一点儿，哪些要高一点儿，哪些要矮一点儿，仿佛说的都是流体力学的原理。而现在呢，他就只晓得站着搓手，像做错事的孩子。岳母见他那憨不拉叽的样子，既好急又好笑，便自个儿找来两把椅子和老头子坐下，然后就说：“铁汉，你怎么这么不争气？你亲爷前天晚上还当着玉梅的面夸你人好呢，能吃苦，会农事，活计干得顶呱呱的。特别是家中的农具，只要经你的手整理一下，怎么都好使。你守店的人怎么能去‘押宝’呢？难怪玉梅说你性子野呢！”

岳父接着说：“抹牌赌博又不是什么好事，以后不要赌了，跌了跤，要晓得爬起来。玉梅呢，她怎么不在？”

张铁汉咧着嘴傻笑，满脸通红，不好意思地回答：“玉梅生我的气，还睡在家里呢！”

岳母从手兜里拿出一个纸包递给铁汉，说这是五千元，要他同玉梅再凑一点儿钱，抓紧把路边店重新打理好，别耽搁了生意，还要他抓紧把承包山林的合同定下来。

张铁汉朝岳父岳母点了点头说：“还要亲爹、亲娘操心，真不好意思！”接着，他马上厚着脸皮嘻嘻地笑：“这强盗偷得可真好呐，还把我们偷发财了呢！昨日我老娘也给了我们五千元，玉梅不要，是我把钱接过来的，嘻嘻！”

“你呀！你呀！今后可要把店看好，不能再出事了！”岳母看他那么开心，叮嘱他。

这时，张铁汉的爹娘也一起朝路边店走过来了。他们听说俩亲家在这里，要他们去家中吃午饭。

苍山如海，山雀啁啾，到处充满大山的气息！

月桂家的桂花，今天是一定得收了，一天都不能耽搁。那些金子般的花瓣，全都在往外散开、倾斜、翻卷，风一吹，沙沙地往下落。在这种时候，如若再拖延时间，一旦遇到天气变了，下雨或刮风，一年的收成和希望就得打水漂。月桂当然心里明白，一直惦记着这事。因此，她一早起来，就风风火火地往娘家去了，想叫哥嫂给她帮两日忙。她路过桂花岭派出所的时候，被派出所值班民警看见了。

民警认得她是大黑的老婆。就说：“嫂子，这么大清早的，你要往哪里去啊?”

“我去娘家呢。”

“有什么重要事情，走得这么早?”

“是去叫我哥嫂来帮忙收桂花。桂花已经开始落花了，正好收，耽误了怕变天。”

民警一听，知道是怕下雨，就说:“昨天我们所长不是告诉你了吗?今天派出所帮你收花，这是大黑临走时提出的请求，我们答应他的。你怎么又去娘家找人帮忙呢，是不是发生了什么不愉快的事情啊?”

月桂怕派出所的警察产生误会，就说:“没有发生什么事情，所长给我说了的，今天派出所给我帮忙。但我不好意思，怎么能让警察为我一个女人帮忙收花呢!”

“正因为你是女的，体力差，人手不够，我们才挤时间给你帮忙。你放心吧，吃过早饭我们就去，所长已经做了安排，快回去把收花的工具统统准备好，莫耽搁了时间，时间贵着呢!我们还有好几个案子没了结呢!”

“那更不行。”

“嫂子，你听话!”民警两手一伸，就把月桂拦回去了。

一整天的忙碌，再加几个小时的夜班，派出所的几位民警及村支书、村主任还有其他两位村民，不但帮月桂把桂花全收好了。还弄来卡车，帮她把一筐筐的桂花运到收购站过秤，直到她把卖花的现金存到银行卡上再送她回家为止。

在拘留所的大黑知道后，当然感动。他说:“没有想到在钢铁一样的法律面前，还伴随着一份警察的铁血柔情及村里人的关怀!”

九

这天上午，桂花岭派出所的张小东、廖一飞，又去村里调查路边店的案子，并回访村民对大黑拘留后的反应。李玉梅问两位警察案子查得怎么样了，她期待能快些破案，减少一点儿损失。两位民警说正在查呢，别着急，现在我们手头上有几个案子得带着一起办，人手少，不能跑单边。

警察说的是实话。两个月前，高家河桥头公路边上，发生一起劫持出租车司机案。案犯将被害人勒死后抛入桥下水中，开车逃跑，慌乱之中，车熄火了，无法启动，只好弃车而逃。当时，正是太阳落山时分，高家庄一位女村民去桥下洗菜，目击到了这一幕，吓得失魂落魄地往家里跑，连摔几跤。因为案子发生在桂花岭派出所辖区范围内，按规定这种重大的恶性刑事案件虽然由局刑警大队队长亲自带人负责侦查，但案发地派出所是理所当然要大力协查的，这就用去了部分警力。

玉梅要留他们吃午饭。张小东、廖一飞说："现在不吃，待把案子查清了再吃，给你留着。"但玉梅执意要挽留，说警察为路边店的案子跑上跑下，还从未吃过他家一顿饭。张小东、廖一飞推辞不下，只好同玉梅、铁汉两口子一起去他们爹娘那边吃饭。

警察走的时候，铁汉的爷娘站在屋边桂花树下送行。一辈子未曾同警察握过手的张老汉，不知道是高兴还是激动，握住两个警察的手说："警察同志，这狗东西（指铁汉）今后若再'押宝'，你们就把他抓起来，送到猫儿山去，让他吃点儿亏，长点儿记性。"

张老汉的话，被走过来的牛小二、"老乌鸦"无意中听到了，他们说："铁汉这人，关也白关，他的玩心是天生的，改不了的。"

张老汉把脸使劲儿往下一沉："胡说，你两人说改不了就改不了啦？要再胡闹，说不定连你们两个都会被关进猫儿山！"

半个月时间，一晃就过去了。大黑在拘留所也回来了。

大黑一回来，他老婆月桂就再一次提出要与他离婚。大黑每被派出所罚款一次，月桂就要提出一次离婚。这回大黑是第三次罚款，而且还比前几次"进步"了，进了拘留所。月桂也就第三次提出离婚。月桂的态度仿佛也提升了，特别坚决。

月桂心里明白：大黑虽说是个庄稼人，但他从不种庄稼，好多庄稼他连认都不认识。他说种田吃苦划不来，叫嚷他一年四季在外面跑生意，但又没看见他拿钱回来。每次罚款的钱都是月桂出的，这次连坐牢的牢饭钱也是月桂交的。其实，大黑称自己在外面做生意，全是顾面子的谎话。

实际上，他是躲在外面抹牌赌博。家中的水田、旱地，抛荒一大半，长满了一人高的野蒿子，成了放牛场。没荒的一部分，是月桂自己在种。最忙的两个季节：栽稻秧或收割稻谷时，大黑最多能帮她挑一两天担子，就算了不起了。所以，月桂深刻地意识到：这种男人是一种包袱、累赘，有他不如没他，更不能老是为他承担法律上的经济赔偿责任。

月桂要离婚，大黑知道是给她带来了经济损失和精神损失造成的。但大黑认为，这次罚款和拘留是张铁汉造成的。去桂花桥"押宝"，是张铁汉自己去的，大黑并没有约他；张铁汉要是不去桂花桥"押宝"的话，他家路边店就不会被盗，派出所的警察就不会来调查，赌博的事情就不会暴露。而且，还是张铁汉父亲报案时有意把警察请来的。因此，大黑要张铁汉赔他一千元的损失费。另外，还有五百元的牢饭钱，加起来就是一千五百元。

一开始，张铁汉以为大黑是说说而已，没料到大黑还真的要他赔钱呢。张铁汉就有些着急，但又不敢把这事告诉玉梅，更不敢告诉爹娘。大黑这人横不讲理，张铁汉老爹的脾气又不好，怕把事情闹得更糟，惹得全家人生气。加之也确实是因为路边店被盗之后引发的一连串事情，心里多少有点儿愧。为了不惊动家里，张铁汉打算同大黑私了，吃点儿哑巴亏拉倒。

张铁汉说："大黑，你这事全怪我也怪不着，我的店被盗是事实；我爸去派出所报案，是说我的店被盗的事，不是说你'押宝'的事，对不对？再说，我爸也不知道我去桂花桥'押宝'，你莫要横！"

"我不管这些。"大黑说，"反正桂花岭派出所的几个警察是你爸请来的。派出所的警察如果不来，我就不会坐牢、罚款，其他人也不会被罚款，你说是不是呢？"他好像蛮有理似的。

"那我自个儿也罚了款！"

"那是你自讨的，怪谁呢？"

张铁汉知道一时三刻跟他说不清楚，就说："大黑，这样吧，我们都退一步说话，我答应赔你一千元。不过现时还没得，钱都在玉梅手上管着，这事不能让她知道。我什么时候有了私房钱，就什么时候给你。明年，我打算去南方打工，想法攒点儿钱，你看怎么样？"

大黑是捞一个算一个的人。他的心里明镜一样：这事也的确不能全怪张铁汉。赌博的事，即使这次不暴露，迟早有一天也会暴露。他就说："一千元就一千元吧，但我要现钱！"

一说要现钱，张铁汉就急眼了。"大黑，你不要逼我，我身上确实没得钱。这事又不好让我爹娘和玉梅知道，我不能去偷去抢啊，就是借都不好借。你说是不是？"

大黑见张铁汉急得颈上的青筋都鼓起来了，就不好再说什么了。倘若逼急了，怕张铁汉去找村支书和派出所反映，口气立马就软了。他说："那你就看着办吧，不要忘记了就行！"

后来，这件事还是被张老汉晓得了。张老汉十分气恼。他对儿子动了怒。

"拉山，你这杂种，听说大黑要你赔他一千五百元，你答应了是不是？老实说，不要哄我。"

张铁汉见父亲的脸色很不好，又不知道他是怎样晓得的，吓了一跳，就说："爸，您老人家真是越老劲头越大哇，轻一点儿吼行不行呢？让别人听到了多不好。您弄错了，不是一千五百元，是一千元。"

张老汉没想到儿子这样逗他，果然放低了声音："你这龌龊东西，你好有钱啊，凭什么理由就这么不明不白地赔他一千元，好像这钱是大水漂来的啊！"

张铁汉说："爸，大黑那人的缠劲你又不是不晓得，他一年四季吃饭的钱，靠的就是赌。钱就是他的命。

"他找到我头上来了，我还能不低头？我怕惹得您老人家不高兴，就背着你们答应给他一千元讨个安宁。不想把事情闹得更大，影响不好。当初不叫你去报案，你偏偏要去。

"钱还没给呢，我也没得钱给他。真到给钱的时候，还不得找玉梅要啊，我又没得私房钱！"

张老汉本要再发脾气的，见儿子把话说得这样掉底，脸都憋红了，就不好再吱声了。

玉梅原本还不知道此事，她无意中听到张铁汉和他爸在争吵，也知道了。

她也不高兴。倘若不是张老汉站在跟前，她就会骂张铁汉是蠢猪。此时她说："这钱不能给，先把事情撂一边再说。大黑如果不来闹就算了，若来闹就去找桂花岭派出所，一切听派出所的。派出所说给就给，说不给就不给，谅大黑也不敢胡作非为。”

一天到晚东游西荡的牛小二跑来找张铁汉，不知他要干什么，也无意中听到了。他讨好地说：“大黑的胆子也太大了吧，刚从拘留所回来就找人杀黑。我去派出所报告！我就不信他这个邪！”

“滚！”张老汉又来气了，“我家的事用不着你管！”

玉梅也指责牛小二说：“你有多大本事，总是那么牛气哄哄？叫你滚，你就滚吧，别没事找事！”

一阵风吹过来，一群乌鸦迎风飞了过去，丢下一串难听的鸟鸣声。这声音，同牛小二一样让人生厌。

这事也就放下来了。从桂花桥再往山的里面走五六里路，就是桂花岗。桂花岗有个人外号叫“菜花子”。菜花子与牛小二一样是单身。但菜花子没有牛小二吃得亏，逗人喜欢。菜花子一直以来，好吃懒做，小偷小摸。他大法不犯，小法不断，被行政拘留过、劳动教养过，就是难改。玉梅家路边店被盗的事，就是他约人合伙作的案子。

那天夜里，菜花子也在桂花桥“押宝”。菜花子认得张铁汉，他一年四季上山下岭都要从张铁汉家的小商品店门前经过。菜花子看见张铁汉也到桂花桥“押宝”去了，估摸着店里无人，便动了歹念。他果然得手了。但是，菜花子的行为被一个走夜路的人无意中目击到了。菜花子没有想到，派出所这么快就找到了他。

这天中午，派出所的张小东再次来张铁汉家，告诉张铁汉，追回了一部分烟酒和钱物，要张铁汉去派出所把东西领回来。李玉梅听了当然高兴。张铁汉担心玉梅一高兴就把大黑要他赔钱的事情抖出来了，打哑谜一样朝李玉梅眨眼睛、做手势，把张小东弄得莫名其妙。

张小东误认为他两口子不相信他说的话，又解释了一阵。还告诉他们，劫持出租车的案子也有了新的突破。因为出租车上装有导航系统，经过市局刑侦大队日夜拼搏，很快就锁定了目标，已经成功地抓到一名犯罪嫌疑人。作案人是几个外地小青年。估计要不了多久，犯罪嫌疑人都会到案，全部落入法网。

张小东说："我是专程来通知你们去领赃款、赃物的。"

十

下面基层乡镇派出所，一天到晚无头事多，杂七杂八的警务多，刚办完路边店被盗案，牛小二又犯事了。

信哥接到新城区派出所黄所长打来的电话，称桂花岭辖区村民牛小二在街上违反治安，留置在他们所里，让桂花岭派出所去领人。信哥吃了一惊，想问清楚牛小二犯事的具体情况。黄所长说，你们来了就知道了。

信哥是拉着村支书一起去的。

那时，三岔道口的广场上有人摸彩票，牛小二也乐呵呵地颠跑去了。举办单位为了吸引更多的城乡老百姓故意把奖设得高高的，百万元、几百万元，甚至千万元的彩票都有，诱惑力极大。不管是谁，一旦摸到大奖、特等奖，几代人都富了。这样一来，摸奖者人山人海。摸到上午 11 点钟，不知是谁胡乱吼了一声，某某人中特等奖了。这吼声犹如春雷滚过原野！一瞬间，人群猛地一下淹没过去，不管是真是假，将那人团团围住，想看个究竟。桂花岭的牛小二正好被包围在其中。

牛小二是上街玩碰上的。牛小二赌博的罚款还未交齐，派出所的张小东、廖一飞说他拖得太久批评了他。他想花两元钱，摸张彩票，碰碰运气，结果弄巧成拙。

牛小二的前面是个中年嫂子，比较胖。她受到挤压之后很反感，故意使劲儿地将后身乱舞乱拱，恰好拱在牛小二的下身上。牛小二的下身虽然有些疼痛难忍，却又立即起了反应。当时天气热，牛小二穿的是沙滩短裤。沙滩短裤裤脚大，系压功能差，加之人多又挤个不停，他的下身就一次次地碰在胖嫂子的身上。女同胞对这种事情是相当敏感的，加之她是个中年女性，胆大心细，早就怀疑她后面的男子行为不轨。

“流氓崽！”

胖嫂子气得要死，大吼一声，要命地转过身来，给牛小二一记耳光。

牛小二的脸红得像猪血一样说：“这不能怪我！”

“你这妖怪，还不老实，难道我说错了，冤枉了你吗？”她又给了牛小二一嘴巴。

“嫂子你别打，真的不能怪我！”可是这个时候，他的话是多么地苍白无力，谁愿意听呢！

胖嫂子的丈夫就在不远处的人堆里。他知道以后，奋不顾身地挤过来，一边骂，一边也给了牛小二几嘴巴。

“大哥，你别打，这不能怪我！”牛小二一副哭相。但牛小二错了，他越这样说，人家就越要打他，认为他不老实。

维护秩序的警察看见有人在打牛小二，挤过来就把牛小二带到另一个地方去了。

“你叫什么名字？”警察问他。

“我叫牛小二。”

警察笑了一下，居然还有人叫牛小二，就说：“牛小二，你是干什么的？是不是要流氓了？”

牛小二答："这不能怪我。我是打工的，我没有耍流氓，我从来都不耍流氓。"

警察觉得好笑，盯着牛小二看了一会儿，又看了一会儿，然后说："不怪你那怪谁呢？请你说明白一点儿好不好？"

牛小二的脸越来越红，呼吸也越来越粗，好像挺委屈。尽管如此，他还是说："真的不能怪我，我不是那种人。"

警察说："人家已经当面指认了你，你还不老实？"

牛小二偏着头不作声。说实在的，他自己觉得也有点儿理亏，但他不知道怎么才能说得清白。过了一阵，他仍然是那句话："真的不能怪我警察大哥，我真不是那种人！"

警察又盯着他左看右看，发现牛小二又黑、又瘦、又矮、又憨，不像个做坏事的混混，但又不明白牛小二为什么总是说"不能怪我"，估计这其中必有隐情。

窗外围观的人也听得莫名其妙，故意乱嚷："这家伙不老实，把他送到猫儿山去算了。"

警察有点儿急了："牛小二，你是不是有毛病？嗯，听懂了吗？"

牛小二以为警察明白了他的难言之隐，居然点了点头，表示听懂了。

这样一来，警察更不明白了，就又问牛小二："那你说，你到底是什么病啊？"

牛小二不好意思开口，没有回答。但牛小二心里明白，今天的事如果不说清楚，警察肯定不会让他走，说不定还真会把他送到猫儿山去，那就惨了。

事已至此，牛小二觉得自己已经没了退路。于是，他红了红脸，鼓了鼓劲儿，就把真话说了："警察大哥，这话叫我真不好开口说。可是我要不说，你们就会认为我不老实，故意挑衅人家，把我当流氓。当时，并不是我碰她；是因为人多，天气热，她挤不过，很生气，故意用屁股顶我。”

“哈哈！”牛小二这么一说事件之间的因果关系完全更改了。这令警察大出所料，逗得所有人都笑弯了腰，连小二自己也笑个不停。谁也没有想到，牛小二看问题的方式竟然是反向的。他完全用的是一种颠覆的尺度，在评判自己的行为规则。难怪他觉得委屈呢！

笑归笑，后来警察还是要罚牛小二的款。

可是，牛小二哪有钱交罚款呢？他真名与梁山上的好汉李逵同名，叫铁牛，但人们一直称他小二，异口同声，老少如此。他是个单身，自己有田有地不种，闲着荒着，专门给人家帮工打杂。无论是本村人，还是周边村的人，只要有人向他招一招手或打个口哨，他呼啦一下就跑过去了，一日三餐也在人家家里吃，时间一长，他就成了“吃百家饭”的人了。

几个月前，他还差点儿被人暗中勾引、利用，陷入一桩毒品窝案，帮犯罪嫌疑人在街头巷尾秘密传递“小纸包”。那“小纸包”可不是什么金银财宝，而是毒品。但是，正在他被人列入考验之际，警方将案子破了。幸亏案子破得快，才挽救了他。他没有钱，却痴迷于赌博，喜欢兴风作浪，帮人摇旗呐喊，是个惹是生非的大王。信哥和村支书前去领人时，把他的实际情况介绍给人家听，才算把他领回家。但他居然还转不过弯，说这事根本就不能怪他。

村支书是个老同志，五十多岁了，见他犟嘴，一脚踢在他屁股上说：“狗日的尽出洋相！”

牛小二像是受了委屈似的，咣当一下，跪在老支书面前：“叔啊，我真的没做坏事，您怎么不相信我呢？”村支书哭笑不得。

晚上，村支书打电话叫信哥去他家陪他喝两杯，其实是有任务。这任务就是把牛小二作为扶贫对象，先扶他成个家再说。他认为，人一旦有了家，就有了一种责任。还说对象已经找好了，是卢家山的人，叫卢翠花。是张铁汉的老娘金妈帮忙介绍的。

村主任、妇女主任也在那里，二者都很年轻，三十岁左右的样子。

牛小二实际上是个老实人，吃得苦，肯卖力，爱劳动。但他又是个没得爷娘的人。也就是说，没有亲人关心他的个人问题。把牛小二的事情做好了，等于是帮桂花岭派出所做好了一件治安工作。

“好好好，我举双手赞成。”信哥说。

“当所长的人光说不行，要有实际行动，得和老支书喝几杯才是呢。”别看村主任年轻，喝酒倒是一把好手，更懂得酒桌上“将进酒”的狠招儿。

在老支书面前，信哥哪敢不喝。支书年龄那么大，又那么关心人，常常为治安的事儿跑上跑下。信哥只得挺直腰杆，跟支书凑兴，满满喝了三小杯。谁知村主任还要信哥跟他喝三杯，妇女主任更是不依不饶。其实，信哥根本不是他们那种武松型的酒量。信哥说公安局有戒酒令，但他们仍然不放过他。

来得早不如来得巧。关键时刻，派出所的小张遇上了。小张年轻体壮，空闲时，常在家中陪父亲喝酒，已是百炼成钢。他起底是一斤白酒的量，封顶还不好说呢！他连坐都不坐，靠桌边一站，两脚一叉，两袖一勒，酒杯一端，点头一笑；支书一杯，村主任一杯，妇女主任一杯。一个轮回喝完，他搓搓手，笑一笑，吃口菜，再来一个轮回。那架势活脱脱就像个行侠仗义、系剑而归的江湖后生，轻松地就为信哥解了围。

喜中有忧。牛小二眼前很穷，要想把卢翠花娶回家还不是件容易的事情，总得给翠花买几身衣服、办几桌酒席热闹一下吧。可是他哪有钱呢？

牛小二住屋的铺位，说不好听一点儿就像猪狗窝。地上的烟蒂有好多已经生糜了；一张破桌堆着厚厚的灰尘，手指轻轻一划，就是一条条的深沟；屋角挂满了蛛网，仿佛好几年都没有打扫过；几只塑料杯、塑料碗，随便散落在床上、桌上、地上。

但是，牛小二人穷运气好，有派出所和村支书、村主任给他操心帮忙。

桂花岭派出所将一张老式半新办公桌和椅子送给他。所里还给他买了电饭锅、小铁锅等生活小用品，连牛小二的烟都不吃一支为他省着。而且，又放宽了他的罚款条件，只要他安安心心在家劳动，不再违反治安，就给他减免。牛小二是个特殊人物，不管怎样待他，没有人有意见。

村支书也叫村委会给牛小二买来了新床和新被。虽然档次低一点儿，但对牛小二来说，能过上这样的好日子已是提前跨入小康了。金妈更是不必说了，将一床攒了好多年的古香古色的印花床单也拿出来送给了牛小二，还有一部分村民送的东西。长话短说，总而言之，牛小二结婚是得了众人之力。

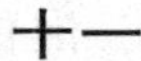

十一

光阴易过，日月如梭，很快就要过年了。

过完年，张铁汉就和金狗、大牛、“老乌鸦”、猛子等人相约，登上了驶往南国的列车，到南方打工去了。他们一是想为家中多挣些钱，二是想见识一下外面的精彩世界。他们在大山里面已经生活快半辈子了，还没有去过大都市，外面的世界多么美好，他们还没亲眼见识过呢。其中，张铁汉另有一门心思，他还想背着玉梅和爷娘攒一千元私房钱悄悄地赔给大黑呢，他不想惹出新的麻烦。

春天的脚步，匆忙而又欢快。张铁汉外出打工仿佛没多久，桐梓树就开花了，笋子就掀土了。池塘边，杨柳依依；山溪里，流水哗哗。布谷鸟殷勤地叫着，山里人家的山前山后、左垄右洼，草长莺飞，山花烂漫；特别是山顶上的老虎花（杜鹃），开得如火如霞、十分热烈，太阳一照花光闪闪，很像是燃烧的山火。到处生机勃勃，一派说不完道不尽的丹青水墨。此时此刻，家家户户，人欢马叫，忙耕忙种，热火朝天。

牛小二经过一番折腾之后，变得特别勤快，不再是等着别人家来使唤他做事、吃饭、混一天算一天的人。他也懂得过日子和勤劳致富了。年前，他就在家里敲敲打打，忙着修理农具，准备迎接春耕。现在，他兴高采烈地扛起锄头、铁锹，拿着镰刀，大踏步地走向自己荒芜了多年的土地。这是田地到户之后，他第一次面对自己的责任田。土地上长满了比他还高的野蒿子及牛筋草。

他脱去外衣，卷起袖子，弯下腰，将这些蒿草砍倒，拢到一处晒干，烧作肥料。他干得十分卖力，额头上铺满了一层细小密密的汗珠，脸色跟着红润起来，比平常日子精神多了。

砍掉野蒿子之后，土地一下子变得宽阔亮堂起来。然后，他一条一条地修整田埂，装上雨水，泡住田土。他每天把时间掐得很紧。怕耽搁工夫，连吃饭都不回家，都是由翠花给他把中午饭送到田头。直到这时，他才直起腰，丢下活计，一屁股坐在田边，就着兰花大碗，大口大口地扒拉扒拉几下，风卷残云般把肚子填饱，然后一弓腰马上又干起来。

“牛哥，休息一下吧，别累倒了。”

“不休息。”牛小二抬手往天上一指，“翠花你看，太阳都走过头顶了，还能休息不！”

或许这就是某些专家说的爱情、婚姻、家庭带给他的力量吧！此时的牛小二，仿佛有使不完的劲头。

万事起头难。当他做完了这些用手就能做的事情之后，接下来的农活就是翻耕土地。可是，他没有耕牛。他只好低下头走村串户找人借。这种时候，大家都在忙忙碌碌，谁家能腾得出耕牛来借给他呢？

一年之计在于春。他生怕耽搁季节误了农事，很是着急，全没了主张。

关键时刻，又是村支书和桂花岭派出所出面给他帮忙解困。

牛小二能从一个讨活做混饭吃的穷小子，走到今天这一步真的很不容易。为了鼓励他好好劳动，坚持下去，村支书就把自己的耕牛让出来给牛小二先用。信哥和村主任、妇女主任找来一伙年轻人及两台小型拖拉机，挂上犁帮小二耕田；金妈和玉梅则分别帮翠花烧茶做饭，怕翠花做事慢，事情多了不知从哪里做起，弄不好帮忙的人连茶水都喝不上。牛小二的水田不是很多，有众人出力，加点儿夜班，一天工夫就干完了。

乡政府知道小二的变化之后，觉得是个典型，很有现实意义。乡长专程来看了牛小二的水田，又采访了村民之后就在村民大会上高调地赞扬了牛小二一番，称这是建设新农村出现的新人新事，又表扬了村支书和桂花岭派出所给牛小二的这份关怀。硬是把一个懒汉子变成了一个勤劳的庄稼汉，成就了一个美好的故事。

不久，市委书记也知道了。市委书记对牛小二过去的印象很深。

那年冬天，市委书记的小轿车路过桂花岭时，见一个人裹着破黄大衣睡在路当中吓了一跳。这人就是牛小二。牛小二穷得没法子，故意睡到路上要赖，意图让车碰着他，赔他一笔钱。前面张老汉说牛小二敢在公路上拦市委书记的小车，指的就是这件事。然而今天，大名鼎鼎的牛小二居然长脸了，变得这么优秀，懂得勤劳致富，几乎成了懒汉们中的一面鲜红的旗帜，值得赞赏。除了表扬村干部和桂花岭派出所的治安工作和脱贫工作做得好，改变了人的精神面貌，有典型意义之外，还给他们发了奖。

一是奖牛小二一台彩电、一头耕牛和一面写有“勤劳致富”字样的锦旗！鼓励他继续劳动致富。二是奖村里两台山地拖拉机、一台中型农用汽车和一面写有“帮困扶贫”字样的锦旗！鼓励村里继续做好村民的扶贫工作。三是奖桂花岭派出所两台笔记本电脑、一台警用三轮摩托车和一面写有“保一方平安”字样的锦旗！鼓励派出所继续搞好一方治安。

这三个大奖，成了桂花岭派出所辖区村民的一大美谈。牛小二的事迹和照片也上了报纸。自此，牛小二这个跟茅草人一样的人，“乌鸦”变凤凰，走到哪里都有人为他叫好！

十二

大黑不想离婚。他怕一旦离了婚，再结婚就很难了。一是他年龄大了，二是“赌博佬”的臭名在外，谁会稀罕他呢？但月桂又不依不饶，非要离婚不可，闹得鸡飞狗叫，差点儿喝农药寻了短见。大黑很着急，给她下跪都不中，求派出所和村支书给他帮忙做工作。

月桂是个很现实的女人，只要派出所与村里出面口头担个保，让大黑痛改前非，遵纪守法，好好劳动，就再原谅他一回。老实说，这个要求不高，容易做到，村里和派出所就答应了。

大黑知道这是最后一次机会了，所以特别珍惜。为了维系好自己的婚姻家庭，大黑不敢再偷懒，更不敢再赌博，他把自己所有的看家本领都拿出来了。他起早摸黑，除了种好责任田，还承包了张铁汉和李玉梅夫妻二人曾经打算承包的那片林地。面积有两千余亩，他干得很认真，春上新栽了不少优质果木品种。月桂对大黑的真心改过也表示了宽容和原谅，不再唠叨离婚的事儿。夫妻二人既种田又包山，日子开始过得有模有样了。

又是一年新春到。

在外打工的张铁汉回家过年时，得知大黑承包了自己曾经打算承包的那片林地并且干得卓有成效，还受到各级领导的表扬时羡慕不已，后悔自己没下决心承包。同时对大黑要他赔钱的事也有些埋怨，要不是为了攒那一千元私房钱，他不会下决心外出打工。

大黑听说张铁汉回来了，主动去找他。张铁汉以为大黑是来要那一千元钱的，不情愿地把手往衣兜里伸准备拿钱，连招呼都不想打一个。但他的手被大黑按住了。

大黑说："铁汉，我猜你那一千元私房钱早就攒好了，就放在身上。但我不要了，谢谢你，就当我没说过要你赔钱的话！"

张铁汉有些意外："大黑，这钱你怎么又不要了呢？是不是嫌少了？时间拖长了？我可是为了攒你这一千元钱，才下决心去南方打工的啊！在家里哪攒得出来钱呢？一家人的眼睛都盯着我。你还是拿去吧，免得我把钱花了，你反悔都来不及了！我也不可能再攒第二次私房钱了。"

"铁汉，明着跟你说吧，这钱我不敢要。"大黑说，"为这一千元的事情，月桂坚决反对，说我脸皮厚、不仗义，不然她又要和我离婚。"

"你不作声，她不会知道的。"

“纸哪能包得住火呢！时间一长，她还是会知道的。她说了四个好：你老爸报案报得好！警察来得好！抓赌抓得好！捉人捉得好！”

张铁汉见他真的不要，就把拿钱的手换成了拿烟。

正在二人低头点烟的时候，富荣大叔牵着牛走过来看见了。富荣叔立即起了疑心。他没好气地说：“拉山，你和大黑在一起说什么呢？人家现在是浪子回头金不换，是红人，你还不知道吧？”

大黑估计富荣叔是怀疑他找铁汉要钱的事，就赶紧解释说：“叔啊，我不是来找铁汉要钱的，你放心吧。我是来告诉铁汉，不要他赔钱了。月桂说你老人家报案报得好，不然桂花桥的赌博场永远都散不了场，永远都会有人偷着去赌，我也永远是个赌博佬。真的要好好感谢您老人家才是呢！”

“你还是去感谢桂花岭派出所吧！是人家警察帮你家收桂花，帮你们夫妻‘破镜重圆’。你不觉得亏了人家派出所吗？快去吧！还有牛小二那兔崽子，要不是派出所给他一而再、再而三地帮忙，他能有今天吗？乡长会表扬他吗？市委书记会奖励他耕牛和彩电吗？”富荣叔一边说一边走，声音拉得很长。

张铁汉和大黑望着富荣叔牵着牛走远的背影，脸上热乎乎的，抿着嘴巴不好意思地笑了。